HEYNE BÜCHER

SCIENCE FICTION

Herausgegeben
von Wolfgang Jeschke

Ein vollständiges Verzeichnis aller
im HEYNE VERLAG erschienenen STAR TREK-Romane
finden Sie am Schluß des Bandes.

HOWARD WEINSTEIN

STAR TREK®
CLASSIC

McCOYS TOCHTER

Roman

Star Trek®
Classic Serie
Band 83

Deutsche Erstausgabe

WILHELM HEYNE VERLAG
MÜNCHEN

HEYNE SCIENCE FICTION & FANTASY
Band 06/5683

Titel der Originalausgabe
THE BETTER MAN
Aus dem Amerikanischen übersetzt von
RONALD M. HAHN

Redaktion: Rainer-Michael Rahn

Erstausgabe by Pocket Books,
a division of Simon & Schuster, New York

Printed in Germany 1998
Umschlagbild: Pocket Books/Simon & Schuster, New York
Umschlaggestaltung: Atelier Ingrid Schütz, München
Technische Betreuung: M. Spinola
Satz: Schaber Datentechnik, Wels
Druck und Bindung: Ebner Ulm

ISBN 3-453-13971-2

Für Cindi,
die (sozusagen) im Weltraum arbeitet,
während ich nur darüber schreibe …

Und für Kenny,
meinen ersten Freund

VORWORT DES AUTORS

Der 7. September 1974... ein Tag, der auf ewig verrufen sein wird?

Nein. Es ist nur der Tag, an dem ich als *professioneller* STAR TREK-Autor bekannt wurde. Neun Tage vor meinem zwanzigsten Geburtstag begann die zweite Staffel der STAR TREK-Zeichentrickfilmserie an einem Samstagmorgen mit der von mir geschriebenen Episode ›Die Piraten von Orion‹.

Vor zwanzig Jahren! Es ist unfaßbar.

Die Zeit rast nur so dahin... ob man sein Vergnügen daran hat oder nicht. Jene von Ihnen, die älter sind als fünfundzwanzig, haben diese profane Wahrheit gewiß schon erkannt. (Wenn Sie jünger sind, werden Sie es bald selbst in Erfahrung bringen, lassen Sie es sich gesagt sein).

Mel Brooks' klassische Komödienfigur, der Zweitausendjährige, würde es vielleicht so ausdrücken: »Ich weiß auch nicht, wo das Jahrtausend geblieben ist. Mann-o-Mann, erst gestern hat Ritter Kunibert sein Zeug für den Kreuzzug gepackt, und jetzt haben wir schon fast das Jahr 2000!«

Und bald haben wir das 30jährige Jubiläum von STAR TREK. Mir kommt es vor, als sei es erst gestern gewesen – na schön, sagen wir vorige Woche –, als der Sender NBC die alten Folgen zum zweiten und letzten Mal absetzte. Dann kamen die Wiederholungen. Und die Konvente. Und dann die erste Raumfähre, die man auf den Namen *Enterprise* taufte.

Und weitere Konvente. Dann der erste Kinofilm.

Dann der zweite, dritte und vierte. Und dann *Star Trek: Das nächste Jahrhundert*. Und *noch* zwei Kinofilme.

Dann *Star Trek: Deep Space Nine*.

Im Moment* ist Paramount gerade im Begriff, eine weitere Weltraumserie vom Stapel zu lassen – *Star Trek: Voyager*. Und der erste *Next Generation*-Kinofilm ist auch schon in der Mache.

Was hat Gene Roddenberry doch vor drei Jahrzehnten für uns alle in Bewegung gesetzt. Als ich mit der bereits erwähnten Zeichentrick-Episode an Bord kam, hatte ich *keine Ahnung*, daß ich noch zwanzig Jahre später für STAR TREK schreiben würde.

Doch jetzt habe ich meinen sechsten STAR TREK-Roman geschrieben und beende gerade mein viertes Jahr als Autor der klassischen STAR TREK-Comics im Verlag DC. Was kommt als nächstes? Wer weiß.

Es ist nur passend, daß dieses Buch von einer Figur handelt, für die ich mit jedem weiteren Jahr größere Zuneigung empfinde – der des liebenswerten Querulanten Dr. Leonard McCoy. Denn wie McCoy werde auch ich mit zunehmendem Alter immer griesgrämiger.

Ich hatte eigentlich gehofft, einen gebundenen Roman über McCoy schreiben zu können. Aber Jan Michael Friedman, mein Kollege bei DC, hat mich mit seinem ausgezeichneten Werk *Schatten auf der Sonne* aus dem Rennen geworfen. (Ist das etwa eine Art, einen Kumpel zu behandeln, der auch ein Yankee-Fan ist, Mike?) Doch STAR TREK-Redakteur Kevin Ryan war so nett, mein Manuskript trotzdem zu veröffentlichen.

Ich habe McCoy immer bewundert, denn er hat im Laufe der Jahre viele Sprüche geäußert, an die man sich bestens erinnert. Ein Teil dieses Reizes besteht darin, daß er die Heldenrolle weniger offenkundig als Kirk

---

* Howard Weinstein hat sein Vorwort 1994 geschrieben.

oder Spock spielt. Nicht, daß er weniger mutig wäre als sie, es ist nur so, daß man von ihm keine auffälligen heroischen Taten erwartet.

Doch hat sich McCoy der Situation stets als gewachsen gezeigt, und wenn er dies tut, tut er es bewußt. Er selbst würde sicher sagen: »*Held?* Ich bin Arzt, kein Butterbrot.«

Keine Hommage an den Charakter, den Gene Roddenberry auf dem Papier erschaffen hat, wäre vollständig ohne einige wertschätzende Worte über den Schauspieler, der ihn zum Leben erweckt hat. Für mich und viele andere Fans war DeForest Kelleys Verkörperung in all diesen Jahren eine der beständigsten Freuden. Wie er mit seinem Text umging, das skeptische Hochziehen seiner Augenbrauen, seine Stimme und seine Gesten – all dies trägt dazu bei, daß man eine Menge Vergnügen empfindet, wenn man über Pille schreibt.

Bevor ich Sie den Roman lesen lasse, möchte ich mich bei Michael Okuda und Rick Sternbach bedanken. Ihr Buch *Star Trek: The Next Generation Technical Manual* hat sich bei der Schöpfung dessen, das man heute liebevoll ›Technobabble‹ nennt und für diesen Roman nötig war, als unbezahlbar erwiesen, denn ich hätte es ohne Mikes und Ricks schlauen und phantasievollen Leitfaden zu den inneren Funktionen der zahlreichen Dingsbumse von STAR TREK nicht erfinden können.

Viel Spaß auf der Reise!

HOWARD WEINSTEIN
September 1994

HISTORISCHE ANMERKUNG

Dieser Roman spielt zwei Jahre nach den Ereignissen in *Star Trek – Der Film.*

1

Pille?« Jim Kirk stand in Dr. McCoys Türrahmen und lugte vorsichtig in die schwach beleuchtete Kabine des Chefarztes. »Du wirfst mir doch keine Schüssel mit Plomiksuppe an den Schädel, oder?«

Kirk wußte zwar, daß sein Freund ein Mensch war, dessen Launen eine große Bandbreite hatten und sich von einer Sekunde zur nächsten ändern konnten, aber normalerweise gehörte er nicht zu denen, die in finsteren Räumen Zuflucht suchten. In diesem Moment konnte Kirk ihn nicht mal sehen. Hätte McCoy nicht kurz zuvor »Nun komm schon *rein*« geknurrt, hätte er nicht mal gewußt, ob er da war.

Doch selbst diese nicht gerade ermutigende Einladung war erst gekommen, nachdem Kirk ein halbes dutzendmal den Türsummer betätigt hatte. Nach dem drittenmal war ihm flüchtig der Gedanke gekommen aufzugeben und fortzugehen. Immerhin bestand die Möglichkeit, daß McCoy *wirklich* nicht gestört werden wollte. Aber wenn man schon nicht uneingeladen bei einem Freund hereinplatzen kann, dachte Kirk, bei wem dann?

Der Captain trat ein, und die Tür glitt gehorsam hinter ihm zu. »Wo steckst du, verdammt?«

Als er in die Finsternis hineinblickte, stand Dr. McCoys Lieblingsclubsessel einige Schritte von ihm entfernt und zeigte ihm seine Rückseite. Die Umgebungsbeleuchtung der Kabine war so matt, daß ein halbes Dutzend Glühwürmchen im Vergleich dazu wie eine

Sonneneruption gewirkt hätten. Als Kirks Augen sich angepaßt hatten, sah er, daß sich hinter dem Rückenteil des Sessels langsam eine Hand hob, ihm schwach zuwinkte und wieder aus seinem Blickfeld verschwand. Er umrundete den Sessel und sah, daß McCoy sich tief ins Polster drückte. Seine nackten Füße lagen auf einem Kniekissen, und er preßte ein Glas mit einem eisgekühlten bernsteinfarbenen Getränk an seinen Brustkorb.

»Soweit«, sagte McCoy schleppend, »ist es nun also gekommen: ›Wie soll ich dich mit einem hormonverrückten Vulkanier vergleichen ...‹«

»... da du doch viel irrer bist«, sagte Kirk und beendete damit das leicht vom Original abweichende Zitat.

»War ich so abscheulich?«

»Offen gesagt, ja, du warst es. Was ist also los?«

»Du kommst wirklich direkt zur Sache«, sagte McCoy und ignorierte Kirks direkte Frage weiterhin. »Der Tag, an dem Spock Christine Chapel die Suppenschüssel an den Kopf warf, wird nämlich für immer einer der tollsten meines Lebens bleiben.«

Kirks Augenbrauen zogen sich zusammen. »Ich nehme an, das sagt etwas über dein Leben aus.«

»Immer, wenn ich glaube, ich hätte schon alles gesehen, wartet hinter der nächsten Biegung wieder was anderes auf mich.«

»Könnte es nicht sein, daß du selbst irgendwie *verbogen* bist?«

McCoy hob das Glas und schenkte Kirk einen abschätzigen Blick. »Es ist mein erstes Glas. Pfadfinderehrenwort.« Er setzte sich etwas gerader hin und konzentrierte sich bewußt auf seine Erinnerungen. »Ich sehe noch immer, wie die Schüssel durch die offene Tür seiner Kabine fliegt und an die Wand klatscht. Die arme Christine. Sie hat ihr Herz und ihre Seele in dieses abscheuliche Süppchen hineingegeben ...«

»Natürlich nur bildlich gesprochen.«

»Natürlich. Aber bei Christine weiß man nie. Weißt du noch, wie sie Spock früher immer angeschaut hat, wenn sie sich unbeobachtet fühlte?«

Ja, wirklich, dachte Kirk. *Die arme Christine.* Im Dienst hatte sie sich immer so deutlich bemüht, in Spocks Gegenwart sachlich zu wirken. Aber vor McCoy, mit dem sie so eng – zuerst als Oberschwester, dann als Arztkollegin – zusammengearbeitet hatte, konnte sie natürlich nichts verbergen. Auch Kirk war ihre unerwiderte Zuneigung zu seinem vulkanischen Ersten Offizier nicht verborgen geblieben, doch natürlich war Spock aufgrund seiner Konstitution und Sitten völlig außerstande, ihre Gefühle zu erwidern. Christine hatte, wie McCoy aufgefallen war, die Hoffnung nie aufgegeben – ihre Beharrlichkeit hatte den speziellen Tag zu einer entsetzlichen öffentlichen Peinlichkeit und praktisch unausweichlich gemacht.

Spock war – für ihn untypisch – tagelang reizbar und schnippisch gewesen. Dann hatte er gedroht, McCoy den Hals umzudrehen – eine ziemlich unpassende Erwiderung auf dessen gutgemeinten Vorschlag, er könne von einer Generaluntersuchung möglicherweise profitieren.

Kirk hatte Spocks zunehmend eigenartiges Verhalten zwar schon zuvor beobachtet, aber schließlich hatte der Vulkanier ebenso das Recht auf eine Intimsphäre wie jeder andere, deswegen hatte er sich bemüht, die Augenblicke zu ignorieren, in denen Spock eigentlich nur noch einem Dampfkochtopf kurz vor der Explosion geglichen hatte. Freilich hatte man den berüchtigten Suppenschalen-Zwischenfall, an den McCoy sich noch Jahre später liebevoll erinnerte, unmöglich übersehen können.

In der naiven Hoffnung, der Weg zum Herzen eines Vulkaniers ginge durch dessen Magen (obwohl, wie McCoy bei mehreren Gelegenheiten beobachtet hatte, Spocks Herz eher dort lag, wo sich bei einem Menschen die Leber befand), war Schwester Chapel auf eine vulkanische Delikatesse gestoßen, von der sie angenommen hatte, Spock würde ihr nicht widerstehen können: eine Plomiksuppe.

Da Christine Nahrungsautomaten verabscheute, hatte sie die Suppe *eigenhändig* zubereitet – gekocht, verfeinert und gewürzt –, doch der brüllende Vulkanier hatte ihr Angebot an die Wand geknallt. Die Schale hatte, als Christine aus seiner Kabine geflohen war, deren Kopf nur knapp verfehlt und war dann gegen die Korridorwand geknallt. Und all dies hatten Kirk, McCoy und diverse andere Crew-Mitglieder mit eigenen Augen gesehen.

In Spocks Fall gab es eine Erklärung für sein Verhalten: aufgrund des vulkanischen Paarungstriebs war er für seine Taten kaum verantwortlich zu machen. Aber Kirk hatte nicht den geringsten Hinweis für den Grund des momentanen McCoyschen Schmollens. »Spock war gerade in der *Pon Farr*-Phase, als er die Suppenschale warf, Pille. – Was ist *deine* Entschuldigung?«

»Wenn du glaubst, daß es mich drängt, mich mit einer Vulkanierin zu paaren, kannst du das gleich wieder vergessen.«

»*Was* also ist das Problem?« Kirk dehnte seine Worte, um ihnen gebührenden Nachdruck zu verleihen – und um McCoy zu zeigen, daß auch seine Geduld ihre Grenzen hatte.

»Problem?« wiederholte McCoy mit einem unschuldigen Blinzeln seiner blauen Augen.

»Ja – *Problem.*«

»Es gibt kein Problem.«

»Oh, doch, verdammt noch mal! Falls es die neuen Uniformen sind …«

»Ich bin Arzt, kein Modeberater«, knurrte McCoy. »Außerdem gefallen mir die neuen Uniformen ganz gut. Es wäre mir nur lieber, wenn die Flotte sich nicht so anstellen würde … Ich habe keine Lust, ewig darüber nachzudenken, daß ich vors Kriegsgericht kommen könnte, wenn ich eines Morgens was Falsches anhabe.«

Kirk wußte, wann sein Freund unter extremer Anspannung litt. »Na schön. Also kein Problem. Und wie erklärst du dir dann den Zwischenfall im Labor?«

McCoy musterte Kirk mit einem milden Blick. »Der Zwischenfall im Labor?«

Der Zwischenfall im Labor ...

Dr. Chapel hatte im Untersuchungsraum gerade die Routineüberprüfung der Sterilfeldgeneratoren beendet, als sie das erste Krachen aus dem Labor nebenan hörte – das unmißverständliche Geräusch unzerbrechlichen Glases, das von einer Wand abprallte. Einen Moment lang schrieb sie den kristallinen Zusammenprall jemandem zu, der unachtsam gewesen war. Kurz darauf hörte sie eine ellenlange gemurmelte Verwünschung, dann einen letzten lauten Fluch, und schließlich das Scheppern weiteren fallenden Glases.

Sie eilte hinaus und sah gerade noch, wie Dr. McCoy mit einem wütenden Wischen seines linken Arms eine Batterie von Bechern, Reagenzgläsern und Flaschen von einem Labortisch fegte. »Dr. McCoy!«

Das plötzliche Ertönen ihrer Stimme, die seinen privaten Wutanfall störte, ließ ihn zusammenzucken, und er fuhr herum und funkelte sie an. »Gütiger Gott! Klopft denn heutzutage *niemand* mehr an?!«

Chapel musterte ihn ziemlich verwundert.

»Ich wußte gar nicht, daß du davon weißt«, sagte McCoy leise zu Kirk.

»Tja, ich weiß davon – und auch davon, daß du dich geweigert hast, Christine diesen Vandalismus zu erklären. Dann hast du Scotty und mich gestern und vorgestern beim Abendessen versetzt, als ich dich listig und subtil wegen des Labor-Zwischenfalls befragen wollte. Und als wir kamen, um uns nach dir zu erkundigen, hast so getan, als wärst du nicht da. Soll ich noch mehr aufzählen?«

»Und das gibt dir das Recht, einfach hier reinzustürmen und dich an meinem privaten Elend zu ergötzen?«

»Du hast die Tür doch selbst aufgemacht!«

»Tja, sicher, aber allmählich bedauere ich es schon«, sagte McCoy scharf. Er stand auf und schlenderte zu dem Schränkchen, das seine Bar enthielt. »Willste auch einen?«

»Nein«, sagte Kirk und folgte ihm durch die Kabine. »Ich möchte eine Erklärung.«

»Mir geht's bestens. Ich bin nur ein alter Knurrhahn. Ich war schon einer, als wir uns kennenlernten. Außerdem war ich schon *davor* einer. Und jetzt hau ab; ich will mich in Ruhe zuschütten.«

Kirk griff an McCoy vorbei und packte die Flasche mit dem bernsteinfarbenen Whisky, bevor sie in die Hand des Arztes gelangte. Er schenkte sich und McCoy zwei großzügige Portionen ein und winkte seinen Freund wieder zum Sessel zurück. Er zog sich eine andere Sitzgelegenheit heran und baute sie vor McCoy auf. »Rede mit mir, Pille. Ich gehe erst, wenn du es getan hast.«

»Quatsch. Du mußt doch das Schiff befehligen.«

»Quatsch. Ich habe Spock das Kommando gegeben. Du weißt doch, wie stur er sein kann. Er könnte *tagelang* ohne Ablösung im Kommandosessel sitzen. Es gibt also nichts, was mich hier weglocken könnte.«

McCoy verdrehte die Augen. »Wenn man eine Suppenschale braucht, ist natürlich nie eine da.« Er schüttelte kläglich den Kopf und stieß die Luft aus. »Also schön, verdammt noch mal. Wenn es keine andere Möglichkeit gibt, dich loszuwerden ...«

»Gibt es nicht. Quatsch dich aus.«

»Ist das ein Befehl?«

Falls McCoy hoffte, Kirk würde aufgrund seiner verbalen Ausweichmanöver ermüden und gehen, war er schief gewickelt. Kirk ignorierte demonstrativ seine sarkastische Frage und machte weiter, als führe er Ermittlungen für eine Beweisaufnahme durch. »Soweit ich mich erinnere, hat alles angefangen, als wir den Befehl erhielten, uns zur Raumbasis 86 zu begeben. Ist irgend etwas mit dieser Basis?«

»Mach dich nicht lächerlich«, sagte McCoy mit einer abfälligen Handbewegung. »So exzentrisch bin nicht mal ich.«

»Liegt es an Mark Rousseau?« Kirks Tonfall verdeutlichte, daß seine Frage nur ein rhetorischer Schlenker war.

Doch als McCoy auf den Namen des Föderationsgesandten, den sie in der Basis 86 an Bord nehmen sollten, mit eisigem Schweigen reagierte, sah Kirk, daß er auf das gestoßen war, was ihn wurmte.

»Ist er's? Ist er's?« fragte Kirk drängend und runzelte leicht die Stirn. »Was hast du gegen Mark Rousseau?«

McCoy reagierte mit einem langen Schweigen. »Willst du es wirklich wissen?« fragte er schließlich. Kirk nickte, und McCoy erwiderte: »Sag nicht, ich hätte dich nicht gewarnt.«

»Wie schon mal jemand vor mir gesagt hat: Pfadfinderehrenwort.«

»Na schön, Jim. Was weißt du über Mark Rousseau?«

»Nicht viel. Er ist etwa in deinem Alter und war früher Captain auf einem Raumschiff. Ich habe ihn vor Jahren mal getroffen. Er war auf dem besten Weg, Admiral zu werden, doch dann ist er aus der Flotte ausgeschieden und zum diplomatischen Dienst der Föderation gegangen. Soweit ich weiß, sieht man in ihm einen talentierten Vermittler ...«

»Einen *natürlichen*«, sagte McCoy.

Kirk musterte seinen Freund eingehend und bemühte sich, in seiner Miene zu lesen, warum er das Wort *natürlich* so betonte. Aus Sarkasmus, Ironie, Respekt... oder gar Neidgefühlen heraus? Offensichtlich hatte McCoy hinsichtlich dieses Mannes ernsthafte Bedenken. »Ich gehe wohl recht in der Annahme, daß ihr euch kennt?«

»Seit ich neun war, und er elf. Hab' ihn an meinem ersten Schultag kennengelernt...«

...wir waren gerade in eine Kleinstadt gezogen, also war ich der Neue. Hatte kaum Zeit, die Namen der anderen auswendig zu lernen, geschweige denn, Freunde zu finden. Ich war damals noch ein ziemlicher Wichtel, 'n magerer kleiner Kerl mit etwas zu ausgebeulten Jeans und etwas zu kurzen Haaren – dank Mamas berühmter Küchenschere. Genau der richtige, den man runtermachen und verarschen konnte...

»Schnieke Frisur, Kleiner«, höhnte der massige Junge mit dem pickligen Gesicht. Er und seine drei Freunde umkreisten den etwa neun Jahre alten Leonard McCoy und hielten, als er über den von Bäumen umsäumten Bürgersteig ging, mit ihm Schritt. Zwar behinderten sie sein Vorankommen nicht, aber sie bildeten einen bedrohlichen Kreis, aus dem heraus sie ihre Spötteleien abschossen.

Ihre Spötteleien waren weder besonders intelligent noch originell. Sie waren ziemlich normal und zielten auf die nicht gerade überwältigenden körperlichen Attribute des mageren Jungen mit dem schief geschnittenen Schopf ab. Der Badezimmerspiegel hatte ihm an diesem Morgen die Wahrheit gesagt, der er ins Gesicht schauen mußte: Er war nicht der Schönste im ganzen Land, weder in Georgia noch sonstwo. Warum hatte seine Mutter ihm das Haar auch an den Seiten und hinten so kurz schneiden müssen und es vorn so lang gelassen, daß es ihm alle naselang in die Augen fiel?

»Wem gehört denn die Hose? Papa?«

Leonard bemühte sich, sie zu ignorieren. Es war zwar erst halb acht, aber er spürte schon jetzt das Kitzeln des Schweißes im Nacken. Im Süden war es dem

Sommer egal, wenn der Kalender behauptete, es sei September. Er blieb einfach da, schwül und stur.

Hätte man ihm die Rüpel bei der Polizei gegenübergestellt, wäre Leonard nicht in der Lage gewesen, sie zu identifizieren. Er wußte nur, daß zwei von ihnen mager und die beiden anderen bullig waren. Sie waren alle älter als er, ungefähr elf, und sie überragten ihn ausnahmslos um Haupteslänge. Er hätte den Kopf heben müssen, um in ihre Gesichter zu sehen, aber er war zu sehr damit beschäftigt, darauf zu achten, wohin er trat, damit er nicht über die Steinplatten stolperte, die die Wurzeln der alten Bäume, die wie schläfrige alte Männer die Welt vorbeigehen sahen, hochgeschoben hatten.

Ohne besondere Absicht klemmte Leonard seine Lunchbox fest unter den Arm. Kurz darauf bedauerte er diese Tat.

»He, Köttel, haste was *Besonderes* in dem Henkelmann?«

Auch wenn es nur eine kurze Ablenkung war, sie reichte aus, um Leonard stolpern und ausgestreckt auf dem harten Bürgersteig landen zu lassen. Die Lunchbox entglitt seinen Händen und blieb außerhalb seiner Reichweite liegen. Der Anführer der Rüpel hob sie auf. Nun schaute Leonard zum erstenmal hoch – in das Gesicht des größeren Jungen. Es war nicht das, was er erwartet hatte: Keine Schrammen, kein tückischer Blick, kein höhnisch verzogener Mund.

Nicht mal Reißzähne.

Nur ein farbloses rundes Gesicht mit Sommersprossen und sonnengebleichtem Haar. Der Rüpel musterte die in seinen Händen befindliche Lunchbox mit einem raschen Blick. Es war ein Standardmodell; an einer Ecke stand Leonards Name. »Wie nennt man dich? Leo? Oder vielleicht sogar Leonardo?«

»Leonard«, sagte der Wichtel und wollte aufstehen. Ein magerer Unterrüpel stellte ihm ein Bein, und er fiel wieder auf den Bauch.

»Tja, für mich heißt du jetzt Leonardo«, sagte der Anführer und schüttelte die Lunchbox an seinem Ohr. »Was hat Mama dir denn zum Essen eingepackt, *Leonardo?*«

»He! Nicht schütteln!« Leonard wäre es zwar am liebsten gewesen, wenn seine Stimme einem Fauchen geähnelt hätte, aber er brachte nur ein bebendes Bitten heraus.

Der Rüpel wandte seine Aufmerksamkeit nun dem Verschluß der Lunchbox zu. »Muß ja was Besonderes sein – zum Beispiel *Babynahrung.*« Er und seine Freunde brüllten vor Lachen.

Der Verschluß ging auf. Leonard riß vor Furcht die Augen auf und fühlte sich plötzlich überraschend motiviert. *»Laß es zu!«* schrie er, rappelte sich auf, hechtete auf den Rüpel zu und griff nach der schwer erreichbaren Box.

Doch sein überstürzter Sprung wurde von mehreren Händen behindert, die ihn festhielten. Der Anführer der Rüpel lachte. »Und warum?« sagte er höhnisch und hob den Deckel ein Stückchen an. »Na, schau mal an! Unser Leonardo hat einen lebendigen *Frosch* zum Mittagessen!«

Leonard spürte, daß er über und über errötete. Er war wütend. Und es war ihm peinlich, da die vier Quälgeister nun erneut in ein lautes Gelächter ausbrachen.

»Er ist nicht zum essen, du Blödmann! Er ist ein Haustier!« Er wollte sich losreißen, aber die Hände seiner Gegner hielten ihn fest. Gott im Himmel, er hatte noch nie zuvor so den Wunsch verspürt, jemandem eine reinzuhauen! Aber er konnte nur entsetzt zuschauen, als der Oberrüpel den Deckel ganz abnahm und der Frosch die Gelegenheit wahrnahm, in die Freiheit zu entweichen.

Er landete ungelenk im Gras, dann hüpfte er auf der Stelle auf den Bach zu.

»*Laßt mich los!*« jammerte Leonard.

Aber die Rüpel ignorierten ihn, als hätten sie vergessen, daß sie ihn festhielten. Der Frosch faszinierte sie. »Kuck mal, wie er springt!«

Ein Wutanfall, von dem Leonard McCoy gar nicht gewußt hatte, daß er dazu fähig war, ließ ihn nun endlich ein echtes Fauchen ausstoßen. »*Laßt mich looos!*«

»He, Leonardo, was ist das für 'ne Art...«

»Vielleicht läßt du ihn *doch* lieber los, Calvin«, sagte eine tiefe Stimme hinter McCoy. Sie klang gelassen, doch ihr Tonfall ließ keinen Zweifel aufkommen, daß der Sprecher seine Worte nicht als Vorschlag meinte.

Leonard wandte sich um und schaute seinen Retter an. Es war ein schwarzer Junge, dessen geduldiger Gesichtsausdruck keineswegs dem rächenden Feuer nahe kam, das er in seinem Blick erwartet hatte. Er sah nicht älter aus als die Rüpel und war auch nicht größer als sie. Aber er war breiter als der massige Anführer, und die Konturen unter seinem Strickhemd machten deutlich, daß er dort, wo der andere nur Babyspeck aufwies, schon echte Muskeln entwickelt hatte.

Calvins breites Grinsen wurde zu einem matten Lächeln. »Hör mal, Mark, ich bin nicht auf Streit aus.«

»Hab' ich auch nicht gesagt«, sagte Leonards Retter. »Gehen wir also zur Schule, sonst kommen wir noch zu spät. Es sei denn, ihr wollt die Sommerferien noch eine Weile am Teich verlängern.«

Die Rüpel hielten McCoy zwar noch immer fest, doch ihr Griff entspannte sich, als sie Mark anschauten und zu einem Rückzug ansetzten, der sie das Gesicht bewahren ließ. Leonard riß sich schließlich los und schaute zu, auch wenn er am liebsten nach dem entlaufenen Frosch gesehen hätte.

»Und wenn?« sagte Calvin. »Würdest du uns etwa in die Pfanne hauen?«

Mark zuckte die Achseln. »Was ihr macht, ist mir egal.«

Calvin und seine Unterrüpel zogen sich zurück. »Na, okay, Mark, dann sehen wir uns alle in der Schule wieder…« Er lachte und tat sein Bestes, um überlegen zu klingen. »… in 'n paar Wochen oder so.«

Die Rüpel verließen den Ort ihrer Untaten, schlenderten mit eingeübter Beiläufigkeit dahin, damit ihr Abgang so lässig wie möglich wirkte. Leonard schaute hinter ihnen her, dann spürte er plötzlich eine Hand auf seiner Schulter.

Doch es war nur Mark. »Alles klar?«

Leonard zuckte die Achseln. »Glaub schon. Danke.«

»Ich heiße Mark Rousseau.«

»Leonard McCoy.«

»Also nicht Leonardo.« Sie schüttelten sich die Hand. »Soll ich dir helfen, den Frosch zu suchen, Leonard?«

»Yeah. Danke.«

Wir haben den Frosch nie gefunden. Aber ich hatte einen Freund gefunden. Meinen ersten Freund in diesem Städtchen…

»… und meinen besten Freund für viele Jahre.«

McCoy leerte sein Glas, und Kirk runzelte die Stirn. »Und was ist dann passiert?«

»Was meinst du damit?«

»Damit ist die Geschichte doch wohl noch nicht zu Ende. Der Typ rettet dich vor den Rüpeln, ihr werdet die besten Freunde, und als du vierzig Jahre später seinen Namen hörst, fällt dir nichts Besseres ein, als Reagenzgläser an die Wand zu werfen?«

»Das bildest *du* dir doch nur ein…«

»*Magst* du den Kerl nun, oder kannst du ihn nicht ausstehen?«

McCoy seufzte. Es war eine Reaktion auf das verzweifelte Rollen von Kirks Augen. »So einfach ist es nicht, Jim. Mark gehörte zu den Kindern, die *in allem* gut sind: Sport, Musik, jedes Fach, das du dir nur vorstellen kannst. Er hatte zahllose Freundinnen, und alle blieben eng mit ihm befreundet, nachdem sie sich wieder getrennt hatten. *Alle* liebten ihn. Es war nicht einfach, ihn *nicht* zu mögen...«

McCoys Stimme wurde zwar leiser, aber sie verriet seine widerstreitenden Gefühle in Sachen Mark Rousseau, des Mannes, der nicht hier war – was sich aber in ein, zwei Tagen ändern würde. Bevor Rousseau den Fuß auf die *Enterprise* setzte, wollte Kirk die verzwickte Beziehung zwischen seinem Chefarzt – seinem *besten* Freund – und dem Sonderbotschafter verstehen, der kam, um irgendeine wichtige Mission zu übernehmen, deren Inhalt er ihm und der Mannschaft persönlich enthüllen würde.

»Es war also schwer, ihn *nicht* zu mögen«, wiederholte Kirk. »Aber...?«

Das schmerzhafte Zucken von McCoys Kinn verdeutlichte seinen Widerwillen. Es war fast so, als sei er der Meinung, ein Sakrileg zu begehen, indem er irgend etwas Negatives über Mark Rousseau sagte. Aber er wußte, daß Kirk ihn mit Ausflüchten nicht davonkommen ließ. Er ließ die Schultern hängen. »Hast du schon mal jemanden gekannt, der einfach *zu* vollkommen war?«

»Noch mehr als du?«

»Sehr witzig. Auch wenn es einem schwerfiel, Mark *nicht* zu mögen, manchmal war es ebenso schwer, sein Freund zu sein. Du weißt doch, welches Wettbewerbsdenken Kinder manchmal entwickeln. Bei ihm schien es ein Naturgesetz zu sein: Ich wußte, ich würde *nie* besser sein als er, ganz gleich *in welchem Fach.* Gott weiß, daß ich mir auch schon ohne diese Erkenntnis klein und häßlich genug vorkam. Ich bin zwar nicht stolz darauf, aber manchmal habe ich mir gewünscht, er würde mal vor der ganzen Stadt voll auf die Schnauze fallen.« McCoy hielt in seinem schwierigen Geständnis inne. Den letzten Satz flüsterte er beinahe. »Manchmal habe ich darum gebetet.«

»Ist es je dazu gekommen?«

»Natürlich nicht.«

»Aber du hast den Neid deiner Kindheit überlebt?«

»Na klar. Und wir wurden erwachsen.« McCoy schenkte sich noch einen ein, dann fuhr er, ohne daß der Captain ihn dazu drängen mußte, fort. »Mark und ich blieben auch Freunde, als wir mal wieder umzogen. Als ich dann zu seiner Abschiedsparty eingeladen wurde, hatten wir uns schon eine ganze Weile nicht mehr gesehen ...«

... es kam mir vor, als sei es erst gestern gewesen, als wir durch den Bach gewatet waren, um den verdammten Frosch zu suchen. Und nun wollte er zur Starfleet-Akademie gehen ...

Die vier Waggons des stromlinienförmigen Zuges hielten lautlos auf dem Bahnhof von Savannah an. Als McCoy mit über die Schulter geworfenem Seesack ins Freie trat, erblickte er eine massige, von rechts auf ihn zukommende Gestalt. Er hatte kaum Zeit, sich zu wappnen, als er auch schon spürte, daß Mark Rousseaus kräftige Arme ihn umschlangen.

»Leonard! Toll, dich wiederzusehen! Es bedeutet mir eine Menge, daß du gekommen bist!«

»Das hätte ich doch nicht verpassen können – jetzt, da du dich *endlich* entschieden hast, was du mit deinem Talent anfängst.« McCoy schlug mit einem übertriebenen Keuchen und der sarkastischen Imitation eines verstörten Halbwüchsigen, der noch keine Ahnung von seiner beruflichen Zukunft hatte, die Hände auf seine Wangen. »Pianist bei einem Sinfonieorchester – oder Captain eines Raumschiffes? Was soll *ich* denn jetzt nur machen?«

»Sehr komisch, McCoy.« Mark musterte seinen Freund vom Scheitel bis zur Sohle. »Immerhin bist du mittlerweile ebenso groß wie ich, auch wenn dich noch jede steife Brise leicht umwehen kann.«

Er hatte recht. Sie waren siebzehn und neunzehn und gleich groß, aber McCoy kam sich im Vergleich mit seinem muskulösen Freund noch immer klein vor.

»Und wie sieht's mit dir aus, Leonard?« fragte Mark, als sie den Bahnhof durch den schattigen Gang verließen. »Hast du schon irgendeinen Entschluß gefaßt?«

»Tja ... möglicherweise 'n Medizinstudium.«

»Hmmm, also die Familientradition«, erwiderte Mark mit einem wissenden Nicken. Dann schaute er McCoy direkt an, und in seinem Blick blitzten Möglichkeiten auf. »He, du könntest doch auch zu Starfleet gehen! Vielleicht kommen wir auf das gleiche Schiff.«

McCoy musterte seinen Freund mit einem langsamen, unschlüssigen Blick. »Dann bist *du* wohl der Captain?«

»Natürlich«, sagte Mark mit einem Grinsen. »Und du bist mein Chefarzt.«

»Aber in einen Transporter kriegst du mich nicht, das sag' ich dir gleich.«

»Tja, dann werd' ich dich einfach vors Kriegsgericht stellen.«

Sie lachten beide, dann gingen sie eine Weile wortlos weiter. McCoy wußte *wirklich* noch nicht, was er tun wollte. Er hatte in vielen Nächten stundenlang wach gelegen und den Geräuschen vor dem Schlafzimmerfenster gelauscht – dem Klicken und Zirpen, das immer so beruhigend gewesen war ... Doch nun erschienen sie ihm wie zahlreiche Stimmen, die ihm zuflüsterten, er solle dieses oder jenes aus seinem Leben machen.

Früher oder später mußte er sich entscheiden. Das nahm ihm niemand ab. McCoy hatte genug über Psychologie gelesen, um zu wissen, daß der Kampf mit folgenschweren Entscheidungen ein unausweichlicher Bestandteil des Erwachsenwerdens war. Aber es machte es auch nicht leichter, wenn man darauf vorbereitet war. Selbst Mark, den er immer für so selbstsicher gehalten hatte, hatte ein Jahr pausiert, bevor er zu dem

Entschluß gekommen war, zur Flotte zu gehen. Doch nun, da die Entscheidung getroffen war, zweifelte McCoy nicht mehr daran, daß sein Freund dem unausweichlichen Erfolg problemlos entgegensegeln würde.

»Du hast jemanden kennengelernt«, sagte Mark knapp und unterbrach damit McCoys nicht zur Sache gehörende Gedanken. Es war keine Frage, sondern die Feststellung einer Tatsache.

Und sie traf McCoy völlig unvorbereitet. »Was?«

»Du hast jemanden kennengelernt.«

»Woher willst du das so genau wissen?«

Mark zuckte lächelnd die Achseln. »Du siehst noch verwirrter aus als sonst. Ich hab' doch recht, oder?« Erneut eine Feststellung, keine Frage.

»*Natürlich* hast du recht«, sagte McCoy mit einem kläglichen Kopfschütteln und musterte Mark finster, während er jedes Wort einzeln durch die Zähne quetschte. »Du hast doch *immer* recht. Hängt es dir nicht zum *Hals* raus, *immer* recht zu haben?« Dann wandte er sich um und fragte sich, ob Mark sein ärgerlicher Grundton aufgefallen war. Er hatte es nicht so sagen wollen … Oder etwa doch? Auf jeden Fall hatte Mark es nicht bemerkt. Oder er hatte sich entschlossen, darüber hinwegzugehen.

»Und was hält dieser spezielle Schatz davon, in der Galaxis herumzubeamen?«

»Ich weiß nicht. So weit sind wir noch nicht.«

Rousseau nickte auf seine allwissende Art. »Das kommt noch«, sagte er geheimnisvoll.

Sein Kommentar und sein Tonfall hätten bei einem anderen Menschen gewiß zu einem aufreizend selbstgefälligen Grinsen geführt. Aber in dem Jahrzehnt, seit sie Freunde waren, hatte Mark so oft den Eindruck erweckt, als *wisse* er, daß McCoy nicht sehr wütend auf ihn werden konnte. »Und wie sieht's bei dir aus?« fragte er, dankbar, das Thema wechseln zu können.

»Ich ... Ich *nehme an,* ich werde jemanden kennenlernen«, erwiderte Mark mit einem für ihn untypischen Zögern.

»Du *nimmst es an?*«, sagte McCoy ironisch.

»Ich werde jemanden kennenlernen«, sagte Mark mit etwas mehr Überzeugungskraft und grinste verlegen wegen seiner Ausflucht. »Erica.«

»Ist Erica so vollkommen wie du?«

»Eigentlich ist sie *wirklich* vollkommen«, erwiderte Mark strahlend. »Sie kommt auch heute abend. Sie wird dir gefallen, Leonard.«

McCoys Brauen zogen sich wie Gewitterwolken zu einem spöttischen Stirnrunzeln zusammen. »O-*ho,* deswegen wolltest du also wissen, ob ich gebunden bin. Du willst nur sicher sein, daß ich dir die vollkommene Erica nicht ausspanne.«

Mark legte lachend einen Arm um McCoys Schulter und zog ihn an sich. »Genau! Doch dank deiner Freundin kann ich mich jetzt entspannen und mich vergnügen ...«

»Niemand hat Mark Rousseau je eine Freundin ausgespannt«, sagte McCoy, lugte in sein Glas und schüttelte seinen Brandy.

»Dann ist er also zu Starfleet gegangen«, drängte Kirk ihn weiter.

»... und ich habe meinen besten Freund verloren.«

»Seid ihr nicht in Verbindung geblieben?«

»Doch. Aber es war nicht mehr das gleiche. Wir haben uns nicht mehr oft gesehen ... Ich habe geheiratet, dann fing mein Medizinstudium an. Er hatte Erica, zwei vollkommene Kinder, vollkommenes häusliches Glück und seine Stellung bei der Flotte. Und außerdem ... Na ja, die Galaxis ist groß. Du weißt doch, wie so was läuft.«

Kirk kratzte sich am Nacken. Er schaute verwirrt drein. »Ich verstehe kein Wort. Wenn ihr so dicke

Freunde wart, warum freut es dich dann nicht, ihn nach so langer Zeit endlich mal wiederzusehen?«

»Na ja, sagen wir mal, wir haben uns … zerstritten.«

Kirk blinzelte ungläubig. »Nach all dem ist ein Streit aber doch keine große …«

»Jim, *hör auf* damit.« McCoys Tonfall machte deutlich, daß er das Thema damit für erledigt hielt.

Kirk warf in einer Geste des Geschlagenseins die Hände in die Luft.

»Na schön. Wenn dir danach ist, mir den Rest zu erzählen, weißt du ja, wo du mich findest. Falls nicht, sieh die Sache als erledigt an …«

»Gut.«

»… bis auf eins.«

McCoy stöhnte auf, aber Kirk sprach ohne Umschweife weiter. »Mark Rousseau kommt zu einer Mission an Bord, ob es dir nun paßt oder nicht. Werden für dich daraus Probleme erwachsen?«

»Ich krieg das schon hin.«

Kirk ging, aber innerlich wäre es ihm lieber gewesen, McCoy hätte überzeugter geklungen.

2

PERSÖNLICHES LOGBUCH DES CAPTAINS, STERNZEIT 7591.4.

Wir erreichen Raumbasis 86 in einer Stunde. Die Flotte hat uns, außer der Tatsache, daß Botschafter Mark Rousseau das Kommando übernehmen wird, keine Einzelheiten der Mission mitgeteilt. Jetzt erfahre ich, daß McCoy und Rousseau sich schon seit Unzeiten kennen – daß sie einst die besten Freunde waren. Und heute ...? Ich weiß es nicht. Ich weiß allerdings, daß an der Sache mehr ist, als McCoy mir erzählt hat.

»Computer«, sagte Kirk und lehnte sich unter der kleinen Sammlung von Feuerwaffen, die an der Wand hingen, im Ecksessel seiner Kabine zurück.

»Bereit«, kam die sofortige Antwort.

»Zugriff auf Personalakte Mark Rousseau, außer Diensten.«

»Zugriff«, erwiderte die beruhigende weibliche Stimme des Computers.

»Auflistung seiner Kommandos.«

»Erstes Kommando: Wissenschaftliches Forschungsschiff *USS Richard Feynman*, 2254. Zweites Kommando: Experimentalschiff *USS Manhattan*, 2255. Drittes Kommando: Raumschiff *USS Hood*, 2256. Viertes und letztes Kommando: Raumschiff *USS Lexington*, 2261. 2264 aus dem aktiven Dienst der Flotte ausgeschieden.«

Nur wenigen Offizieren war so schnell ein Kommando übergeben worden wie Rousseau, und noch viel weniger hatten je von kleineren Einheiten zu schweren Kreuzern gewechselt. »Wie alt war Captain Rousseau, als er auf die *Hood* versetzt wurde?«

»Dreißig Jahre, sieben Monate, zwölf Tage.«

Na, dann hab' ich ihn ja doch noch geschlagen, dachte Kirk mit dem Anflug eines Lächelns. Er hatte sich diese Frage schon immer gestellt, aber sich nie die Mühe gemacht, sie zu klären. Vor ihm war Mark Rousseau der jüngste Captain in der Geschichte der Raumflotte gewesen. Kirk hatte ihn überflügelt, denn er hatte das Kommando über die *Enterprise* kurz nach seinem dreißigsten Geburtstag erhalten. Früher oder später würde natürlich ein anderer seinen Rekord brechen, so wie er den Rousseaus gebrochen hatte.

Aber bis dahin konnte er es sich verzeihen, einen gewissen Stolz über seine außerordentliche Leistung zu empfinden. Es war eine der wenigen privaten Eitelkeiten, die er sich gestattete, und nun, da er etwas über die außergewöhnliche Persönlichkeit von Mark Rousseau erfahren hatte, bedeutete sie ihm noch etwas mehr.

»Computer… Zugriff auf Personalakte Dr. Leonard McCoy.«

»McCoy, Leonard H., Dr. med. Erste Aufgabe im interstellaren Raum als Starfleet-Junioroffizier im Jahr 2253, an Bord der *USS Republic…*«

»Ähm, das übergehen wir«, sagte Kirk mit einem Schwenken der Hand. »Filtern: Alle Daten, die gemeinsame dienstliche Aufgaben von McCoy und Rousseau betreffen.«

»Verstanden. Gleichzeitiger Dienst von Dr. McCoy und Captain Rousseau auf dem wissenschaftlichen Forschungsschiff *USS Richard Feynman,* 2254.«

Kirk hob die Augenbrauen. »Was? Na, das nenne ich interessant. Was war Dr. McCoys Rang und Dienststellung?«

»Rang: Lieutenant. Dienststellung: Erster medizinischer Offizier.«

»Wie lange war McCoy auf der *Feynman?*«

»Sieben Monate und neun Tage.«

Hmmm ... Nicht sehr lange, dachte Kirk. Außerdem hörte er zum erstenmal, daß McCoy auf der *Feynman* gedient hatte. Er hatte nie darüber gesprochen. »Wohin ist McCoy von der *Feynman* gewechselt?«

»Versetzung auf das medizinische Evakuierungsschiff *USS Koop.*«

»In welcher Position?«

»Medizinischer Offizier.«

Kirk verdaute stirnrunzelnd, was er gerade vom Computer erfahren hatte. Es war ungewöhnlich – man hatte eigentlich noch nie davon gehört –, daß ein Arzt mit so geringer interstellarer Erfahrung wie McCoy auf der *Feyman* zum Chefarzt avanciert war. So gut ein Arzt vielleicht auch war, eine solche Position bedurfte eines Wunders – oder des unermüdlichen Ziehens von Fäden durch den kommandierenden Offizier eines Schiffes. In diesem Fall war Mark Rousseau dieser Kommandant gewesen.

Trotzdem, solche Interventionen kamen vor. Starfleet war kaum immun dagegen. So war McCoy also wieder mit seinem Freund aus Kindertagen zusammengekommen, wie sie es sich Jahre zuvor erträumt hatten.

Man sollte annehmen, daß er sich sehr darüber gefreut hat, dachte Kirk. Aber die Fakten deuteten ein gegenteiliges Ergebnis an: den sehr raschen Abgang von der *Feynman* sowie eine Zurückstufung der Dienststellung, falls nicht gar des Dienstgrades und die darauf folgende zwanzigjährige Entfremdung alter Freunde. Man brauchte kein Meisterdetektiv zu sein, um den Schluß zu ziehen, daß da irgend etwas ernstlich schiefgegangen war.

Aber *was?* Kirk hatte keine Ahnung. Er war freilich gewillt, es herauszukriegen, und zwar nach Möglichkeit, *bevor* Rousseau an Bord kam. Das singende Pfeifen des Interkoms unterbrach seine Gedanken, und kurz darauf ertönte eine altvertraute Stimme. »Spock an Captain Kirk.«

»Hier Kirk.«

»Wir nähern uns Raumbasis 86, Sir.«

Kirk griff nach seiner Uniformjacke und eilte auf die Brücke. Die Antworten auf die Fragen über die gerade enthüllten Geheimnisse in McCoys Vergangenheit würden leider warten müssen.

Die *Enterprise* glitt in eine Kreisbahn um die Raumbasis 86, eine unauffällige Station im Planetensystem Alpha Katonii, das hauptsächlich wegen seiner produktiven Minen-Kolonien bekannt war.

Commander Scott stand bereits hinter der Konsole, als Kirk und Spock in den Transporterraum 3 kamen, um den angekündigten Gast zu begrüßen.

»Koordinaten stehen, Sir«, sagte Scott.

Kirk schaute von dem Ingenieur zum Ersten Offizier. McCoy glänzte durch Abwesenheit. »Nun, sind wir bereit, der Legende zu begegnen?«

»Irgendwie sind wir auch 'ne Legende, Sir«, sagte Scott mit einem listigen Lächeln.

»Das kann man wohl sagen, Scotty. Energie.«

Scott aktivierte den Transporter. Das vertraute Sirren wurde schriller, dann dumpf, und in der Kammer materialisierte ein hochgewachsener, kräftiger Mann. Bevor Kirk ihm entgegengehen konnte, kam er mit einem Schritt die Stufen hinab und streckte den rechten Arm aus. Er packte Kirks Hand mit einer Festigkeit, die kraftvoll war, ohne einschüchternd zu sein.

Ein perfektes Händeschütteln, dachte Kirk überrascht. Er fragte sich, ob er es noch bedauern würde, daß McCoy ihm so viel über Rousseau erzählt hatte. Es würde schwierig sein zu vermeiden, den Menschen aus Fleisch und Blut an seinem Mythos zu messen. »Willkommen auf der *Enterprise,* Botschafter Rousseau.«

»Danke, Captain.« Rousseaus Stimme besaß eine Resonanz, die völlig zu einem Menschen seiner imposanten körperlichen Gestalt paßte. Seine präzise Diktion zeigte jedoch keine Spur des schleppenden Südstaatenakzents, den McCoy sich trotz der vielen Jahre bewahrt hatte, seit denen er Georgia verlassen hatte. »Freut mich, Sie wiederzusehen, Captain.«

»Ich hätte nicht gedacht, daß Sie sich an mich erinnern«, sagte Kirk mit einem Anflug ehrlicher Überraschung. »Unsere Begegnung ist schon so lange her – und war auch ziemlich kurz, wenn ich mich nicht irre.«

Rousseau lächelte breit. »Fast zehn Jahre – es war auf einer Starfleet-Konferenz, auf der es um den klingonischen Unfug bei Donatu V ging. Sie hatten das Kommando über die *Enterprise* gerade übernommen, und ich war im Begriff, die Brücke der *Lexington* zu verlassen.«

»Sie haben ein gutes Gedächtnis, Herr Botschafter.«

»Wie könnte ich *je* den Burschen vergessen, der mich vom Thron des jüngsten Captains der Flotte gestoßen hat?« sagte Rousseau mit einem herzlichen Lachen und drückte freundlich Kirks Schulter.

Kirk deutete auf seine Offiziere, die respektvoll den Kopf neigten, als er sie vorstellte. »Dies sind Commander Spock, der Erste Offizier, und Commander Montgomery Scott, der Chefingenieur.«

»Meine Herren, Ihr Ruf ist Ihnen vorausgeeilt. Ich will Ihnen ganz offen sagen, daß ich ziemlich neidisch auf Chris Pike war, weil Mr. Spock in den letzten Jahren seines *Enterprise*-Kommandos sein Erster Offizier war. Und ich war ganz schön sauer auf *Sie*, Captain, als Sie ihn erbten. Ich habe alles versucht, um Ihnen Mr. Spock auszuspannen. Und was Mr. Scott betrifft, so muß ich sagen, daß die *Enterprise* wirklich so beeindruckend ist, wie Ihre technischen Berichte behaupten.«

»Sie haben sie gelesen, Sir?« sagte Scott. Er war wirklich erstaunt. Es hatte Scotty privat stets gewurmt, daß

Captain Kirk sich nicht die Bohne für all die interessanten technischen Details des Schiffes interessierte, das sie beide so liebten.

Rousseau beugte sich zu Scotty vor, der aufgrund des Kompliments ziemlich erfreut wirkte. »Eine alte Angewohnheit, sie stammt noch aus meiner Zeit bei der Flotte. Ich wäre beinahe auch Ingenieur geworden. Sie können stolz auf das sein, was Sie aus dem alten Mädchen gemacht haben.«

»Bin ich, Sir.«

Rousseau musterte den Raum, dann seufzte er. »Und wo ist mein alter Freund Dr. McCoy?«

Kirk hob den Blick und bemühte sich, jedes sichtbare Unbehagen zu verschleiern. »Er muß sich um … ähm … irgendeine dienstliche Sache kümmern. Er stößt dann im Konferenzraum zu uns.«

»Tja, ich schätze, dann können wir gleich zur Sache kommen, damit Sie erfahren, wohin ich Sie verschleppe – und aus welchem Grund.«

McCoy saß allein am Konferenztisch und schaute auf, als die Tür aufglitt. Mark Rousseau mit seiner grinsenden Miene schien den Türrahmen komplett auszufüllen. »Leonard!« sagte er mit dröhnender Stimme.

McCoy stand langsam auf. Er hatte sich kaum von seinem Sitz erhoben, als Rousseau den Tisch auch schon umrundet hatte und ihn umarmte. McCoy klopfte ihm mit deutlicher Zurückhaltung auf den Rücken – aber es war wohl nur für die anderen wahrnehmbar. Trotz McCoys sichtbaren Mangels an Begeisterung schien Rousseau über alle Maßen erfreut, seinen alten Freund wiederzusehen.

»Du siehst *toll* aus – für einen alten Knacker«, sagte Rousseau mit einem Kichern.

»Du auch«, sagte McCoy und löste sich aus der Umarmung. »Du hast aber ein paar Pfund zugelegt.«

Rousseau zuckte die Achseln und tätschelte seinen

stattlichen Bauch. »Das kommt davon, wenn man zu Hause ißt.« Er wandte sich den anderen zu, die sich rings um den langen Tisch verteilt hatten. »Wir sind alte Kumpane und haben uns seit Jahren nicht gesehen. Aber sobald wir unterwegs sind, haben wir genug Zeit, alles nachzuholen. Kommen wir also zur Sache.«

Als alle saßen, nahm Rousseau vor dem Hauptbildschirm Platz und schob eine Datenkassette in den Schlitz. Dann beugte er sich vor und stützte sich auf die gefalteten Hände. »Wir haben es mit einer Krise zu tun – auf Nova Empyrea.«

Der einzige *Enterprise*-Offizier, der eine Reaktion zeigte, war McCoy. Als der Name des Planeten fiel, zog er die Augenbrauen hoch. Es fiel Kirk auf.

»Ich habe noch nie von Nova Empyrea gehört«, sagte der Captain, »offenbar im Gegensatz zu dir, Pille.«

»Es gibt keinen Grund, warum irgend jemand von Ihnen schon mal von Nova Empyrea gehört haben sollte, Captain«, sagte Rousseau. »Es gibt wirklich keinen Grund – außer für Dr. McCoy und mich. Als ich Captain und Dr. McCoy Chefarzt der *Feynman* waren, sind wir zufällig über diese Welt gestolpert. Wir hatten den Sektor Campana erforscht. Wir waren das erste Forschungsschiff dort draußen.«

Rousseau berührte die Computertastatur, und die Sternkarte des Sektors erschien auf dem Bildschirm.

»Was ist das für eine Welt?« fragte Kirk.

»Eine *menschliche*«, sagte McCoy knapp. »Die Gründer haben die Erde in den Anfangsjahren des Warp-Triebwerks verlassen. Hat etwa hundertfünfzig Jahre gedauert, bevor wir wieder auf sie stießen.«

»Sie waren nicht sonderlich froh, daß wir sie gefunden hatten«, fuhr Rousseau fort. »Aber ihr Sternsystem hat eine ungewöhnliche Binärkonfiguration – ein älteres festes System hat einen jüngeren Stern eingefangen, dessen Planeten sich gerade bilden. So etwas hatten wir noch nie gesehen. Deswegen konnten wir das System natürlich nicht links liegen lassen.«

Rousseau berührte erneut die Tastatur, und der Bildschirm zeigte Aufnahmen der ersten Erkundungsfahrt der *Feynman*. Man sah, wie das vereinte Sonnensystem aus der fernen Perspektive eines sich nähernden Raumschiffes aussah.

»Faszinierend«, sagte Spock leise. »Gewiß ein seltener Fall – und einer Untersuchung würdig.«

»Das haben die Kosmologen und Astrophysiker der Naturwissenschaftlichen Akademie der Föderation auch gedacht. Man befahl uns also, um die Erlaubnis zu ersuchen, in diesem System einen wissenschaftlichen Außenposten der Föderation zu errichten. Die Gespräche dauerten fast vier Monate, so daß wir genug Zeit hatten, auf eigene Faust ein wenig astrophysikalische Forschung zu betreiben. Aber wir haben auch einiges über den Planeten erfahren, und das war fast ebenso interessant wie die beiden Sterne.«

»Wie das?« fragte Kirk. »Sie sagten doch, man sei nicht sehr glücklich darüber gewesen, daß man sie gefunden hatte.«

»Nova Empyrea ist nicht irgendeine Kolonie, zu der wir die Verbindung verloren hatten«, sagte Rousseau. »Als die Leute von der Erde fortgingen, geschah dies in der Absicht, *sämtliche* Bande zu uns zu kappen. Das Ziel der Auswanderer bestand in der Gründung einer isolierten Gesellschaft, die sich von allen anderen abschotten sollte.«

»Mit Absicht? Aus welchem Grund?« fragte Spock.

McCoy meldete sich zu Wort. »Sie wollten die am weitesten entwickelten Genetikverfahren anwenden, um dem menschlichen Organismus zu helfen, die höchstmögliche Ebene körperlicher und geistiger Fähigkeiten zu erreichen.«

»Darum hat Pille sich gekümmert«, sagte Rousseau. »Er hat unsere Ermittlungen auf dem biomedizinischen

Gebiet des Planeten geleitet. Tja, um die Sache kurz zu machen, wir konnten die Empyreaner überzeugen, unseren Außenposten zu genehmigen. Er ist ziemlich weitläufig und besteht aus einer Bodenstation, einer Kreisbahn-Plattform und einem Netz von Satelliten. Er existiert nun seit achtzehn Jahren, allerdings unter der Bedingung einer strikten Trennung von der empyreanischen Gesellschaft.«

Kirk unterdrückte ein Frösteln. Die *Enterprise* war erst vor knapp sechs Jahren auf die *Botany Bay* gestoßen. Das jahrhundertealte Schiff trieb in der Nähe des Mutara-Sektors im Raum. Ihre Begegnung mit seinem Kommandanten Khan Noonian Singh und dessen Truppe aus genetisch veränderten Übermenschen hatte ihn und seine Mannschaft fast das Leben gekostet. Deswegen neigte keiner von ihnen dazu, die Vorstellung einer genetisch perfektionierten Enklave mit Freudenschreien zu begrüßen.

»Wir haben mit den Produkten genetischer Manipulation unsere eigenen Erfahrungen gemacht«, sagte Kirk kühl.

Rousseau nickte. »Ich habe über Ihren Zusammenstoß mit Khan gelesen. Aber unsere Begegnung war etwas anderes. Wir hatten es nicht mit Leuten zu tun, die auf Eroberung aus waren.«

»Die meisten Wahnsinnigen schwören, daß sie gute Absichten haben.«

»Dies war den ersten Empyreanern nicht unbekannt, Captain, deswegen wollten sie nichts dem Zufall überlassen. Sie haben einen Katalog der rigorosesten und bestdurchdachten Gesetze aufgestellt, der mir je begegnet ist.«

»Jim«, sagte McCoy, »ich bin, weiß Gott, der letzte, der Khan oder die gesamte verfluchte Vorstellung einer *un*natürlichen Auslese verteidigt. Aber die Empyreaner wissen alles über die Nazis und die Eugenischen Kriege. Sie haben sie *studiert.* Sie sind davon ausgegangen, daß gute Naturwissenschaft im Einklang mit standhafter Moral und wohlwollender Motivation eventuell irgend etwas zustande bringen könnte.«

Scotty machte sich nicht die Mühe, seine Skepsis zu verbergen. »Und was könnte das sein, Doktor?«

»So gut wir Menschen auch sind«, sagte McCoy, »sind wir von der Vollkommenheit doch weit entfernt. Wenn man es vom wissenschaftlichen Standpunkt aus betrachtet, müssen Sie doch zugeben, daß wir eine Weiterentwicklung durchaus vertragen können.«

Kirk schenkte ihm einen skeptischen Blick. »Du klingst wie ein Bekehrter.«

»Keineswegs«, sagte McCoy mit einem leidenschaftlichen Kopfschütteln. »Aber ich muß sagen, daß der Planet auf mancherlei Weise verdammt beeindruckend war.«

»Wir sind auf eine aufgeklärte, friedliche Gesellschaft voller hervorragender kultureller, naturwissenschaftlicher und weltlicher Errungenschaften gestoßen«, sagte der Botschafter und ließ die Aufzeichnung weiterlaufen, die nun eine Reihe von achtzehn Jahre alten Bildern zeigte, auf denen er, McCoy und andere Besatzungsmitglieder der *Feynman* auf Nova Empyrea zu sehen waren.

Nach dem, was Kirk von der Kleidung, Architektur und den Dingen des täglichen Lebens sah, konnte man den bei den Empyreanern vorherrschenden Stil am besten als rein klassizistisch bezeichnen. Die Menschen waren wirklich sehr ansehnlich, wirkten aber nicht überzüchtet. Das Volk bestand aus sämtlichen menschlichen Rassen und deren Mischformen und wirkte auf allen physischen Ebenen um eine Klasse besser als die willkürlich und zufällig herangewachsene Menschheit.

»Wie Sie sehen«, fuhr Rousseau fort, »sind die Empyreaner zwar größer, stärker und körperlich vollkommener als der Durchschnittsmensch, aber in keiner Weise homogen. Außerdem haben wir festgestellt, daß sie –

verglichen mit willkürlichen Populationen ähnlichen Umfangs – auf allen Gebieten überdurchschnittlich begabt sind, von der Athletik über die Wissenschaften bis zu den Künsten.«

Der Botschafter musterte die Gesichter der am Tisch sitzenden Mannschaftskameraden McCoys. Sie waren noch immer sehr skeptisch. »Tja, ich sehe, daß ich Sie mit meiner kleinen Präsentation nicht überzeugen kann. Aber Sie werden das gleiche sehen, was Dr. McCoy und ich gesehen haben.«

»Vielleicht«, sagte Kirk. Das einzelne Wort artikulierte den Widerwillen, den er mit dem Rest der anwesenden Stabsoffiziere teilte. »Aber Sie haben von einer Krise gesprochen. Um was geht's genau?«

»Die Empyreaner wollen, daß wir unseren Außenposten entfernen.«

Kirk zog die Brauen hoch. »Nach achtzehn Jahren? Und warum?«

»Sie haben es nicht begründet. Die Naturwissenschaftliche Fakultät der Akademie glaubt noch immer, daß es von großem Wert ist, die Station dort zu belassen. Deswegen haben wir um eine Gelegenheit gebeten, über eine Erneuerung des Abkommens zu verhandeln. Das empyreanische Parlament hat sich hinsichtlich einer solchen Möglichkeit zwar nicht ermutigend geäußert, aber es hat nichts dagegen, eine Delegation zu empfangen. Und da wir schon mal miteinander zu tun hatten, haben Sie mich und Dr. McCoy angefordert.«

Kirk warf McCoy instinktiv einen Blick zu. McCoy wirkte ziemlich überrascht.

»Falls die Empyreaner es sich *nicht* anders überlegen«, fuhr Rousseau fort, »soll die *Enterprise* den Außenposten demontieren und das Föderationspersonal samt Ausrüstung nach Hause bringen.«

McCoy blinzelte verwirrt. »Ich verstehe zwar, weshalb sie nach dir verlangen, Mark – immerhin hast du die Verhandlungen geleitet –, aber wieso auch nach mir? Ich bin Arzt, kein Diplomat. Ich hatte mit dem Abkommen doch gar nichts zu tun.«

»Um ehrlich zu sein«, sagte Rousseau achselzuckend, »auch ich habe nicht die geringste Ahnung, warum sie dich dabei haben wollen, Pille. Aber so ist es nun mal. Wenn wir angekommen sind, gehst du mit mir, und wir verhandeln mit Elizabeth March, der Parlamentspräsidentin.«

Bei der Erwähnung dieses Namens erhaschte Kirk in McCoys Augen den Anflug einer Emotion. Er hielt jedoch nicht lange genug an, um ihn erkennen zu lassen, was dem Arzt in diesem Augenblick durch den Kopf ging. Doch was Kirk betraf, reichte es völlig aus, um sich noch mehr Sorgen zu machen. McCoy hatte aus Gründen, die Kirk nicht ganz verstand, schon die Ankunft Rousseaus als beunruhigend empfunden. *Was verschweigt er mir sonst noch? Und wie weit darf ich gehen, um es herauszukriegen?*

Kirk beugte sich zu McCoy vor. »Kennst du die Präsidentin?«

»Nur flüchtig«, sagte McCoy, aber er wirkte etwas zu stur, als er Kirks Blick auswich. »Sie war irgendein wissenschaftlicher Attaché aus der zweiten Reihe. Jemand, mit dem ich zusammengearbeitet habe. Kompetent.«

McCoys blaue Augen blickten Kirk kurz an, dann schaute er wieder weg, was Kirks Argwohn nur noch mehr anstachelte. »Das ist alles?«

»Das ist alles«, sagte McCoy.

»Du hast ein besseres Gedächtnis als ich, Pille«, sagte Rousseau. »Ich glaube, ich erinnere mich überhaupt nicht an sie.« Er schaute sich am Tisch um. »Mehr habe ich nicht zu sagen. Hat noch irgend jemand Fragen?«

Niemand wollte etwas fragen. Kirk drehte seinen Stuhl herum und stand auf. »Na schön, dann ...«

McCoy war schon zur Tür hinaus. Er drehte sich nicht mal um. Kirk schaute hinter ihm her, als er aus seinem Blickfeld verschwand, dann sagte er: »Danke, Herr Botschafter. Die *Enterprise* steht zu Ihren Diensten.«

Rousseau lächelte. »Das weiß ich zu schätzen, Captain. Ich würde mir gern die Brücke anschauen – falls Sie nichts dagegen haben, daß ein alter Hase Ihnen ein wenig über die Schulter blickt.«

»Überhaupt nicht. Sie sind überall auf dem Schiff willkommen. – Mr. Spock, begleiten Sie Botschafter Rousseau bitte auf die Brücke. Ich möchte, daß Sie für eine Weile das Kommando übernehmen. Auf nach Nova Empyrea.«

Spock nickte. »Darf ich fragen, wo ich Sie finden kann, Captain?«

»Ach… Ich muß noch eine Forschungsarbeit beenden.«

3

Du bist wirklich ein neugieriger Hund, Jim«, knurrte Dr. McCoy und warf Kirk aus dem Sessel in seiner Kabine einen finsteren Blick zu.

»Danke, ich bemühe mich.«

»Es war nicht als *Kompliment* gemeint!«

»Ist mir gleichgültig«, sagte Kirk gutgelaunt, machte sich einen Drink und nahm McCoy gegenüber Platz. »*Du* bist mir allerdings nicht gleichgültig. Wie soll ich dir helfen, mit der Sache fertig zu werden, wenn du mir etwas verheimlichst, verdammt noch mal?«

»Mir ist nicht aufgefallen, daß ich um Hilfe *gebeten* habe.«

»Aber mir. Zum Glück.«

McCoy rieb sich müde die Augen. Seine Stimme verlor ihren ätzenden Tonfall. »Gott behüte uns vor Captains, die sich für Psychotherapeuten halten«, sagte er stöhnend. Dann ließ er die Hände sinken und schaute Kirk an, als glaube er, sein Blick könne ihn vertreiben. Was freilich nicht der Fall war. Kirk rührte sich nicht von der Stelle.

»Jetzt erzählst du mir, was *wirklich* zwischen dir und Mark Rousseau auf der *Feynman* vorgefallen ist.«

»Na schön.« McCoy seufzte. »Es war kurz nach Beginn meiner Dienstzeit. Ich mußte mich noch immer an das Leben in der Flotte gewöhnen. Weltraumarzt zu sein, das unterschied sich von der Landarztpraxis meines Vaters in Georgia wie der Tag von der Nacht. Da war ich nun, ein grüner Junge, und die Flotte schickte mich von einem Notfall zum nächsten ...«

... in den ersten Monaten fern von der Erde sah ich mehr Blut und Gemetzel als in zehn Menschenleben. Ich wußte noch immer nicht genau, wer ich war und was ich tat. Ich fragte mich, ob ich nicht lieber nach Hause zurückkehren und den Versuch machen sollte, alles, vor dem ich fortgelaufen war, auf die Reihe zu kriegen.

Wenn ich zu Bett ging, sah ich die Gesichter jener vor mir, die ich zurückgelassen hatte. Meine Frau ... Ich weiß heute noch nicht, warum unsere Ehe gescheitert ist. Und Joanna ... Wie sie aussah, als ich sie zum letztenmal gesehen hatte. Meine Kleine ... Ich war nicht da, ich sah nicht, wie sie heranwuchs.

Dann kriegte ich aus heiterem Himmel einen Versetzungsbefehl. Niemand nannte mir den Grund, und ich war zu feige, um Fragen zu stellen. Und schon war ich auf einem Versorgungsschiff der Flotte, das zu einer Raumbasis unterwegs war ...

Immer wenn McCoy einen Transporterraum betrat, fing die dünne Stimme des Klugscheißers in seinem Hinterkopf wie ein Irrer an zu lachen: *Deine Atome werden sich in alle vier Windrichtungen zerstreuen. Sag tschüß, Blödmann ...* Bisher hatte sich das dünne Stimmchen immer geirrt. Auch diesmal fand sich McCoy dankbar und unbeschädigt in einem anderen Transporterraum wieder: an Bord der USS *Feynman.* Als die Transporteringenieurin seine zögernden Bewegungen sah, winkte sie ihn von der Plattform.

»Die Beine müssen Sie schon selbst bewegen, mein Sohn«, sagte die grauhaarige Frau. »Das erledigt keiner für Sie.«

McCoy nickte stumm, schulterte den Seesack und schlurfte die Stufen hinunter, wobei er hoffte, irgend jemand möge kommen und ihm sagen, was er hier sollte. Die Tür zum Gang glitt plötzlich auf, und er hob überrascht den Kopf, als Mark Rousseau eintrat.

»Willkommen an Bord, Leonard!« sagte er und klopfte McCoy auf die Schulter.

McCoy war dermaßen von den Socken, daß er nur blinzeln konnte. Erst jetzt erkannte er, daß sein Freund die Uniform eines Captains trug. »Mark, ist das dein Schiff?« brachte er schließlich heraus.

»Und ob!« sagte Rousseau grinsend. »Und du bist mein neuer Chefarzt.«

McCoys Augen quollen hervor. Sein Adamsapfel tanzte. »Ch ... Ch ... Chefarzt?«

Vergiß nicht, Jim, daß ich zu diesem Zeitpunkt ebenso wenig das Recht hatte, Chefarzt zu sein, wie du, Jim. Ich brauchte jedoch nicht lange, um in Erfahrung zu bringen, wie ich auf das Schiff gekommen war: Mark gab gutgelaunt zu, daß er an den richtigen Strippen gezogen und seine Beziehungen hatte spielen lassen. Zum Henker, er war der Stolz und das Hätschelkind der Flotte, deswegen konnte man ihm einen kleinen Gefallen nicht verwehren: zum Beispiel, daß er seinen völlig unterqualifizierten Kumpel Leonard zum Chefarzt machte ...

»Wie kommst du darauf, daß ich überhaupt dein Chefarzt sein will? Oder Chefarzt irgend eines anderen Captains?«

McCoy war inzwischen lange genug an Bord, um seine Kabine zu finden und sich entrüsten zu können. In diesem Moment hielt er sich in einer abgelegenen Ecke des überfüllten Freizeitdecks der *Feynman* auf und schwenkte vor seinem alten Freund und neuen kommandierenden Offizier wütend die Arme.

»Laß deine Raketen abkühlen, Leonard.«

»Ist das ein Befehl – *Sir?*« sagte McCoy sarkastisch.

»Was regst du dich denn so auf? Haben wir nicht darüber gesprochen, daß wir zusammenarbeiten wollen? Ich war nun mal in der Position, den Plan Wirklichkeit werden zu lassen.«

»Soll ich etwa den Rest meines Lebens damit zubringen, dir dafür zu danken?«

»Einmal würde reichen, falls du es schaffst, die Zähne mal eine Sekunde *nicht* zu fletschen.«

McCoy schüttelte den Kopf. »Wofür soll ich dir danken, verdammt noch mal?«

»Tja, beispielsweise müssen die meisten Ärzte Jahre darauf warten, bis sie Chefarzt werden – sogar auf kleinen Forschungsschiffen wie diesem. Oder bist du etwa nicht daran interessiert, daß du beruflich vorankommst?«

»Herr im Himmel, Mark«, sagte McCoy, stand auf und trat ans Aussichtsfenster. »Ich weiß *überhaupt* nicht, was mich interessiert. Ich weiß nicht mal, ob ich bei der Flotte bleiben soll.« Er spürte, daß eine Hand seine Schulter berührte, doch er war nicht bereit, sich von dem Fenster abzuwenden, von dem aus man auf den Raumbasis-Asteroiden blicken konnte, der im Licht der Sterne funkelte.

»Leonard, man kann nicht immer nur nach hinten schauen. Das Leben geht doch weiter.«

»Müßte ich das nicht *selbst* entscheiden?« Verbitterung klang in McCoys Stimme mit, aber es war ihm egal. Er hatte es satt, mit Kummer und Selbstmitleid zu ringen. Und er hatte es auch satt, es für sich zu behalten. Verdammt noch mal, schließlich ging nicht jede Ehe gut. Seine Frau war nicht die erste, die in den Armen eines anderen Mannes Trost gefunden hatte, und er wußte, daß seine Indifferenz Schuld daran war, daß sie den schicksalhaften Schritt getan hatte.

Mark hat recht, verdammt. Man darf nicht stehenbleiben. Doch McCoy hatte, offen gesagt, keine Ahnung, ob er jemals stark genug sein würde, entschlossen voranzuschreiten. Eins war ihm klar: Solange er nicht soweit war, würde er sich jedermann, so gut er es auch meinte, grollend widersetzen. Er wußte zwar, wie dumm es war, so zu empfinden, und wieviel Kraft er damit vergeudete, aber er konnte nicht gegen seine Gefühle an.

Schließlich wandte er sich zu Rousseau um. »Ich bin doch keine Schachfigur«, sagte er leise.

Mark runzelte die Stirn und blickte seinen Freund

eine geraume Weile an. Dann nickte er langsam. »Du hast recht. Ich hätte dich wahrscheinlich vorher fragen sollen.«

»Wahrscheinlich?« sagte McCoy und zog die Brauen hoch.

Mark zuckte die Achseln, gab sich geschlagen. »In Ordnung. Ich *hätte* dich fragen sollen. Wenn du also wieder auf den jämmerlichen Kahn zurück willst, von dem ich dich gerettet habe, brauchst du es nur zu sagen. Dann stehe ich zwar wie ein Idiot da ...«

»So ungewöhnlich ist das nun auch nicht.«

»... aber ich werde es für dich tun. Wir verlassen die Basis erst in zwei Tagen. Vielleicht überlegst du es dir bis dahin noch mal?«

»Na schön.«

»Du bist geblieben?«

McCoy nickte Kirk zu und nahm einen Schluck Brandy. »Entropie. Ich war schon da. Es war ja nicht so, daß es mir anderswo besser ergangen wäre. Aber ich kam nie über meine Gefühle weg, jedenfalls nicht ganz.«

»Über deinen Groll?«

»Yeah. Ich dachte fortwährend, der Mark Rousseau, den ich zuvor gekannt hatte, hätte nie etwas so Selbstherrliches und Anmaßendes getan.«

»Vielleicht hat er wirklich geglaubt, er täte dir einen Gefallen.«

»So war es wahrscheinlich«, sagte McCoy achselzuckend. »Aber ich habe es eben anders gesehen. Wir waren seit unseren Kindertagen nur selten zusammengewesen, und das ging schon über zehn Jahre so. Menschen können sich zwischen dem neunzehnten und neunundzwanzigsten Lebensjahr ganz schön verändern. Ich kam einfach nicht dahinter, ob er sich verändert oder ob ich ihn immer falsch eingeschätzt hatte. Nach sieben Monaten an Bord erkannte ich schließlich, daß Mark recht hatte. Ich mußte *wirklich* mit meinem

Leben weitermachen, ohne den ganzen Ballast, den ich auf der Erde zurückgelassen hatte – und ohne ihn. Deswegen habe ich mich von der *Feynman* versetzen lassen.«

Kirk saß einen Moment still da. »Und das ist alles?«

»Das ist alles. Tut mir leid, falls du mit einem Feuerwerk gerechnet hast.«

»Wenn du's so sagst.«

»Ich sag es so.«

»Gut.« Kirk stand auf. »Freut mich, daß es dir besser geht.«

»Wer sagt denn, daß es mir besser geht?« knurrte McCoy.

»Du brauchst mir nicht zu danken«, sagte Kirk, als er die Kabine verließ und McCoy im Vorbeigehen zuwinkte.

Die Tür glitt zu und ließ McCoy in seiner selbstgewählten Einsamkeit zurück. Hätte er auch den Rest der Geschichte erzählen sollen? Das, was auf Nova Empyrea wirklich passiert war? War es verlogen, wenn man nur einen Teil der Wahrheit ausplauderte? Er hatte nur die Fragen beantwortet, die Kirk gestellt hatte. Wahrscheinlich war es am besten, man ließ die *ungestellten* so lange wie möglich begraben.

Schließlich wußte er nicht, was passierte, wenn sie Nova Empyrea erreichten. Vielleicht blieb das, was vor langer Zeit passiert war, in der Vergangenheit. Vielleicht brauchte er sich gar keine Sorgen zu machen. *Vielleicht,* dachte er wehmütig, *gibt es sogar Haarwuchsmittel, die wirklich Haare wachsen lassen.*

McCoy stand auf und schlenderte barfüßig zu seinem Schreibtischcomputer. »Computer«, sagte er und nahm Platz, »Zugriff auf die Unterlagen der Mission der USS *Feynman* und Nova Empyrea.«

»Zugriff.«

McCoy rieb sich die Augen und holte tief Luft. Es war unglaublich, daß er nach fast zwanzig Jahren noch einmal dorthin zurückkehrte. Er bemühte sich, sich an den Menschen zu erinnern, der er damals gewesen war. Konnte man eigenen Erinnerungen trauen? Es kam ihm vor, als sei es länger her als ein Leben, andererseits aber war es ihm auch so nahe wie gestern. Trotz seines Wissens über die menschliche Psyche war es immer wieder erstaunlich und verwirrend, wie der Verstand zeitliche Wahrnehmungen in Übereinstimmung bringen konnte, die sich gegenseitig völlig ausschlossen.

»Enthält die Akte empyreanische Personalunterlagen?«

»Positiv.«

McCoy schluckte wie ein Taucher, der noch einmal tief Luft holt, bevor er sich in ein unbekanntes und finsteres Gewässer stürzt. »In Ordnung. Akte Elizabeth March anzeigen.«

Es dauerte kaum einen Herzschlag, dann war sie auf dem Bildschirm. Er wußte zwar, daß es ein romantisches Klischee schlimmster Art war, aber die schwarzhaarige und dunkelhäutige Schönheit dieser Frau nahm ihm noch heute ebenso den Atem wie vor achtzehn Jahren, als er ihr zum erstenmal begegnet war.

»Ich wette, von dir gibt's gar keine unvorteilhaften Fotos«, murmelte er dem Bild auf dem Monitor zu. Selbst auf der zweidimensionalen Abbildung funkelten ihre hellen Augen in wissender Intelligenz. Er stellte sich vor, wie sich ihre vollen Lippen zu einem Lächeln verzogen, wie sie ihn küßten.

McCoy fiel alles wieder ein. Wirklich alles. Jedes Gefühl. *Als wäre es gestern gewesen …*

Aber nichts davon war gestern passiert. Fast zwei Jahrzehnte waren vergangen. Nun war sie Präsidentin des empyreanischen Parlaments, und er hatte nicht die geringste Ahnung, warum man nach seiner Anwesenheit verlangte. Oder woran *sie* sich erinnerte. Eins stand fest: Er betete darum, daß sie sich *nicht* an ihre erste Begegnung erinnerte …

»Ich habe gefragt, wie Sie heißen.«

Dem jungen Dr. McCoy hatte es die Sprache verschlagen. Er glotzte die Frau nur an, die ihm nun schon zweimal diese einfache Frage gestellt hatte.

Das schwarze Haar umrahmte weich ihr Gesicht. Es fiel gerade bis auf ihre Schultern. Ihre makellose Haut hatte in etwa die Farbe hellen Kaffees. Sie war so groß wie er, und er konnte den Blick nicht von ihren himmelblauen Augen abwenden. Oh, Mann. Hätte er den Blick von ihr losgerissen, wäre er über den wohlproportionierten Körper geglitten, der sich straff unter dem enganliegenden Stoff ihrer Kleidung abzeichnete. Im Gegensatz zur lässigen körperlichen Vollkommenheit der Empyreaner, denen er bisher begegnet war, schlotterte seine Uniform nur so um seine hagere Gestalt.

McCoy wußte zwar, daß er wie ein Blöder auf sie wirkte, aber er konnte nichts dagegen tun. So einfach war das. Er konnte einfach nichts dagegen tun.

Es lag nicht nur an ihrem Aussehen. Sie war keine klassische Schönheit, falls es so was überhaupt gab. Man konnte manche ihrer Züge sogar mangelhaft nennen. Ihre Nase war etwas zu lang, der Nasenrücken wies einen deutlichen Höcker auf. Ihr Mund war etwas zu breit. Doch alles zusammen war so atemberaubend wie ein Sonnenuntergang aus goldenem Feuer.

Aber das war noch nicht alles. Obwohl sie kaum mehr als hallo gesagt hatte, wußte er, daß sie eine Seele und einen Intellekt besaß, wie sie ihm nie zuvor begegnet waren. Er wußte nicht, *wieso* er es wußte. Er *wußte* es eben. Noch nie hatte ihn eine Frau so vollständig verhext.

Allerdings hatte er seit dem Eintritt in die Flotte so gut wie keine Frau mehr angeschaut, obwohl es *wirklich* eine ganze Reihe von interessierten Damen gegeben hatte – nicht nur an der Akademie, auch während seiner ersten Reisen im All. Er hätte nur bereit sein müssen, sich die Freuden ihrer Gesellschaft zu gestatten.

Aber nachdem er die Scherben seiner Ehe hinter sich gelassen hatte, traute er sich keine Beziehung mehr zu, und Romanzen noch weniger. Außerdem glaubte er, Glück dieser Art stünde ihm nicht zu. Nicht nachdem er seine einzige große Liebe gewonnen und wieder verloren hatte.

Konnte es sein, daß er sich seiner Frau gegenüber in seinem tiefsten Inneren immer wie ein Betrüger vorgekommen war? Wenn er sich mit einem eingehenden und objektiven Blick maß, wußte er nicht mal, was sie in ihm gefunden hatte. Mit welchem Taschenspielertrick hatte er sie dazu gebracht, ihn zu heiraten? Wenn er nicht wußte, woraus diese Magie überhaupt bestanden hatte, wie, verdammt noch mal, hatte er sie in all den darauffolgenden Tagen, Wochen und Jahren immer wieder beschwören können?

Hatte er deswegen zugelassen, daß sein Beruf sein Leben beherrschte, obwohl er verdammt genau gewußt hatte, daß es falsch war? Vielleicht waren die fern von zu Hause verbrachten Stunden, in denen er studiert und gearbeitet hatte, die am wenigsten schmerzhafte Methode gewesen, um seine Frau zu überzeugen, daß er nicht der Mann war, für den sie ihn hielt, um ihr die Möglichkeit zu geben, den Schluß zu ziehen, daß sie etwas Besseres verdient hatte und sie ihre Ehe lieber früher als später beenden sollte.

Vielleicht hatte er seinen Glauben an die sich selbst erfüllende Prophezeiung bloß nie erschüttern können, die auf dem alten Witz basierte, man sollte nie in einen Verein eintreten, der Typen wie ihn aufzunehmen bereit war.

In der Selbstanalyse bin ich großartig. Schade nur, daß ich zu keinem brauchbaren Ergebnis komme.

Jedenfalls war er in den paar Jahren seit der Scheidung und seit der Aufnahme des Flottendienstes dem

Weg gefolgt, den das Schicksal und seine eigenen Fehler für ihn bereit hielten. Er hatte sich völlig der Medizin verschrieben. Frauen waren Kolleginnen, mit manchen war er befreundet. Er hatte nicht zugelassen, daß es irgendwie zwischen ihnen funkte; er wollte es auch nicht zulassen, solange er nicht genau wußte, ob er die Fehler wiederholte, die er bei seiner Ex-Frau gemacht hatte. Er wollte erst sicher sein, daß er Liebe verdiente und geliebt wurde. Das heißt, bis sein Blick auf Elizabeth March gefallen war, einen jungen empyreanischen Wissenschaftsattaché (er schätzte sie auf etwa fünfundzwanzig), die ihm gerade eine einfache Frage gestellt hatte.

»Sie heißen?« fragte sie noch einmal, leicht erheitert über seine sprachlose Reaktion. »Na, los doch. Sie schaffen es schon.«

McCoy blinzelte, um den hormonell bedingten Dunst zu vertreiben, der sich um sein Hirn gelegt hatte. »Ähm … McCoy, Ma'am. Leonard McCoy. Doktor der Medizin.«

Der Anflug eines Lächelns umspielte ihre Mundwinkel. »Tja, sieht so aus, als würden wir zusammenarbeiten, Leonard McCoy, Doktor der Medizin. Das heißt, falls Sie Interesse daran haben.«

McCoy setzte ein schiefes Grinsen auf und legte auf drollige Weise den Kopf schief. »Und ob ich daran interessiert bin, Dr. March.«

»Na prima.«

Und ob ich daran interessiert war, dachte McCoy und gestattete sich, als Elizabeth Marchs Gesicht auf dem Bildschirm verblaßte, ein Lächeln. Doch nun lautete die Frage: Hatte er noch immer Interesse?

4

Die Präsidentin des empyreanischen Parlaments hatte sich in die Ecke ihres Bürosofas gekuschelt. Die losen Kissen waren sorgfältig zu ihrer Lieblingsentspannungsposition verteilt und stützten Rücken, Hals und die Beine, während sie einen kleinen Computer auf dem Schoß balancierte.

Trotz der paar Fältchen an den Augen- und Mundwinkeln sah sie kaum älter aus als damals, als sie noch die junge Wissenschaftlerin auf dem Foto gewesen war, das McCoy sich auf der *Enterprise* angeschaut hatte. Ihr eng anliegender Overall zeigte, daß sie kaum ein Pfund zugenommen hatte.

Das Interkom auf dem Schreibtisch am anderen Ende des Raumes zirpte leise.

»Ja?« sagte sie geistesabwesend und begutachtete stirnrunzelnd die mathematischen Gleichungen auf dem Bildschirm des Laptops.

»Hier ist Tamiya. Wollte dich nur wissen lassen, daß unsere Fernsensoren die *Enterprise* geortet haben. Sie ist in einer Stunde hier.«

»Danke, Ibrahim.«

Ein Klopfen an der Tür ließ sie zusammenzucken, und als sie aufschaute, stand ein hochgewachsener Mann im Türrahmen.

Er hatte das wallende Silberhaar zu einem Pferdeschwanz zusammengebunden, was ihn irgendwie draufgängerisch wirken ließ. Er trug einen Gitarrenkoffer. Auch in seinem Gesicht hatte die Zeit kaum Spuren hinterlassen. Sein wirkliches Alter war schwer zu schätzen. Im Moment allerdings war sein Mund zu einer straffen, mißbilligenden Linie verzogen. »Noch ist es nicht zu spät, Elizabeth.«

»Wofür?« fragte sie. Sie wußte natürlich genau, worauf er anspielte. Aber sie hoffte, ihre vorgetäuschte Ahnungslosigkeit könne ihn dazu bewegen, das Thema zu vergessen.

Doch er machte ihre Hoffnung zunichte, indem er ins Büro trat. »Der Föderation ein für allemal zu sagen, daß sie verschwinden und uns in Ruhe lassen soll.«

»Clements«, sagte sie mit einem Rest von Geduld, von dem sie nicht gewußt hatte, daß er noch existierte, »das Parlament hat beschlossen, daß sie ihre Sache vertreten dürfen ...«

»... nachdem *du* einigen Leuten die Zähne gezeigt hast. Normalerweise wäre die Abstimmung *anders* ausgegangen.«

»Ist sie aber nicht. Und mir ist nicht danach, meine Ansichten oder die anderer zu ändern.«

Clements schüttelte den Kopf. »Es war schon damals ein Fehler, sie herkommen zu lassen. Und es ist auch heute noch einer. Du wirst's schon sehen.«

»Du bist ein unverbesserlicher Pessimist.«

»Skepsis ist gut für die Zucht.«

»Musik auch. Gib meiner Tochter jetzt die Gitarrenstunde.«

Clements drehte sich um und ließ sie allein. Elizabeth lehnte sich zurück, schloß die Augen und fuhr mit beiden Händen durch ihr dichtes Haar. Vielleicht hatte Clements recht, aber es war ihr egal.

Sie brauchte niemanden, der sie daran erinnerte. Sie hatte eigene – unausgesprochene – Gründe, warum sie wollte, daß die *Enterprise* noch einmal in die empyreanische Einsamkeit vordrang. Für Elizabeth March waren diese Gründe, die jedoch privat bleiben mußten, wichtiger als alles andere.

Kirk stützte sich neben Spocks wissenschaftlicher Station auf das Geländer. »Ich weiß nicht, Spock. Ich habe mir McCoys zwanzig Jahre alte Daten angeschaut. Wenn ich sie mir objektiv und unvoreingenommen ansehe, glaube ich zwar, daß die Empyreaner weiter entwickelt sind als wir altmodischen Menschen, aber sie kommen mir doch … *unnatürlich* vor.«

»Eine verständliche Reaktion, bedenkt man unsere bisherigen Erfahrungen mit den Versuchen, die willkürliche menschliche Reproduktion zu manipulieren.«

Kirk schüttelte den Kopf. »Hören Sie … Ich klinge wie ein kleingeistiger Maschinenstürmer, der sich gegen den Fortschritt sperrt. Seit Gregor Mendel im achtzehnten Jahrhundert manipuliert der Mensch die Genetik der Pflanzen. Und als wir im zwanzigsten Jahrhundert anfingen, das gleiche Verfahren bei Nutzvieh und bedrohten Spezies anzuwenden, schien niemand groß etwas dagegen zu haben.«

»Stimmt nicht ganz, Captain. Es gab schon Widerstand in der Bevölkerung, auch wenn er überwunden wurde. Einige Kritiker – manche wohlmeinend, andere nur maßlos – haben die Ängste der Öffentlichkeit geschürt.«

Kirk schaute überrascht drein. »Ängste? Wovor denn? Daß mutierte Kühe die Erde beherrschen?«

»Wer die gutartige Natur der Sache nicht verstand, befürchtete die mögliche Freisetzung gefährlichen Erbmaterials, und zwar in großem Ausmaß.«

»Klingt heutzutage irgendwie albern«, sagte Kirk mit einem Lächeln. »Aber damals ging es um Kühe und Getreide. Wenn es darum geht, die gleichen naturwissenschaftlichen Prinzipien auf Menschen anzuwenden, komme ich um das Wort *unnatürlich* einfach nicht herum.«

»Vielleicht. Aber die heutige Biomedizin kennt Verfahren, die man früher bestimmt auch für ›unnatürlich‹

gehalten hätte. Und viele Verfahren, die einst als der Weisheit letzter Schluß galten, werden heute bestenfalls als Kuriosität gesehen – im schlimmsten Fall als barbarisch. Dr. McCoy setzt Blutegel, Rosenkränze und Rasseln beispielsweise nur sehr selten ein.«

Kirk mußte einfach lächeln. Wer behauptete, Vulkanier hätten keinen Sinn für Humor?

»Captain« meldete Chekov, »wir folgen den empyreanischen Koordinaten jetzt in eine Standardkreisbahn.«

»Danke, Mr. Chekov«, sagte Kirk und kehrte zu seinem Sessel zurück.

Als die *Enterprise* ihren Anflug beendete, passierte sie einen im Sonnenschein funkelnden metallischen Gegenstand, der Nova Empyrea umkreiste. Er war zu weit entfernt, als daß man Einzelheiten hätte erkennen können. Kirk warf Spock einen Blick zu. »Ist das die Beobachtungsplattform der Föderation?«

»Positiv, Captain.«

»Schauen wir sie uns doch mal genauer an.«

Spock holte ein Bild über die Hecksensoren herein, vergrößerte es und legte es auf den Hauptschirm. Die orbitale Anlage wies ungelenke Struktur auf: Drei Module waren auf einem Mittelbaum befestigt; fünf Antennen ragten in diverse Richtungen.

Auf Kirks Nicken hin gab Spock etwas in seinen Computer ein. Das Bild der Raumplattform wurde durch die normale Ansicht des unter ihnen befindlichen Planeten ersetzt. Er war der Erde farblich und im Land-Wasser-Verhältnis ziemlich ähnlich, aber die Aufteilung der Landmassen war einzigartig. Kirk wußte aus den Forschungsunterlagen der USS *Feynman,* daß die Bewohner in der nördlichen Hemisphäre auf einer mittelgroßen Insel lebten.

Die Turbolifttür hinter Kirks rechter Schulter glitt auf, und Mark Rousseau kam auf die Brücke. »Ich bin bereit, wenn Sie's auch sind, Captain.«

»Uhura, nehmen Sie Kontakt mit dem Planeten auf.«

»Aye, Sir.«

Kurz nachdem Uhura den Planeten gerufen hatte, tauchte Elizabeth Marchs Bild auf dem Hauptschirm auf. Als Kirk aufstand, um sie offiziell zu begrüßen, bemerkte er, daß sie kaum älter als auf dem fast zwanzig Jahre alten Foto aussah. Ihre Präsenz strahlte sogar über den Bildschirm etwas unbestreitbar Magnetisches aus.

»Präsidentin March, ich bin Captain James Kirk von der *USS Enterprise.*«

»Willkommen auf Nova Empyrea, Captain.« Dann hielt sie inne und bedachte Rousseau, der von der Galerie herunterkam und neben Kirk stehenblieb, mit einem herzlichen Lächeln. »Auch Sie heiße ich willkommen, Herr Botschafter. Wie schön, Sie nach all den Jahren wiederzusehen.«

Kirk musterte Rousseau kurz. Er strahlte die Präsidentin förmlich an.

»Was für *Jahre,* Präsidentin? Sie sind kaum einen Tag älter geworden.«

»Und das überrascht Sie?« erwiderte sie. »Sie *wußten* doch, daß wir gute Gene haben.«

Was sind das für Vertraulichkeiten? fragte sich Kirk. Hatte Rousseau im Konferenzraum nicht behauptet, er könne sich kaum an die Frau erinnern? Er machte sich eine geistige Notiz. Diesem Widerspruch wollte er später nachgehen.

»Präsidentin March«, sagte Kirk, »die Föderation möchte Ihnen mitteilen, daß wir Ihre Einladung, wenigstens über eine Vertragsverlängerung zu reden, zu schätzen wissen.«

»Nun, Captain, an Ihrer Stelle würde ich nicht zuviel erwarten. Das Parlament hat dieser Zusammenkunft nur mit hauchdünner Mehrheit zugestimmt, und ich wäre kaum ehrlich, würde ich Ihre Hoffnung auf eine Fortsetzung des alten Abkommens ermutigen. Ich glaube, daß wir unsere Gefühle in Sachen Begegnung mit Außenweltlern ziemlich deutlich gemacht haben.«

»Das haben Sie.« Kirk wägte ihren neutralen Tonfall gegen die unverblümt negative Einschätzung der Situation ab. Wollte sie seine Erwartungen nur herunterschrauben, oder waren die Aussichten wirklich so öde, wie die Wahl ihrer Worte vermuten ließ? Er würde es bald erfahren. »Wenn Sie bereit sind, uns zu empfangen ... Unsere Delegation kann jederzeit zu Ihnen kommen.«

»Wer wird zur Delegation gehören, Captain?«

»Botschafter Rousseau und Dr. McCoy, wie Sie erbeten haben. Dazu mein Erster Offizier und ich.«

Die Präsidentin schüttelte den Kopf. »Tut mir leid, Captain. Die Parlamentsresolution hat für die Gespräche nur ein Maximum von zwei Föderationsvertretern zugelassen; dazu ein aus zwei – aus *nur* zwei – Personen bestehendes technisches Team, das die Vorbereitungen für den Abbau des wissenschaftlichen Außenpostens in Angriff nehmen soll. So vergeuden wir nur ein Minimum an Zeit, falls der endgültige Beschluß getroffen wird, Ihre Leute und die Ausrüstung nach Hause zu schicken.«

Kirk runzelte gezwungenermaßen die Stirn. Offenbar hatte sich die fremdenfeindliche Politik der Empyreaner nicht geändert. Zudem klang Präsidentin March so, als hätten sie längst bestimmt, daß die Föderation von ihrer Welt verschwinden sollte. *Es ist ihr Planet, sie haben nun mal das Sagen,* dachte er. *Aber was soll dann diese Scharade mit den ›Verhandlungen‹?*

Rousseau meldete sich zu Wort. »Präsidentin, es kann doch sicher niemandem schaden, wenn ...«

»Tut mir leid, meine Herren«, sagte sie freundlich und schnitt seinen milden Protest ab. »Über diese Bedingungen kann nicht verhandelt werden.«

»In diesem Fall«, sagte Kirk, »werden Botschafter

Rousseau und Dr. McCoy allein auf den Planeten beamen. Ist es Ihnen in einer halben Stunde recht?«

»Das wäre ausgezeichnet, Captain Kirk. Schade, daß wir uns nicht persönlich treffen können.«

Kirk hatte den Eindruck, daß sie es nicht ernst meinte. »Vielleicht ein anderes Mal«, sagte er mit einem diplomatischen Lächeln.

»Vielleicht. Was aber unter den gegenwärtigen Umständen wenig wahrscheinlich ist. – March, Ende.«

Ihr Bild verschwand vom Bildschirm und wurde durch das des Planeten ersetzt. Kirk drehte seinen Sessel zu Spock und Rousseau um, die hinter ihm standen. »Unfreundlich und herzlich in einem. Eine vollendete Diplomatin.«

»Die Empyreaner sind nicht etwa unfreundlich, Captain«, sagte Rousseau. »Jedenfalls nicht bewußt. Aber nach eineinhalb Jahrhunderten ist ihre Politik Außenweltlern gegenüber mehr oder weniger eine Sache der Ideologie. Es hat mit dem Fundament ihrer gesamten Gesellschaft zu tun, und die ändert man nicht leicht.«

»Und doch haben sie damals eine Ausnahme gemacht, als Ihr Schiff sie entdeckte«, sagte Spock.

Rousseau nickte. »Ein glücklicher Zufall. Wir sind in einer Zeit auf sie gestoßen, als sie erwägten, sich gesellschaftlich zu öffnen. In den vier Monaten, die wir hier verbracht haben, hat man nicht nur darüber geredet, Außenweltler zu tolerieren, sondern sie auch aktiv willkommen zu heißen.«

»Eine offenbar nur kurzlebige Einstellung«, sagte Spock.

»Ich fürchte, die Konservativen haben gesiegt. Deswegen darf das wissenschaftliche Personal des Außenpostens auch keinen Kontakt zu Empyreanern unterhalten.«

»Und wie schätzen Sie die Lage ein, Herr Botschafter?« fragte Kirk, der ebenfalls nicht sehr hoffnungsvoll klang. »Besteht irgendeine echte Chance, daß sie das Abkommen erneuern?«

Rousseau grinste breit. »Wissen Sie, was ich nach meinem Berufswechsel als erstes gelernt habe? Diplomaten glauben *immer* daran, daß eine Chance besteht. Nur verrückte Optimisten können einen Raum betreten, sich zwischen zwei eingeschworenen Feinden aufbauen, die am liebsten über den Tisch springen und ihrem Gegenspieler an die Kehle fahren würden, und irgendwelche Gemeinsamkeiten zwischen ihnen sehen.«

5

Ich soll *wohin* gehen, um *was* zu tun?!« Scott schien aus der Fassung zu geraten.

»Sie haben mich schon verstanden, Mr. Scott«, sagte Kirk zu dem ihn anstarrenden Chefingenieur. Scotty wirkte tatsächlich sauer. »Die Empyreaner haben uns verdeutlicht, daß wir uns darauf vorbereiten sollen, den wissenschaftlichen Außenposten auf ihr Signal hin sofort zu demontieren. Und sie wollen, daß sich nur zwei Mann um die Sache kümmern. Die logische Wahl – falls Sie den Ausdruck verzeihen – sind Sie und Mr. Spock.«

Scott stierte weiterhin wortlos vor sich hin. Das dumpfe, rhythmische *Wrummm* aus dem Maschinenraum klang wie ein Herzschlag und übertönte die ansonsten unbehagliche Stille. Schließlich schüttelte er mit einer Miene den Kopf, die seinen Abscheu kundtat.

»Ich schätze, da kriegen wir's mit 'n paar von den genetisch perfekten technischen Typen zu tun«, sagte er, ohne sich die Mühe zu machen, die Ironie aus seinen Worten zu verbannen. Er drehte sich um und ging zu seinem Büro. Kirk folgte ihm.

»Irgendwelche Zusammenarbeit wird wohl nötig sein, nehme ich an. Aber auf der Grundlage dessen, was wir bisher gesehen haben, würde ich nicht davon ausgehen, daß Sie es mit einer ganzen Empyreaner-Horde zu tun haben. Ich glaube, sie wollen nur minimalen Kontakt zu uns.«

Scott murmelte einen gälischen Fluch. »Tja, das ist ja wieder mal typisch! Sie gehen uns aus dem Weg, als hätten wir die Pest. Ich hab' noch nie so'n rüpelhaftes ...«

»Ich dachte, *Sie* wollten so wenig wie möglich mit ihnen zu tun haben.«

»Aber *sicher,* Sir«, sagte Scott beleidigt. »Aber ich kann's nun mal ums Verrecken nicht leiden, wenn mir jemand mit seiner Antipathie *zuvorkommt!*«

»Bist du immer noch so scharf auf Transporter wie früher?«

McCoy musterte Botschafter Rousseau mit einem schnellen Blick. »Ob Sumpf-Alligatoren eigentlich Sumpf fressen?«

Rousseau kicherte, als sie in den Transporterraum der *Enterprise* kamen. »Falls es je einen Burschen gegeben hat, für den das Leben im All nichts ist, dann bist *du* es, Pille. Ich dachte, du hättest dich schon vor Jahren zur Ruhe gesetzt und wie dein Vater eine kleine Landpraxis in Georgia aufgemacht.«

»Was? Um meinen ganzen Charme an einen einzigen Planeten zu verschwenden?«

Sie nahmen ihre Plätze auf den Transportermarkierungen ein. Rousseau nickte dem Fähnrich zu, der das Steuergerät bediente. »Energie.«

Sie materialisierten inmitten eines Ziergartens, der den zum Landhaus der Präsidentin führenden Hügel bedeckte. Üppige, geometrisch geformte Blumenbeete umgaben sternförmig plattierte Wege, und makellos gestutzte Hecken begrenzten das Areal. Süßer Blumenduft hing in der weichen Sommerluft. Die Äste von vier hoch aufragenden Eichen trafen sich in der Gartenmitte und bildeten einen schattigen Baldachin über Bänken und einem Springbrunnen.

McCoy schaute zu den flaumigen, den blauen Himmel zierenden Wolken auf und atmete tief ein. »Hier riecht's fast wie zu Hause, Mark.«

»Die Gegend ist so schön wie in meiner Erinnerung.«

Elizabeth auch, dachte McCoy.

Als sie durch den Garten schritten und den sanft ansteigenden Pfad hinaufgingen, hörten sie die leisen Klänge von Musik, die von der momentanen Brise herangetragen wurden. Sie war, als sie durch die Bäume wisperte, kaum von der Musik zu unterscheiden, die der Wind selbst erzeugte. Als sie das Haus erreichten, wurde die Musik deutlicher: Elegante Arpeggios erfüllten die Luft.

McCoy und Rousseau blieben stehen und warteten auf dem weißen Kiesweg vor einem überdachten Solarium, dessen Tür zum Garten hinausführte. Von dort aus konnten sie ins Innere sehen, und sie erblickten zwischen einer Ansammlung bunter Pflanzen und kleiner Topfbäume eine dunkelhaarige junge Frau, die dort saß und auf einer klassischen Gitarre spielte. Ein hochgewachsener Mann mit langem silbernen Haar stand neben ihr, beobachtete sie und hörte kritisch zu. Obwohl seine Haltung klarmachte, daß er ihr Lehrer war, konnte man dennoch deutlich erkennen, daß ihr Spiel ihn verzauberte.

Sie beugte sich vor und umarmte das Instrument wie einen Geliebten. Ihre Finger liebkosten die sechs Saiten und entlockten ihnen auf magische Weise eine melodische Kaskade, die eines Orchesters würdig war. Die Krümmung ihres Rückens und ihrer Arme und Beine schmiegte sich an die Konturen des schimmernden bernsteinfarbenen Gitarrenkorpus. Sie war absolut konzentriert.

McCoy und Rousseau lauschten in der offenen Tür; die Vorstellung faszinierte sie. Die Finger der jungen Frau flogen und tanzten über die Saiten, und das Tempo wurde schneller. Ihr Kopf wippte im Rhythmus dazu, und die in der Melodie enthaltenen Emotionen zeigten sich in ihrem Gesicht, als die Musik dem Höhepunkt entgegenstrebte. Und mit einer schwungvollen Handbewegung beendete sie das Stück.

Nach einem Augenblick des Schweigens fuhr ihr Kopf ebenso herum wie der ihres Lehrers, denn der Applaus, der von der Gartentür her kam, überraschte sie. Der Lehrer wirkte über die Störung verärgert, doch die junge Frau nahm ihre Haltung wieder ein und neigte mit einer eleganten Gebärde den Kopf, als McCoy und Rousseau den Sonnenraum betraten.

»Wie ich sehe, haben Sie meine Tochter schon kennengelernt«, sagte eine vertraute Stimme aus einer offenen Tür, die zu einem Korridor und zum Rest des Landhauses führte. Alle schauten auf und sahen Elizabeth March eintreten.

»Offiziell noch nicht, Präsidentin March«, sagte Rousseau.

Elizabeth kam näher und blieb neben ihrer Tochter stehen. Die Ähnlichkeit war deutlich – sie hatte das gleiche schimmernd schwarze Haar, die gleiche Hautfarbe, die gleichen starken Züge und die glitzernde Intelligenz im Blick. »Anna, das sind Botschafter Mark Rousseau und Dr. Leonard McCoy.«

»Mein heimliches, aber teilnahmsvolles Publikum«, sagte Anna mit einem listigen Lächeln.

Clements setzte eine finstere Miene auf. »Die Musik hat sie allem Anschein nach genötigt, sich anzuschleichen.«

»Wir haben uns an niemanden herangeschlichen«, sagte McCoy, der im Aufsetzen finsterer Mienen ebenfalls kein Anfänger war. »Wir haben zugehört. Wir wollten das Spiel einfach nicht stören.«

»Ihre Anwesenheit auf unserem Planeten ist an sich schon eine Störung«, gab Clements zurück.

»Und *Ihre* Anwesenheit ist für uns eine Freude, Anna«, sagte Rousseau und lenkte das Gespräch sicher und geschickt in neutrale Bahnen. Er nahm Annas Hand und küßte sie wie ein Höfling.

»Nicht mal *er* hat je so gut gespielt«, sagte McCoy.

»Ich gestehe es, Doktor«, sagte Rousseau. »Sie spielen prächtig, Anna. War es ein für die Gitarre umgeschriebenes Stück von Mozart?«

»Anna hat es selbst komponiert«, warf der Silberhaarige ein.

»Das ist Clements, Annas Musiklehrer«, sagte Elizabeth. »Er ist außerdem unser führender forensischer Ermittler.«

»Und ungefähr so diplomatisch wie ich«, sagte McCoy schnippisch. Er legte den Kopf schief und schenkte Clements einen Blick. »Sie betreiben gerichtsmedizinische Ermittlungen?«

»Hin und wieder – bei ungeklärten Fällen«, sagte Clements.

McCoys Blick wandte sich von Clements ab und fiel auf Elizabeth. »Sie sind genetisch vollkommen, und trotzdem kommt es bei Ihnen zu Verbrechen?«

»Wir behaupten nicht, daß wir vollkommen sind, Doktor – nur besser«, sagte Clements gepreßt. Er hob den Gitarrenkoffer auf und nickte den Besuchern höflich zu. »Ich hoffe, Ihr Aufenthalt hier ist erfreulich – und kurz.« Damit wandte er sich um und ging durch das Gartentor hinaus.

»Sie sind eine begabte Komponistin, Anna«, sagte Rousseau, als das Mädchen die Gitarrensaiten mit einem Tuch abwischte und das Instrument wie eine Mutter, die einen Säugling zu Bett brachte, in einen Koffer legte.

»Ich danke Ihnen, Herr Botschafter, aber ich bin nicht so genial, wie sie vielleicht glauben. Ich habe das Stück im vergangenen Monat für einen Solistenwettbewerb geschrieben.«

»Dann haben Sie bestimmt gewonnen«, sagte McCoy.

Annas Mund verzog sich zu einem spöttischen Lächeln. »Ich war die dreiundneunzigste von einhundertzwanzig Teilnehmern.«

Elizabeth zog ihre Tochter an sich. »Nach der irdischen Norm ist sie vielleicht sehr begabt, aber auf Nova

Empyrea ist sie nur Durchschnitt.« Die Bemerkung war weder prahlerisch noch mißbilligend gemeint, sondern einfach nur sachlich.

»Ach, ja«, sagte Rousseau. »Eine bessere menschliche Rasse.«

Elizabeth ließ ihre Tochter los und schob sie mit sanftem Druck zur Tür. »Du mußt jetzt lernen, und wir müssen über einen Vertrag reden. Wenn du uns also bitte entschuldigen würdest ...«

Anna wirkte zwar, als würde sie lieber bleiben, aber dann nahm sie widerwillig den Gitarrenkoffer und wandte sich zu McCoy und Rousseau um. In diesem Moment wirkte sie kaum wie ein vollkommenes Produkt der Genetik, sondern eher wie ein Mädchen, das sich danach sehnte, ein Teil der Welt der Erwachsenen zu sein, damit man sie nicht auf ihr Zimmer schicken konnte, um ihre Hausaufgaben zu erledigen.

»Tja, die Präsidentin hat die Macht«, sagte sie mit einem Anflug von Erwachsenensarkasmus. »Vielleicht sehen wir uns noch, bevor Sie Empyrea verlassen.«

»Aber gern«, sagte McCoy. »Das heißt, falls die Präsidentin nichts dagegen hat.«

»Vielleicht haben wir Gelegenheit, ein Duett zu spielen«, sagte Rousseau.

»Angeber«, murmelte McCoy.

Anna lächelte. »Würde mir gefallen.«

»Hör auf zu schäkern, Anna«, tadelte Elizabeth.

»Ja, Mutter«, sagte Anna und verdrehte genervt die Augen.

Sie ging, und Elizabeth geleitete die beiden Männer zu den Korbmöbeln in der Ecke des Solariums. »Falls man es nicht bemerkt: Sie ist mein Stolz und meine Freude.«

»Überrascht mich nicht«, sagte McCoy. »Wie alt ist sie?«

»Sie wird bald achtzehn.«

McCoy stutzte, schaute Anna heimlich hinterher und

glaubte in Präsidentin Marchs Augen ein leises Flakkern der Besorgnis zu sehen. Hatte es etwas mit ihrer Tochter zu tun? Oder lag es nur an der Anspannung, weil sie sich um die Außenpostengeschichte kümmern mußte?

Er war sich zwar nicht sicher, aber sie wirkte nicht so, als unterstütze sie die empyreanischen Bemühungen, den kurzen Flirt dieser Welt mit der Föderation abzubrechen. Er fragte sich, welche planetare Politik hinter dem Parlamentsbeschluß stand. Sollte er fragen? Elizabeth und Mark schwafelten miteinander, wie es bei Diplomaten üblich war, die riskanten Themen am liebsten auswichen.

Wer bin ich denn, daß ich sie unterbrechen kann? Andererseits bin ich aber wohl kaum wegen meiner staatsmännischen Talente hier …

»Sind Sie auch dafür, den Außenposten zu demontieren?« platzte er heraus.

Die Frage traf Elizabeth unvorbereitet. »Ähm, das Parlament hat …«

McCoy schüttelte den Kopf. »Ich meine nicht das Parlament. Ich meine Sie persönlich.«

Rousseau warf ihm einen warnenden Blick zu. »Leonard …«

»Nein, ich möchte es wissen. Was ist gegen eine unmißverständliche Frage einzuwenden?«

»Nichts«, sagte sie. »Nichts.«

McCoy grinste. »Gut. Ich kann's nicht ausstehen, mich in diplomatische Nettigkeiten zu verstricken.«

»Was bislang noch niemand bemerkt hat«, murmelte Rousseau unheilschwanger.

»In dieser Angelegenheit sprechen das Parlament und ich mit einer Stimme, Doktor.«

Das klang aber nicht sehr überzeugend, dachte McCoy stirnrunzelnd. *Womit das Experiment ›direktes Vorgehen‹ auch schon gescheitert wäre.*

6

Der auf Nova Empyrea errichtete Beobachtungskomplex der Föderation hockte auf dem flachen Gipfel des Mount Placidus, von dem aus man die Hauptstadt des Planeten überblickte. Das Observatorium bestand aus drei Kuppelgebäuden und einem Hochfrequenzsender in einem dreißig Meter hohen Turm.

Laut Kirks Übereinkunft mit der empyreanischen Präsidentin beamten Spock und Scott auf den Planeten, um die Inspektion in Angriff zu nehmen. Sie materialisierten in der kleinen Empfangshalle des Außenpostens.

Die grauen Plattenwände, die indirekte Beleuchtung und die Abwesenheit irgendwelcher Geräusche ließ sie die Station als kühl und gruftartig empfinden. Es gab nicht einmal Pflanzen, die diesen Ort aufhellten. Alles sah so aus, als habe in den vergangenen achtzehn Jahren weder jemand hier gewohnt noch die Geräte bedient.

Scott hoffte für das Stationspersonal, daß ihre Unterkünfte heimeliger waren als dieser Abschnitt. »Sieht verlassen aus«, sagte er, als er den Sack mit der Ausrüstung von seiner Schulter gleiten ließ und ihn auf dem harten, kalten Boden abstellte. »Weiß hier denn niemand, daß wir kommen?«

»Deswegen ist ja alles verlassen«, sagte eine frostige Stimme aus dem Hintergrund.

Sie wandten sich um und sahen einen typischen hochgewachsenen Empyreaner auf sich zukommen. Er war Anfang Dreißig und hatte Muskeln wie ein Rennpferd. Seine Gesichtszüge zeigten, daß er eine Mischung aus verschiedenen menschlichen Rassen darstellte.

»Das verstehe ich nicht«, sagte Scott und musterte den Mann. »Wo ist der Observationsstab? Man hat uns doch gesagt, daß hier ein Dutzend Wissenschaftler arbeitet.«

»Ich bin Dr. Ramon Ortega«, sagte der Mann. »Ihr Kontaktmann. Das Föderationspersonal wurde ins Isolationszentrum geschickt. Das ist hier das Standardverfahren, wenn ein Empyreaner das Observatorium besucht – Teil der Antifraternisierungsstatuten, die gültig sind, seit der Außenposten seine Arbeit aufgenommen hat.«

»Na, *das* ist ja vielleicht 'n herrlicher Gedanke«, sagte Scott, ohne sich Mühe zu machen, seinen Sarkasmus zu kaschieren.

Ortega schaute mit leichter Geringschätzung, die sich in seinen zusammengekniffenen Augen und gespitzten Lippen zeigte, von einem Offizier zum anderen, als schätze er ihre offensichtlichen Mängel ein. Er entließ Scott mit einem Blick, dann richtete er seine Aufmerksamkeit auf Spock.

»Sie sind der erste Vulkanier, der je hier war, Commander Spock. Ich nehme an, Ihre körperliche und geistige Evolution hebt Sie auf eine Ebene, die über der des Durchschnittsterraners liegt. Vielleicht sind Sie uns sogar auf mancherlei Weise ähnlich.«

Spock reagierte auf Ortegas Interesse mit einer neutralen Miene. »Empirische Vergleiche zwischen den Vulkaniern und dem gegenwärtigen Homo Sapiens sind mir nicht geläufig. Außerdem wären sie akademisch irrelevant. Terraner und Vulkanier weisen unterschiedliche Charakteristika auf, von denen manche ererbt und manche erlernt sind, aber keine Spezies ist der anderen nachweisbar überlegen. Außerdem bin ich halb Mensch und halb Vulkanier.«

»Ach?« Ortega hob fragend die Brauen. Diese Enthüllung schien sein Interesse noch mehr anzustacheln. »Gemischte Abstammung. Natürlich geplant und überwacht – wenn man den legendären naturwissenschaftlichen Eifer der Vulkanier und ihre Hingabe an die Logik bedenkt.«

»Eigentlich, Dr. Ortega, war die Kombination meiner Gene weder geplant noch überwacht. Obwohl mein Vater die eheliche Verbindung für logisch sinnvoll gehalten haben muß, wurde meine menschliche Mutter von Gefühlen der Zuneigung und Bewunderung für ihn geleitet. Sie hat ihre Wahl nicht auf logischer Grundlage, sondern aufgrund von Emotionen getroffen.«

Ortegas Faszination war auf der Stelle verschwunden. »Dann ist es bloß ein Fall von *uneinheitlicher* Abstammung? Eine willkürliche genetische Kombination?«

»Das würde ich daraus schließen.«

Hätte Scott es nicht besser gewußt, er hätte geschworen, daß Spock den empyreanischen Wissenschaftler auf den Arm nahm. Doch Ortega schien nichts davon zu bemerken.

»So ein Pech«, sagte er geringschätzig. »Nun ja, wenn Sie mir folgen wollen, können wir anfangen.«

Scott und Spock blieben ein paar Schritte hinter ihm, und der Ingenieur beugte sich dicht an eins der spitzen Vulkanierohren. »Sieht so aus, als wäre es auch der sogenannten genetischen Vollkommenheit nicht gelungen, dann und wann einen echten Arsch auf die Welt zu bringen.«

»Eine stichhaltige Beobachtung, Mr. Scott, falls ich diese Redensart richtig verstehe.«

»Und ob Sie sie verstehen, Sir.«

Kirk war gar nicht erfreut, als er hörte, daß die Angehörigen des Beobachtungspersonals der Föderation aus dem Außenposten entfernt worden waren. Er war sogar ziemlich verärgert. Obwohl es zu seinem Job gehörte, allem mit Toleranz zu begegnen, was man eventuell für eine kulturelle Schrulle anderer Völker halten konnte (er hatte auf seinen Reisen viele *wirklich* verschrobene fremdländische Sitten erlebt), empfand er den zwanghaften Separatismus der Empyreaner zunehmend als irritierend.

Menschen, ob genetisch oder sonstwie perfekt, denen es per Gesetz verboten war, den Blick auch nur auf andere Wesen zu richten, bloß weil sie von anderen Planeten stammten, konnten ihn geradezu rasend machen. Eine Kultur, die auf so durchorganisierten naturwissenschaftlichen Fundamenten aufgebaut war, zeigte keinerlei Vernunft, wenn sie auf dieser fanatischen Rassentrennung bestand.

Kirks Gefühle waren jedoch irrelevant, und das war ihm klar. Er war nicht hier, um den Empyreanern zu sagen, was er von ihnen hielt oder wie sie ihre Geschäfte führen sollten. Aber er konnte zumindest eins tun: Er konnte die Leute aus der Föderation aus ihrer Isolation befreien. Sofort nach Spocks Meldung ließ er Uhura Kontakt mit Präsidentin March herstellen, wobei er ihr Gespräch mit Botschafter Rousseau und Dr. McCoy unterbrach.

»Es ist ja nicht so, als hätte man sie in ein Verlies geworfen, Captain«, sagte die Präsidentin, nachdem sie den Grund seines Anrufes erfahren hatte. »Das Isolationszentrum ist ebenso komfortabel wie ihr normales Quartier, und sie sind seit Jahren an dieses Verfahren gewöhnt.«

»Tja, ich möchte ihnen trotzdem für die Zeit der Gespräche eine alternative Unterbringung auf meinem Schiff anbieten, falls Sie nichts dagegen haben.«

»Ich habe keinerlei Einwände. Aber wie gesagt, sie sind keine Gefangenen ...«

»Sie können sich eben nur nicht frei bewegen«, sagte

Kirk, womit er seine Mißbilligung deutlich zum Ausdruck brachte.

»Das stimmt, Captain«, gab Elizabeth zurück. »So sind die Dinge nun mal. Sie können das Isolationszentrum ohne weiteres kontaktieren und Ihr Angebot unterbreiten. Falls Dr. Skoloff und seine Leute ihre Auszeit lieber an Bord der *Enterprise* verbringen wollen, haben wir nichts dagegen. War das alles, Captain?«

»Ja. Danke, Präsidentin March. – Kirk, Ende.«

Kirks Gesicht war auf dem Schreibtischbildschirm der Präsidentin kaum verblaßt, als Mark Rousseaus tiefe Stimme erneut ihr Büro ausfüllte.

»Es muß doch etwas geben, das ich sagen kann, um Ihre Meinung in der Vertragssache zu ändern«, flehte er.

»Ich bezweifle es«, sagte Präsidentin March auf der anderen Tischseite. Man hatte sich inzwischen in ihr Privatbüro im Inneren des Landhauses begeben, wo McCoy und Rousseau auf Sesseln mit hohen Rückenlehnen saßen. Hauchdünne abstrakte Skulpturen und metallische Gebilde standen hinter ihr auf einem Regal. Ein Regenbogen aus Pflanzenblüten leuchtete in einem großen Erkerfenster, das einen Ausblick auf den Garten erlaubte.

»Das kann ich nicht hinnehmen, Präsidentin. Denken Sie an die vielversprechende Situation, die wir vor achtzehn Jahren sich entwickeln sahen. Ist es denn keine weitere Mühe wert, die Hoffnung zu nähren, daß der Vertrag erneuert wird?«

Elizabeth seufzte. »Das Parlament denkt offenbar anders. Der empyreanische Weg ist der Weg der Separation. Das wissen Sie doch schon.«

McCoy schüttelte den Kopf und wies mit der Hand zum Himmel. »Isolation von der Vielzahl des Lebens dort draußen? Wie könnte Empyrea dies von Nutzen sein? Gott weiß, daß ich die Vulkanier und ihre höllische Logik nicht immer verstehe, aber sie glauben fest an unendliche Mannigfaltigkeit in unendlicher Kombination. Und ich treibe mich nun lange genug in der Galaxis herum, um zu wissen, daß diese Idee eine Menge Gutes in sich trägt.«

Präsidentin March blieb unbewegt. »Vielleicht finden auch wir eines Tages zu diesem Glauben. Aber bevor es soweit ist, wollen wir uns Gelegenheit geben, das zu perfektionieren, was wir sind, und jeden realisierbaren Vorteil erringen, bevor wir uns mit all diesen Lebensformen abgeben.«

»Dann, fürchte ich, haben Sie noch einen weiten Weg vor sich, Präsidentin«, sagte McCoy. »Lebensformen sind von Natur aus mangelhaft.«

»Wir stimmen dem nicht zu. Doch selbst wenn es stimmt, es gibt Grade von Beinahe-Perfektion. Wir glauben, daß der höchste Grad erstrebenswert ist – ohne die genetischen und kulturellen Ablenkungen, die mit den Störungen von außerhalb kommen.«

»Dann kommt es also aufs Parlament an«, sagte Rousseau.

Elizabeth nickte. »Wenn Sie die Sache bis zum bitteren Ende durchfechten wollen, steht es Ihnen frei, einen formellen Vorschlag einzureichen, Herr Botschafter. Dann lasse ich darüber abstimmen.«

Rousseau nickte. »Ich gebe erst auf, wenn ich nicht mehr atme. Sie bekommen den Vorschlag morgen abend. Ist das früh genug?«

Sie nickte und stand auf. »Das wäre gut. Aber wie gesagt, seien Sie über das Ergebnis nicht überrascht.«

»Tja ... Das war's denn wohl«, sagte McCoy und zückte seinen Kommunikator. »Sobald Botschafter Rousseau fertig ist, melden wir uns wieder. – McCoy an *Enterprise:* zwei Mann hochbeamen.«

»Ähm«, sagte Elizabeth hastig. »Hätten Sie was dagegen, noch ein paar Minuten zu bleiben, Doktor? Ich möchte den Botschafter nicht davon abhalten, seinen

Vorschlag auszuarbeiten, aber da ist noch eine andere Sache … eine medizinische … die ich gern mit Ihnen besprechen möchte.«

McCoy zuckte die Achseln. »Nein, ich habe nichts dagegen. – *Enterprise,* nur einen hochbeamen: Botschafter Rousseau. Ich komme etwas später nach.«

Der Transporteringenieur bestätigte McCoys Anfrage und holte Rousseau aufs Schiff zurück. Elizabeth wartete, bis das letzte Funkeln der Molekülauflösung verblaßt war. Dann weichte ihre geschäftsmäßige Miene auf und sie präsentierte sich McCoy nicht mehr als Politikerin, sondern als Frau.

Er schaute leicht verwirrt drein, als sie etwas näher kam. Er hatte keine Ahnung, was sie wollte.

»Ich wußte nicht, wie es sein würde, dich wiederzusehen, Leonard.«

»Und wie ist es?«

Sie lächelte. »Ich habe ein gutes Gefühl.« Sie berührte seine Wange mit einem schlanken Finger.

McCoy schluckte, bemühte sich, nicht zu reagieren. »Was hat das alles zu bedeuten, Beth?«

»Darf ich mich nicht nur einfach freuen, dich zu sehen?«

Trotz seiner Bemühungen, etwas professionelle Reserviertheit aufrechtzuerhalten, zuckte er die Achseln wie ein kleiner Junge. »Sicher.«

Sie schlang impulsiv die Arme um ihn und legte das Kinn auf seine Schulter, als entledige sie sich einer Last, die sie seit Jahren trug. Er erwiderte die Umarmung mit bewußter Ambivalenz.

Was geht hier vor, verdammt?

»Ich hätte nie gedacht, daß wir uns je wiedersehen. Aber ich freue mich, daß du hier bist, Leonard.«

»Und warum *bin* ich hier, Beth?«

»Beth«, wiederholte sie leise. »Seit du fort bist, nennt mich niemand mehr so.«

Als sie ihm in die Augen schaute, erblickte er eine

Mischung aus Besorgtheit und Erleichterung. Außerdem stellte er fest, daß ihr Blick noch ebenso hypnotisierend und beunruhigend war wie vor achtzehn Jahren. Er bemühte sich, den Anschein von Gleichgültigkeit beizubehalten, als er ihren warmen Atem an seinem Hals spürte.

»Warum bin ich hier?« fragte er erneut.

Sie antwortete, indem sie ihre Lippen auf seinen Mund drückte. Dann küßte sie ihn, und er erwiderte ihre Leidenschaft. Als sie sich voneinander lösten, klang ihre Stimme wie ein heiseres Flüstern.

»In meinem Alter sollte man einem geschenkten Gaul zwar nicht ins Maul schauen«, sagte McCoy und räusperte sich, »aber auf dieser Reise braucht mich niemand wegen meines Verhandlungsgeschicks. Und so gern ich es auch glauben würde – ich denke nicht, daß du mich den weiten Weg hast machen lassen, um mir einen unerlaubten Kuß zu geben. Weswegen bin ich also hier?«

»Ich brauche dich.« Sie wandte den Blick ab, als scheue sie vor einer schmerzhaften Wahrheit zurück. Als sie ihn dann wieder ansah, war ein Drängen in ihren Augen. »Ich brauche deine Hilfe. Dank meines jämmerlichen Urteilsvermögens ist Annas Freiheit in Gefahr … vielleicht sogar ihr Leben.«

»Warum? Was ist denn los? Ist sie krank?«

Elizabeth machte einen Schritt zurück und holte tief Luft, dann richtete sie sich auf. »Die empyreanischen Gesetze verbieten die … Fortpflanzung … mit jemandem, der nicht von unserer Welt ist.«

»Ich weiß, daß man früher …«

»Wir haben das Gesetz nie geändert.«

»Annas Vater?«

Elizabeths Augen schlossen sich kurz, als schäme sie sich irgendwie. Dann schaute sie ihn wieder an. »Er war kein Empyreaner.«

McCoy hob überrascht die Brauen. Trotz ihrer Spitzenleistungen auf allen anderen Gebieten wußte er genau, wie stur die Empyreaner an ihren einmal gewählten Weg glaubten. Aber er kannte die Details der gesetzlichen Regeln dieses Planeten nicht und konnte nur mutmaßen, wie die Konsequenzen aussahen. »Weiß sie es?«

Elizabeth schüttelte den Kopf. »Niemand weiß es. Ich habe das schmutzige kleine Geheimnis immer für mich behalten. Aber man ist im Begriff, es zu enthüllen, und ich kann nichts dagegen tun. Man wird mich als Präsidentin absetzen. Anna und ich könnten beide von Empyrea verbannt werden...« Ihre Stimme zitterte. »Vielleicht exekutiert man uns sogar.«

»Kannst du keinen Kontakt mit ihrem Vater aufnehmen? Ist es einer der Wissenschaftler aus der Föderation? Ich bin sicher, er würde dir helfen, wenn er kann.«

»Darauf hoffe ich«, sagte sie. Sie biß mehrmals die Zähne zusammen und bemühte sich, ihre Ängste zu beherrschen. »Deswegen bist du hier, Leonard. Deswegen habe ich darum gebeten, daß du kommst.«

»Ich? Was kann ich machen?« Er hatte wirklich keine Ahnung.

Sie zuckte hilflos die Achseln. »Ich weiß es auch nicht. Aber...« Ihre Stimme wurde zu einem Flüstern. »*Du* bist nämlich... Annas Vater.«

7

McCoy stierte aus glasigen Augen ins Nichts, seiner Meinung nach stundenlang. Es waren die quälendsten Stunden seines Lebens. In Wahrheit dauerte es nur wenige Sekunden. Dann gelang es ihm, ein krächzendes Wort auszustoßen. »*Ich?*«

»Du«, sagte sie mit einem irgendwie traurigen Nicken.

Galt ihre Trauer ihm? Ihr selbst? Anna? Und während er noch darüber nachdachte, dämmerte ihm, daß er Bestandteil eines Dilemmas war, dessen Dimensionen ihm erst jetzt allmählich klar wurden.

Er tastete nach dem Sessel, von dem er wußte, daß er irgendwo hinter ihm stand. In blindem Vertrauen auf sein Vorhandensein setzte er sich hin, und es gelang ihm, ihn nicht zu verfehlen. *O mein Gott …* Er schloß fest die Augen. *Das ist unmöglich … Das kann doch nicht sein … Es kann nur ein Irrtum sein! Angenommen, es stimmt doch? Was soll ich tun? In was habe ich mich da reingeritten?*

»Beth, wie konnte das passieren?«

»*Du* bist doch der Mediziner«, sagte sie trocken. »Lernt ihr so was nicht auf euren Universitäten?«

»Sehr witzig.« Es war überhaupt nicht witzig. »Es ist zwar schon lange her, aber ich könnte *schwören,* daß du gesagt hast, du würdest Verhütungsmittel einnehmen.«

»Also, *geschworen* habe ich es nicht«, sagte sie leicht beleidigt.

»Vielleicht nicht, aber gelogen hast du *doch.*« Gelogen war vielleicht übertrieben, aber McCoy verwendete das

Wort mit Absicht. Er wollte nur sehen, wie defensiv sie sich gab.

»Nun ... ja ...«, räumte sie mit einem verlegenen Achselzucken ein. »Stimmt.«

»Gütiger Himmel, Beth«, stöhnte McCoy. »Wenn ich es gewußt hätte, wäre ich doch nie ...«

»Das wußte ich. Deswegen *habe* ich ja gelogen.«

Er blinzelte verwirrt.

Sie ging vor ihm in die Knie. »Woran denkst du jetzt?«

McCoy holte mehrmals tief Luft. Er bemühte sich, so zu wirken, als hätte er es geistig erfaßt. »Daß ich eine Tochter habe, von der ich glaubte, sie zu *kennen*, obwohl ich sie *kaum* kannte. Und daß ich nun eine zweite habe, von der ich *nie* etwas wußte.«

»Ich wußte gar nicht, daß du ein Kind hast.«

»Ich hatte es schon, bevor ich dich kennenlernte – aus einer gescheiterten Ehe, bevor ich zur Flotte ging.«

»Bist du *deswegen* zur Flotte gegangen?«

»Ich schätze, früher wäre man wohl zur Fremdenlegion gegangen. Joanna war noch klein, als ich abhaute. Danach habe ich mich ziemlich lange nicht in ihr Leben eingemischt.«

»Bewußt?«

Er nickte.

»Und warum?«

»Ich nahm an, sie käme ohne mich besser zurecht.« Ohne Vater, der nicht nur nicht da war, um sie heranwachsen zu sehen – verdammt, ich war nicht mal in der Nähe des Planeten –, sondern der auch fest daran glaubte, keine Ahnung zu haben, was ein Vater so macht.

»Was hat deine Ex-Frau von diesem Beschluß gehalten?«

»Sie hat sich nie sonderlich bemüht, meine Meinung zu beeinflussen«, sagte er mit einem kurzen Lachen, das aber hohl und bitter klang. »Es wäre eine der großen Untertreibungen des dreiundzwanzigsten Jahrhunderts, wenn ich sagen würde, ich hätte meinen einzigen absichtlichen Versuch, Vater zu sein, vermasselt. Vielleicht sogar die des Jahrtausends.« Nun endlich wußte er, daß die Trauer in Beths Blick ihm galt.

»Hattest du je wieder Kontakt mit ihr?«

»Mit meiner Frau? Oder meiner Tochter?«

»Mit deiner Tochter.«

»Das ist eine komische Sache. Ich habe mich eine ganze Weile mit der Flotte herumgetrieben – bin von einem Schiff zum anderen, von einem Unternehmen zum anderen gewechselt, das Übliche eben. Ich habe Joanna Geburtstagskarten und jedes Jahr ein kleines Geschenk geschickt, aber ich habe sie nie wissen lassen, wo ich war. Ich wollte nicht, daß sie eine Möglichkeit hat, mit mir in Kontakt zu treten. Es wäre wohl zu schwierig gewesen ...«

Elizabeth schenkte ihm einen unschlüssigen Blick. »Für sie oder für dich?«

Er zuckte die Achseln. »Wahrscheinlich für mich. Und dann, vor ein paar Jahren ... gegen Ende meiner ersten Fünfjahresmission auf der *Enterprise* ... bekam ich eine Nachricht von ihr.«

»Sie hat dich aufgespürt?«

»Yeah, durch die Flotte. Es war ihr achtzehnter Geburtstag. Sie hatte gerade das Abitur gemacht. Sie wollte studieren ...«

... und das war wohl der Anlaß für sie, einen Versuch zu machen, das Schweigen zu brechen.

Dr. McCoy saß in seiner Unterkunft und schaute der selbstsicheren jungen Frau, die von dem Bildschirm auf seinem Schreibtisch zu ihm sprach, ins Gesicht. Er wußte zwar, daß er der aufgezeichneten Nachricht nicht antworten konnte, aber er hätte es gern getan. Es war das erste Bild Joannas, das er seit ihrem zehnten Geburtstag sah.

Seine Ex-Frau hatte ihm angeboten, ihm regelmäßig Fotos zu schicken, aber er hatte sie gebeten, es nicht zu tun. Das Wissen, daß seine Tochter ihr Leben auch ohne ihn meisterte, war schmerzhaft genug, aber er wußte genau, daß es das Beste für sie war. Bilder ihrer Veränderung und ihres Heranwachsens zu sehen, wäre mehr gewesen, als er hätte ertragen können.

Und doch, nun da die unerwartete Nachricht eingetroffen war, war er mehr von Stolz als von Bedauern erfüllt, denn er sah die Frau, zu der sie werden würde. Sie sah fast so aus wie ihre Mutter im gleichen Alter, aber sie zeigte eine ausgeglichene Gelassenheit, die weder er noch seine Frau besessen hatten. *Wo, zum Teufel, hat sie das her?*

»...ich weiß noch nicht genau, was ich werden will, Papa«, sagte Joanna mit nachdenklichem Gesichtsausdruck. »Ich dachte, ich würde Angst kriegen und in große Schwierigkeiten kommen, wenn ich mich nach der Schule noch nicht entschieden habe. Jetzt sind es bis dahin nur noch ein paar Wochen, und ich bin unheimlich aufgeregt. Ich glaube, es wird mir Spaß machen, das eine oder andere erst mal auszuprobieren, bevor ich irgendwelche Beschlüsse fasse.«

Joanna verzog das Gesicht, als sei ihr gerade noch etwas eingefallen. Den gleichen Ausdruck hatte er auf ihrem Gesicht gesehen, als sie noch ein kleines Mädchen gewesen war. McCoy blinzelte die Feuchtigkeit fort, die sich in seinen Augen sammelte.

»Ah, ja« fuhr sie fort, als es ihr wieder einfiel. »Ich möchte nur sagen, daß ich dich zu meiner Abiturfeier einladen wollte. Aber ich wußte, daß du es nicht schaffen würdest, da die *Enterprise* so weit von zu Hause entfernt ist. Da dachte ich, warum soll ich ihm ein schlechtes Gewissen machen?«

»Und *hattest* du ein schlechtes Gewissen?« fragte Elizabeth und reichte McCoy ein Glas mit Fruchtsaft.

»Tja, anfangs war ich leicht verletzt. Aber sie hatte recht – ich hätte unter keinen Umständen kommen können. Ich hatte es auch gar nicht verdient dabeizusein. Ich machte mir also klar, daß es die richtige Entscheidung gewesen war, mir erst davon zu erzählen, als es schon zu spät war, ein schlechtes Gewissen zu entwickeln. Und so erkannte ich, daß Joanna mehr gesunden diplomatischen Menschenverstand hatte als ihre beiden Eltern zusammen.«

»Hast du sie danach einmal gesehen?«

»Ja, tatsächlich. Am Ende ihrer Nachricht bat sie mich, sie an der Universität zu besuchen, wenn ich mal auf der Erde sei. Sie sagte, sie sei mit unserer kaputten Familie längst im reinen und vergebe mir für all die Zeiten, in denen sie sich gewünscht hatte, ihr Vater sei da, um sie in die Arme zu nehmen ... oder sie zu schelten ... oder mit ihr zu lachen ... oder zu weinen.«

McCoy spürte den Stich der Erinnerung in seiner Nase, und er kämpfte auch diesmal dagegen an, daß ihm die Tränen kamen, wie damals bei Joannas Nachricht. »Und als letztes sagte sie, sie wünschte sich, daß ihre eigenen Kinder ihren Großvater kennenlernen.«

Mit einer Klugheit, von der McCoy bezweifelte, daß sie ihm selbst zueigen war, hatte Joanna ihm eine zweite Chance geboten.

Auch Elizabeths Augen waren feucht. »Und wie ging es dann weiter?«

»Tja, kurz danach kehrte die *Enterprise* zur Generalüberholung zur Erde zurück. Ich wurde zum planetaren Dienst eingeteilt, und so nahm ich meinen ganzen Mut zusammen und folgte der Einladung. Es war anfangs ganz schön eigenartig, weil wir uns jetzt erst richtig kennenlernten, aber sie hat es mir leichter gemacht, als ich es ihr hätte machen können.

Dann schied ich für ein paar Jahre aus der Flotte aus, und wir haben einen Teil der verlorenen Zeit nachgeholt – so viel wie möglich. Ich habe auch vor, daß meine hypothetischen Enkel ihren Großvater kennenlernen. Immerhin ist sie meine einzige Tochter …« Er unterbrach sich und schluckte. »Das heißt, sie war es bis heute.«

McCoy schüttelte den Kopf. Er wandte den Blick ab. Wenn er sich hier, auf Nova Empyrea, neuen Verpflichtungen stellen mußte … Er hatte nicht die Absicht, vor ihnen davonzulaufen. Doch in seinem Verstand drehten sich viele Fragen, die er noch stellen mußte – egal wie schmerzhaft oder unbehaglich sie für Elizabeth auch waren.

Wenn er nun die Vaterrolle übernehmen mußte, was immer dies in dieser Situation auch bedeuten mochte, er hatte das Recht, es zu wissen. Er schaute sie offen an. »Beth, du warst doch damals stellvertretende Gesundheitsministerin. Du kanntest die dir bevorstehenden Sanktionen ebenso wie jeder andere, als du ein Kind bekamst, das kein reiner Empyreaner ist.«

Sie nickte. »Du hast recht. Ich wußte es.«

»Dann verstehe ich dich nicht. Entgeht meinem genetisch unvollkommenen Hirn hier etwas?«

Nun war Elizabeth an der Reihe, tief Luft zu holen und ihre Gedanken zu sammeln. »Als euer Schiff uns damals entdeckte, waren wir für euch wahrscheinlich nur eine beliebige verlorene Kolonie. Stimmt's?«

»Also, jeden zweiten Tag stoßen wir nun auch nicht auf verlorene Kolonien.«

»Aber daß ihr uns gefunden habt, hat deine Ansichten über das Universum nicht gerade umgeworfen, oder?«

»Nein, wahrscheinlich nicht.« McCoy grinste. »Aber die erste Nacht mit dir kam dem ziemlich nahe.«

Sie maß ihn mit einem Blick müden Verständnisses, wie eine Mutter, die ein ungezogenes Kind mustert. »Das habe ich nicht gemeint.«

»Ich weiß.«

»Wirklich? Ich glaube kaum. Du und deine Gefährten von der *Feynman* wart die ersten leibhaftigen Außenweltler, die ich je sah. Wenn man einer Kultur angehört, die zu primitiv ist, um irgend etwas über intelligentes Leben auf anderen Welten zu wissen, ist es anders. Wir *wußten* von intelligentem Leben auf anderen Welten. Wir *wußten,* daß es dort draußen andere Kulturen gibt – wir durften nur nichts mit ihnen zu tun haben …«

… bis ihr kamt. Es waren seltsame Zeiten für uns, Leonard. Viele junge Menschen zweifelten an der Politik der selbstgewählten Isolation. Als unsere Führer zuließen, daß ihr zu uns herunterkamt, und ihr tatsächlich mit uns zusammenarbeitetet … Tja, es war fast ein Wunder.

Dr. Leonard McCoy schaute vom Mikroskop auf, als Elizabeth March ins Labor stürzte. Sie arbeiteten nun seit fast zwei Wochen zusammen – genug Zeit, um das nervöse Flattern in seinem Magen und die feuchten Hände zu meistern, die ihn immer dann heimsuchten, wenn er sie sah. *Nun ja, fast.*

In Wahrheit waren sie, wenn sie zusammen waren, immer zu beschäftigt, um viele Gedanken an romantische Dinge zu verschwenden. *Wenn man mal davon absieht, daß ich nicht im geringsten weiß, warum, in aller Welt, sie ausgerechnet an mir interessiert sein sollte …*

Er wußte noch nicht, wie lange die USS *Feynman* in der Gegend von Nova Empyrea bleiben würde. Die wissenschaftlichen Daten über die genetische Entwicklung auf diesem Planeten waren ebenso reichhaltig wie faszinierend, deswegen hatte er sich bewußt entschlossen, seine Konzentration auf die Arbeit zu richten. Um das größtmögliche naturwissenschaftliche Wissen aus dieser Begegnung zu ziehen, mußten Ablenkungen auf ein Minimum reduziert werden.

Und Gott weiß, was für eine Ablenkung Elizabeth March für mich wäre …

Also kanalisierte er seine Gefühle in den Aufbau

einer herzlichen, respektvollen und durch und durch professionellen Beziehung. Er wußte zwar nicht, wie sie empfand, aber sie schien damit einverstanden zu sein. Sie hatten gut zusammengearbeitet, da sie seine Begeisterung für die Wissenschaft teilte. Und damit hatte es sich.

Doch jetzt war sie da, sprang ihn wie ein herumtollender Welpe an, warf ihn beinahe um und schlang die Arme um ihn. Die Worte sprudelten nur aus ihrem Mund. »Wir werden einen Vertrag unterzeichnen!«

McCoys Gesicht zuckte zurück, damit er ihr strahlendes Lächeln und ihre aufblitzenden Augen besser sehen konnte. Ihre Miene zeigte ihm deutlich, daß sie nichts dagegen hatte, ihm so nahe zu sein. »Was soll das heißen?«

»Die Föderation möchte einen astronomischen Beobachtungsposten hier errichten – und unsere Regierung hat sich zu Verhandlungen bereit erklärt!« Und als sei sie urplötzlich erschreckt über die Unredlichkeit ihres Tuns, errötete sie und ließ McCoy los. Dann trat sie zurück, glättete ihre Kleider und wandte den Blick ab. »Ich … Tut mir leid, Doktor. Ich wollte nicht … Also, ich habe es gerade erst gehört, und da …«

McCoy lächelte und bemühte sich, beruhigend statt schwerfällig zu wirken – und versagte wahrscheinlich schmählich. »Macht doch nichts. Freut mich, diese gute Nachricht zu hören. Ich hoffe nur, der Vertrag wird nicht abgeschmettert.«

Ihre Miene umwölkte sich. »Warum sagen Sie so etwas? Wissen Sie mehr als ich?«

»Nein, nein, überhaupt nicht. Ich gehe nur davon aus, daß dies eine große Veränderung in der empyreanischen Politik wäre.«

»Es ist nicht unmöglich, schätze ich«, sagte sie. Dann räusperte sie sich und glitt zurückhaltend neben ihn an den mit mehreren Bildschirmen bestückten Computer, vor dem er die Daten der genetischen Varianten der empyreanischen Bevölkerung studiert hatte. »Tja, vielleicht sollten wir jetzt weiterarbeiten.«

»Schätze ich auch.« McCoy nickte, ließ sich auf seinen Sitz zurücksinken und bemühte sich, seine Nervosität zu kaschieren. Ihre Reaktion auf die Nachricht eines möglichen Vertrages überraschte ihn. Außerdem hätte er sich am liebsten in den Hintern getreten, weil er ihre Begeisterung so gedämpft hatte. An der Konsole herrschte eine fühlbare Kälte, bis sie gleichzeitig nach einer Datendiskette griffen und ihre Hände sich zufällig berührten.

»Verzeihung« murmelte McCoy.

»Entschuldigung.«

»War doch meine Schuld.«

»Macht doch nichts.«

Dann: Schweigen. Sie arbeiteten mehrere Minuten lang, ohne etwas zu sagen. Beide gaben sich alle Mühe, den Blick auf ihre Arbeitsstationen zu richten, und dabei musterten sie sich mit verstohlenen Blicken.

Elizabeth ließ sich als erste erweichen. Sie musterte ihn unter ihren langen, schwarzen Wimpern. »Wenn es zu dem Vertrag kommt, hätten Sie dann Lust zu bleiben?«

»Hab' ich eigentlich noch gar nicht drüber nachgedacht«, sagte McCoy, ohne sie anzuschauen.

Dann: Weiteres Schweigen. Er drehte sich langsam, um von seinem Sitz aufzustehen. Im gleichen Moment wandte sie sich ihm zu. Beide zuckten zurück, um nicht zusammenzuprallen.

»Verzeihung«, sagte McCoy. Doch diesmal schaute er sie dabei an.

Und wie auf ein ungesagtes Stichwort hin beugte er sich vor. Diesmal fuhr sie nicht zurück. Ihre Lippen berührten sich zu einem kurzen, zaghaften Kuß.

»Dürfen wir das überhaupt?« sagte sie kurz darauf.

»Ich weiß nicht. Ich schätze, nur dann, wenn wir es wollen.«

»Wollen wir's?«

Sie küßten sich erneut, diesmal etwas länger und mit mehr Leidenschaft. »Offenbar ja«, sagte McCoy.

Der dritte Kuß dauerte viel länger.

»Ich hatte noch nie jemanden wie dich getroffen, Leonard«, sagte Elizabeth.

»Nicht jeder hält mich für einen exotischen Typen.«

»Aber *genau* das bist du... Du und alle anderen auf eurem Schiff. Du warst die Erfüllung der Gebete eines kleinen Mädchens, das sich verzweifelt wünschte, seine Welt möge sich ändern; das heranwuchs und sich erträumte, es könne all die zahllosen Möglichkeiten, die *dort draußen* hinter unserer ›Großen chinesischen Mauer‹ liegen, in die Arme schließen.«

»Hast du wirklich geglaubt, unsere Beziehung könnte von Bestand sein? Ich habe doch nie gesagt, daß ich hierbleiben will.«

»Weiß ich. Aber es war mir egal. Viele von uns glaubten, die Dinge würden sich seit der Gründung unserer hiesigen Gesellschaft zum ersten Mal ändern. Wir sahen gleich hinter der nächsten Ecke neue Freiheiten, und sie waren *berauschend.* Ich glaubte, ein Kind, das aus dieser Veränderung und diesen Freiheiten entstünde, sei ein Symbol.«

»Aber eure Führer waren offenbar nicht ganz so berauscht.«

Sie seufzte, erinnerte sich an die niederschmetternde Enttäuschung, als die Flamme der Hoffnung, die den Weg in eine Zukunft anderer Art erleuchtet hatte, erstickt worden war. »Die Konservativen haben gesiegt. Ich konnte nicht glauben, daß sie sich eine solche Gelegenheit entgehen ließen. So ein kleiner Vertrag... Nichts hatte sich geändert. Du warst weg. Und ich war schwanger.«

»Aber du hast beschlossen, nicht aufzugeben und das Kind zu bekommen.«

Elizabeth nickte. »Es erforderte eine Menge Seelenbefragung. Ich wußte, daß ich ihre Abstammung geheimhalten mußte. Es wäre vielleicht einfacher gewesen, die Schwangerschaft abzubrechen. Ich hatte Zeit. Es war noch kein Kind, nur eine Vorstellung dessen, was es werden könnte. Eines Nachts lag ich wach und dachte nach, und da wußte ich es.«

»Was wußtest du?«

»Selbst wenn niemand je meine Empfindungen teilte, für mich würde Anna ein Symbol sein, ein Mahnung für jeden Tag unseres Lebens, daß es immer Hoffnung auf Veränderung gibt.«

McCoy kniff die Augen zusammen. »Ich verstehe nicht. Damals hast du es getan, aber heute führst du eine Regierung an, die beinhart jede Art von Veränderung blockiert, von der du sagst, du hättest sie immer haben wollen.«

»Du fragst dich, was aus der jungen Träumerin geworden ist.« Sie schaute ihm in die Augen und seufzte. Als sie dann weitersprach, war ihre Stimme leise und traurig. »Sie wurde Präsidentin... und stellte fest, daß man auf dem Weg dorthin das Träumen verlernt.«

»Und bringt es Nutzen?«

Sie schüttelte den Kopf. »Ich weiß nicht.«

»Wie ist es dir gelungen, die Wahrheit über Anna geheimzuhalten?«

»Es war nicht schwer. Ich hatte Zugang zu sämtlichen Unterlagen, also habe ich die wichtigen Akten einfach gefälscht. Ich habe als väterliche Quelle die Genetikbank angegeben. Es hat niemanden verwundert, da viele Frauen sie für eine künstliche Befruchtung nutzen.« Sie zuckte resignierend die Achseln, und ihre Schultern sackten unter dem Gewicht der achtzehn Jahre langen Täuschung herab. »Danach war alles einfach. Ich brauchte nur noch das größte Schwerverbrechen zu begehen, das man auf Empyrea kennt: den genetischen Betrug.«

8

Als die Wissenschaftler der Föderation in zwei Gruppen zu je sechs Personen an Bord geholt wurden, ließ Kirk es sich nicht nehmen, sie zusammen mit Chekov zu empfangen. Der Direktor des Außenpostens, Dr. Linden Skoloff, war ein etwa sechzigjähriger, kräftiger Mann mit einem onkelhaften Grinsen und von jahrelanger Arbeit an Laborkonsolen leicht gebeugten Schultern. Er führte die erste Gruppe an, sprang die Stufen des Transporterraums herab und begrüßte Kirk mit einem kräftigen Händeschütteln. Seine fünf Kollegen folgten ihm und reihten sich respektvoll hinter ihm auf.

»Willkommen an Bord«, sagte Kirk, als auch die letzten sechs Wissenschaftler materialisiert waren.

»Danke, daß sie uns aufgenommen haben, Captain«, sagte Skoloff. »Ich habe mich schon gefragt, ob ich nach fünfzehn Jahren nicht raumkrank werde.«

»Sie haben Empyrea seit fünfzehn Jahren nicht mehr verlassen?«

»Stimmt. Zumindest war ich nie so hoch über dem Planeten. Wir haben uns nie weiter von ihm entfernt als bis zu unserer kleinen Raumplattform. Ja, hinter mir liegen harte Zeiten.« Skoloff zwinkerte Kirk zu. »Aber nicht alle aus unserer Gruppe sind so lange hier. Und mir hat es nichts ausgemacht.«

»Tja, sehen Sie die *Enterprise* für die nächsten paar Tage als Ihren Urlaubsort an. Später können Sie entweder nach Empyrea oder nach Hause zurückkehren, je nachdem wie die Verhandlungen enden. Mr. Chekov zeigt Ihnen die Gästequartiere und informiert Sie über Ihre Möglichkeiten, die Sie an Bord haben. Fühlen Sie sich ganz wie zu Hause. Falls Sie jedoch irgendwann lieber ins Isolationszentrum zurückkehren möchten, brauchen Sie es nur zu sagen. Wir können Sie jederzeit wieder runterschicken.«

Chekov deutete auf die sich öffnende Tür. »Hier geht's lang.«

»Dr. Skoloff«, sagte Kirk leise.

Skoloff blieb stehen und wandte sich um. »Captain?«

»Könnten Sie noch eine Weile bleiben?«

»Ist noch irgend etwas?«

»Offen gesagt, ich habe noch ein paar Fragen.«

»Dann raus damit.«

Kirk musterte den älteren Mann aus zusammengekniffenen Augen. »Fünfzehn Jahre?«

»Das erstaunt Sie wohl, Captain Kirk«, sagte Skoloff mit einem leisen Lachen. »Manchmal kann ich es selbst nicht ganz fassen.«

»Ist es nicht... ich weiß nicht... *frustrierend* für Sie, von der empyreanischen Gesellschaft isoliert zu sein?«

Skoloff schien die Frage eine gewisse Zeit zu überdenken, als fragte er sich, wie er seine Antwort formulieren sollte. »Weniger frustrierend als enttäuschend. Als ich herkam, wußte ich, wie der Hase läuft. Ich habe immer gehofft, es würde sich was ändern. War aber nicht so. Die Empyreaner sind verdammt sture Hunde.«

»Ich glaube, ich käme mir wie ein Gefangener vor.«

»So ungefähr ist es auch«, gab Skoloff zu. »Aber es gibt einen großen Unterschied. Wir aus der Föderation sind alle freiwillig hier. Wir sind zwar auf unseren Stützpunkt beschränkt, aber niemand hindert uns, den Planeten zu verlassen, wenn ein Versorgungsschiff kommt.«

»Dann sind Sie im besten Fall eingeschränkt«, sagte Kirk.

»Der Stützpunkt weist die meisten Annehmlichkeiten auf, die wir auch zu Hause haben. Verstehen Sie mich nicht falsch. Ich glaube, die Empyreaner haben der Galaxis eine Menge zu bieten, und ich weiß, daß auch wir ihnen eine Menge zu bieten haben.«

»Aber sie sehen es einfach nicht so.«

»Nee, sehen sie nicht. Aber ich bin nur 'n alter Astrophysiker. Hab' nie behauptet, Diplomat zu sein. Bin auch kein Sozialwissenschaftler. Und das Sonnensystem ist ebenfalls ungewöhnlich. Tja, und 'ne Menge Arbeit reicht mir, um zufrieden zu sein. Kann noch viel lernen.« Er hielt kurz inne. »Wollen Sie sonst noch was wissen, Captain?«

»Nur noch eins... Dieser Dr. Ortega. Haben Sie mit ihm zusammengearbeitet?«

Skoloff setzte eine saure Miene auf. »O Mann, ja. Er ist 'ne Art... Na ja, warum soll ich mich diplomatisch geben...«

»Sie haben doch selbst gesagt, daß Sie kein Diplomat sind«, sagte Kirk, um ihm Mut zu machen.

»Richtig. Ortega hat zwar nie behauptet, ein Arsch zu sein, aber manchmal ist er einer.«

Ein wehmütiges Lächeln legte sich auf Kirks Lippen. »Das habe ich auch gehört.«

Ohne vom Bildschirm seines Computers aufzuschauen, machte Dr. Ortega eine abschätzige Geste mit der Hand. »Sie, Ingenieur, holen Sie mal den...«

»Der Tricorder ist schon da«, sagte Scotty und streckte von der Nebenkonsole her die Hand aus, um Ortega das Gerät zu reichen.

Der Empyreaner rührte keinen Finger, um ihn anzunehmen, er drehte sich nur um und bedachte Scotty mit einem frostigen Blick. »Ich wollte den Tricorder nicht, Ingenieur. Ich wollte, daß Sie meine Teetasse holen. Ich habe sie drüben an der Diagnosekonsole stehen lassen.«

Scott zog den dargebotenen Tricorder zurück und biß die Zähne zusammen. »Wieso können Sie sich den Tee nicht selbst holen, Bürschchen?«

»Erstens: Sie sind näher dran. Zweitens: Sie tragen nichts Signifikantes zu dieser Phase der Analyse bei.«

»Ich trage nichts bei?« Scotty explodierte und sprang auf. »So einen dämlichen Sch ...«

»Hier ist Ihr Tee, Dr. Ortega«, sagte Spock und stellte die halb gefüllte Porzellantasse auf der Konsole des Empyreaners ab. Dann schob er eine Hand unter Scotts Arm. »Mr. Scott, kann ich mit Ihnen konferieren?«

»Ja, ich bin ganz wild auf Konferenzen!« fauchte Scott. Aber er konnte Spocks eisernen Griff nicht abschütteln, also gab er nach einem kurzen Zerren auf. Er wußte, er hatte keine andere Wahl. Er mußte Spock durch den Raum folgen, bis der Vulkanier sich hinsetzte und so tat, als gäbe er irgendwelche Daten in einen Computer ein.

»Mr. Scott«, sagte Spock leise, »Ihre Reaktion auf Dr. Ortegas Provokation ist nicht konstruktiv.«

»Nicht konstruktiv?« zischte Scott durch zusammengebissene Zähne. Er konnte seine Verärgerung kaum unterdrücken. »Seit wir hier sind, behandelt er mich wie irgendeinen hergelaufenen Lakaien, und Sie wie irgendeine schwachsinnige Mißgeburt – *Sir!*«

»Ihr Laune ist verständlich. Auch ich finde sein Verhalten fragwürdig. Wir sind jedoch hier, um gewisse Aufgaben zu erledigen ...«

»Sollen wir also nur lächeln und seine Beleidigungen schlucken?«

»Um es mit einem Wort auszudrücken, Mr. Scott: Ja. So unerfreulich es vielleicht auch ist. Wir werden Dr. Ortegas grundlegende Vorurteile während unserer Zusammenarbeit wahrscheinlich nicht ins Gegenteil verkehren. Im besten Fall können wir unsere Bemühungen darauf richten, die Dauer dieser Begegnungen so kurz wie möglich zu halten.«

Scott bemerkte den spröden Ton in Spocks Stimme. So beherrscht Vulkanier auch waren, sie waren gegen Irritationen nicht immun. »Er geht Ihnen also auch auf den Wecker.«

»Ich weiß nicht, was Sie meinen, Mr. Scott«, sagte Spock mit wohlüberlegter Neutralität.

»Aye, Sir«, sagte Scott. »Genug gesagt. Ich werde mich bemühen, meine Gefühle im Zaum zu halten, bis ich wieder an Bord bin und Dr. Ortegas Foto auf einer Dartscheibe befestigen kann.«

»Ein überdenkenswerter Vorschlag.«

Scott mußte grinsen. Seit Spocks Reise durch die verzweigte Artefaktesammlung des maschinellen Lebewesens V'ger vor mehreren Jahren ging der Vulkanier offenbar viel entspannter mit sich um und schien sogar eine Vorstellung von Humor entwickelt zu haben. Scott bezweifelte zwar, daß er es je erleben würde, Spock lauthals lachen oder auch nur lächeln zu sehen, aber der Erste Offizier hielt gelegentliche dröge Kommentare nun nicht mehr für ein unpassendes Zeichen von Schwäche. Insgesamt gesehen hatte Scott Spock seither viel lieber um sich.

»Ich bin auf ein Problem gestoßen, das Ihrer Aufmerksamkeit bedarf«, gab Ortega von der anderen Seite des Raumes her bekannt.

Scott seufzte, erinnerte sich an das Versprechen, das er Spock gerade gegeben hatte, und schluckte eine Bemerkung herunter, die man im besten Fall unhöflich hätte nennen können. »Welcher Art, Doktor?«

»Schwankungen im Plasmafluß. Die Sensoren messen ihn da und dort.« Er deutete auf einige Leitungen des Systemdiagramms, das auf seinem Bildschirm zu sehen war. »Sie bedeuten eine übermäßige Inanspruchnahme der Stromübertragungsverbindungen.«

»Ich weiß, was es bedeutet«, fauchte Scott, dessen Geduld schon wieder Risse zeigte.

Spock holte die diesbezüglichen Daten bereits mit solcher Geschwindigkeit auf seinen Computerbildschirm, daß Scotty klar wurde, wie sehr er selbst Ortegas genetisch gesteigerten Fähigkeiten überlegen war. »Merkwürdig«, murmelte Spock. »Und eine potentielle Gefahr.«

»Wehe, wenn Sie recht haben«, sagte Ortega. »Denn wir dulden keine Verzögerungen bei der Demontage dieser Station.«

»Die Ablehnung der Vertragserneuerung steht doch nicht von vornherein fest«, sagte Spock.

Scott beugte sich über Spocks Schulter und bediente die Tastatur. »Der hiesige Komplex verfügt über eine eigene Energieversorgung.«

»Natürlich«, sagte Ortega.

»Natürlich«, echote Scott sarkastisch und erntete einen warnenden Blick Spocks. »Keine Integration mit irgend etwas Empyreanischem, keine Bedrohung durch multikulturelle Vergiftung.«

Der Chefingenieur überprüfte eine Reihe technischer Darstellungen, dann stieß er ein spöttisches Schnauben aus. »Wie putzig! Das gesamte Energieerzeugungssystem wurde um einen Sternn-Fusionskern gebaut.«

»Na und? Das ist doch der aktuelle Stand für Systeme dieser Produktionskapazität. Wir haben sie stets auf den aktuellsten Stand gebracht.«

»Auf den aktuellsten Stand? Was Sie hier haben, war vielleicht vor fünfundsiebzig Jahren aktuell. In der Föderation hat man diese müden Kisten schon abgeschafft, als ich noch mit der Trommel um den Weihnachtsbaum gelaufen bin.«

»Abgeschafft? Warum?«

»Weil wir was Besseres erfunden haben. Sie ... offensichtlich nicht.«

»Nun, vielleicht hat die Föderation den Sternn-Kern einfach nur zu früh aufgegeben.«

»Das bezweifle ich, Doktor.«

»Diese Technik hat unseren Bedürfnissen recht gut gedient.«

»Aye, das glaube ich auch.« Auch diesmal zeigte Scott unverhüllten Sarkasmus. Es schien also doch nichts aus dem Waffenstillstand zu werden, den Spock sich erbeten hatte.

»Diese Technik ist bewährt – sie ist verläßlich, effizient, ausbaufähig, *perfektionierbar.* Man muß doch das Rad nicht ständig neu erfinden.«

Als Scott den Mund öffnete, um die nächste Salve Hohn abzufeuern, fiel ihm Spocks ernster Blick auf. Falls man ihm je wortlos eins über den Schädel gezogen hatte, dann jetzt. Da Spock immerhin sein Vorgesetzter war, nahm Scotty sich vor, ihm Respekt zu erweisen, aber er kam nicht umhin, leise »Dann bleibt doch bei eurem viereckigen Rad« zu murmeln.

Ortega warf ihm einen Blick zu. »Was war das eben, Mr. Scott?«

»Nichts, Doktor, gar nichts. Was auch mit dem alten Mädchen nicht stimmt, ich weiß genau, daß wir es in zwei Minuten reparieren.«

Ortega stieß sich von seiner Konsole ab und stand auf. »Wehe, Sie kriegen es nicht hin. Das Schicksal des Vertrags ist zwar vielleicht noch nicht besiegelt, aber ich wette keinen Pfifferling auf seine Erneuerung. Sobald der offizielle Beschluß verkündet wird, sind sämtliche Ausrüstungsgegenstände der Föderation hier abzubauen.«

»Es ist also *unsere* Aufgabe? Was ist mit Ihnen und Ihren Leuten?« sagte Scott. Er warf zuerst Spock, dann dem empyreanischen Wissenschaftler einen Blick zu.

»Dies ist ein Stützpunkt der Föderation. Es ist *Ihre* Aufgabe, nicht unsere. Diagnostizieren Sie das Problem und korrigieren Sie es.«

Dies eliminierte das wenige, was noch von Scotts friedlichem Vorsatz übrig war. »Es *korrigieren?!* Hören Sie mal, *Doktor,* Sie haben uns, seit wir durch die Tür da gekommen sind, wie Lakaien behandelt ...«

»Habe ich das?« fiel Ortega ihm mit dermaßen entwaffnender Milde ins Wort, daß Scott stotternd mitten in seiner Tirade abbrach. »Ich wollte nicht respektlos sein. Es ist nur so, daß wir Empyreaner Vollkommenheit gewöhnt sind. Und obwohl Sie vielleicht ein kompetenter Ingenieur sind, Mr. Scott, entsprechen Sie eindeutig nicht unserer genetischen Norm, wofür Sie natürlich nichts können. Was Sie anbetrifft, Mr. Spock, ist ein genetisches Mischerbe nun mal ein genetisches Mischerbe. Man kann doch kaum von mir erwarten, daß ich das Offensichtliche übersehe, oder?«

Scott starrte ihn nur an. Er ballte die Fäuste. Sein Gesicht rötete sich in langsam zunehmender Wut, und er redete sich immer wieder ein: *Ich hau ihm keine aufs Maul. Ich hau ihm keine aufs Maul …*

Ob es nun an seiner Natur oder an seinem genetischen Erbe lag: Ortega schien die Farbveränderung in Scotts Gesicht wahrzunehmen. Er ging auf die beiden Starfleet-Offiziere zu und klopfte Scott auf die Schulter. »Gut. Ich freue mich, daß Sie verstehen, daß es nicht persönlich gemeint ist. Nun machen Sie sich an die Diagnosetätigkeit, mein guter Mann.« Und er verließ das Labor.

Scott holte tief Luft, dann stieß er sie durch zusammengebissene Zähne langsam wieder aus. »Sie wissen doch, daß ich nicht der Typ bin, der auf Orden, Ehrenzeichen und Paraden steht, Sir …«

Spock nickte. »Aber eine Belobigung für Ihre bewundernswerte Zurückhaltung haben Sie verdient.«

McCoy schaute zum sich verdunkelnden Himmel auf und sah scharlachrote, violette und goldene Flecke. »Das soll ein genetisch vollkommener Sonnenuntergang sein?« fragte er trocken, als er mit Elizabeth March durch den Garten vor ihrem Landhaus spazierte.

»Nein. Er ist auch nicht auf unserem Mist gewachsen.« Dann, nach einer kurzen Pause: »Aber wir sind genetisch *wirklich* besser ausgestattet, ihn zu verstehen.«

McCoy wußte zwar, daß sie scherzte, aber er mußte sich fragen, wieviel vom sogenannten guten Geschmack *wirklich* auf Genetik basierte. Er hatte nur wenige Orte gesehen, die schöner waren als Empyrea. Hier herrschte eine Mischung aus Architektur und Landschaftsgestaltung vor, der es immer zu gelingen schien, harmonisch zu wirken, ohne gleichzeitig verbindlich zu sein.

In diesem Gartenabschnitt wimmelte es von Blumen aller Größen, Formen und Farben. Sie waren nicht im geringsten im Stil eines Ziergartens sortiert, sondern wuchsen wild durcheinander.

»Das ist also deine Zuflucht?«

»So könnte man es sagen. Es ist mein zweiter Stolz und meine zweite Freude ...«

»Nach Anna.«

Sie nickte und lachte leise. »Du weißt doch, wie das Leben sich einem entzieht.«

»Ich hatte auch ein-, zweimal das Gefühl.«

Elizabeth bückte sich und pflückte eine bunte Blüte mit breiten Blättern. Sie zog den Stengel durch ihr Haar und plazierte die Blüte über dem Ohr. »Wenn ich hier bin, habe ich das Gefühl, daß es wenigstens einen Ort gibt, über den ich *ein wenig* Kontrolle ausübe. Ich habe siebenundfünfzig neue Hybriden gezüchtet.«

»Auch wenn Genetik keine exakte Wissenschaft ist.«

»Stimmt. Manchmal weiß ich nicht mal, was dabei herauskommt. Die Aufzucht eines Kindes ist eigentlich auch keine richtige Wissenschaft, nicht mal ohne das selbstgeschmiedete Damoklesschwert, das über uns hängt. Aber Anna aufwachsen zu sehen ... war ein Ausgleich für all meine Ängste. Es gab Zeiten, in denen ich ihren achtzehnten Geburtstag nicht mal mehr gefürchtet habe.«

Sie blieben stehen und nahmen auf einer elegant gerundeten Parkbank Platz. »Was passiert hier, wenn man achtzehn wird?«

»Empyreanische Kinder werden nach der Geburt einer Routineprüfung unterzogen, bei der ihr Geschlecht registriert und ihre genetische Vollkommenheit bescheinigt wird.«

»Aber selbst unter streng überwachten Reproduktionsbedingungen kommt es hin und wieder zu Mutationen. Angenommen, ein Neugeborenes ist *nicht* genetisch vollkommen?«

»Die Mangelhaften werden sterilisiert.«

McCoy verzog mißbilligend das Gesicht. »Herrlich.«

»Wenn du es sagst, klingt es grausam. Ist es aber nicht. Und es kommt auch nicht sehr oft vor.« Sie klang defensiv. »Die anderen erhalten ein genetisches Mal, das sie auf zellularer Ebene als Nachfahren empyreanischer Mütter kennzeichnet. Es blockiert auch die reproduktive Aktivität.«

»Hmm ... Geburtenkontrolle nach der Geburt. Bis zu welchem Alter?«

»Achtzehn. Empyreaner dürfen erst dann Kinder haben. Wenn sie achtzehn sind, überprüft man sie erneut, um zu sehen, ob sie genetische Defekte entwickelt haben. Wenn sie die Prüfung bestehen, wird die reproduktive Sperre aufgehoben.«

»Das verstehe ich nicht«, sagte McCoy mit einem nachdenklichen Stirnrunzeln. »Wenn Anna nicht genetisch rein ist, wie hat sie dann die Prüfung nach der Geburt bestanden?«

»Hat sie nicht. Ich habe auch diese Ergebnisse gefälscht. Aber es gab nicht die geringste Möglichkeit, ihre Zellen mit meinem genetischen Mal zu kodieren.«

»Und jetzt wird sie achtzehn und muß sich der Prüfung unterziehen?«

»Diesmal kann ich nichts fälschen, weswegen sie nicht bestehen wird. Dann wird man sie als genetisch Illegale entlarven.« Elizabeth schloß die Augen und atmete tief ein, um sich abzuregen. »Ich habe sie doch nicht all die Jahre aufgezogen, damit man sie jetzt demütigt und ins Exil schickt. Je nach Laune des Gerichts ist nicht mal eine Exekution ausgeschlossen.«

»Ich wußte gar nicht, daß ein genetisch vollkommenes Volk juristische Launen haben kann.« Sobald McCoy es ausgesprochen hatte, tat es ihm schon leid. Jetzt war nicht die Zeit, die empyreanische Gesellschaft zu piesacken. Als Elizabeth ihn anschaute, sah er Schmerz und Entschlossenheit in ihren Augen.

»Als euer Schiff vor achtzehn Jahren aufbrach und ich darauf wartete, daß Anna geboren wurde, habe ich ihr und mir ein Versprechen gegeben. Ich wollte nicht, daß sie sich der gleichen Frustration und Enttäuschung stellen muß wie ich. Ich wollte, daß ihre Welt eine andere ist. Ich wollte eine Ebene der Macht erringen, auf der *ich* Änderungen hervorrufen konnte. Ich habe doch nicht so schwer geschuftet, um dorthin zu kommen, wo ich jetzt bin, und all diese Errungenschaften zusammen mit meinem *Leben* wegwerfen zu müssen.«

Ihre Intensität überraschte ihn nicht, aber sie beunruhigte ihn. Er versuchte noch immer zu begreifen, daß Anna sein Kind war. Er wußte nicht, wieviel er sonst noch verarbeiten konnte, und er hatte keine Ahnung, worum sie ihn bitten würde. »Es gibt nichts, was ich dagegen tun könnte. Was passiert ist, ist passiert.«

»Ich bitte dich nicht, die Vergangenheit zu ändern, Leonard. Ich bitte dich, die Zukunft zu verändern.«

»Und wie?«

»Indem du Anna auf deinem Schiff von Nova Empyrea fortbringst.«

McCoy sprang auf. »Moment mal!« sagte er protestierend. »Die *Enterprise* ist nicht *mein* Schiff! Es gibt da einen Captain, der mein Vorgesetzter ist, ganz zu schweigen vom Oberkommando der Flotte und der Föderation! Außerdem bin ich nicht in der Lage, mich um ein Kind zu kümmern.«

»Anna ist kein Kind. Sie wird bald erwachsen sein.«

»Es ist mir egal, wie genetisch vollkommen sie ist, Beth. Sie wird trotz allem jemanden brauchen, der sie leitet, und ich weiß nicht, ob ich dazu geeignet bin.«

»Du unterschätzt uns. Ich versichere dir, du wirst dich nicht um sie *kümmern* müssen.«

»Ich weiß, daß ich mich meiner väterlichen Pflichten nicht so einfach entledigen kann. Übrigens, wird man sich nicht fragen, warum Anna so plötzlich verschwunden ist?«

»Die Einzelheiten braucht niemand zu erfahren. Und mit dem, was danach kommt, werde ich schon fertig. Was auch passiert, es kann nur besser sein als das, was passiert, wenn sie bleibt. Du bewahrst sie vor der Demütigung einer Anhörung und einer Strafe. Und du bist der *einzige,* der es kann.«

McCoy konnte für eine geraume Weile nur eins tun: den Kopf im Rhythmus der Zweifel schütteln, die in seinen Gedanken einen Tanz aufführten. »Ich weiß nicht, ob ich es kann, Beth.«

Sie stand auf, nahm seine Hand und hüllte sie mit ihren Händen ein. »Ich weiß, daß ich dir gerade eine gewaltige Last aufgebürdet habe. Ich erbitte keine Versprechungen von dir, Leonard.«

»Das ist gut, weil ich nämlich keine machen kann.«

»Aber du wirst es versuchen«, sagte sie. Es war eigentlich keine Frage, sondern mehr ein Flehen.

»Na klar.« Er zückte seinen Kommunikator, schnippte ihn auf und vernahm erleichtert das vertraute elektronische Zirpen. »McCoy an *Enterprise* – holt mich rauf.«

9

Der Statuengarten mit seinen Steinpfaden und Innenhöfen, Zierbuchten, Holz- und Steinbänken sowie den hohen, schattenspendenden Bäumen war seit langer Zeit Annas Lieblingszuflucht. Die Statuen, die stilistisch von der Klassik bis zum Abstrakten reichten, waren sämtlich von Empyreanern geschaffen worden.

Die Bänke standen so, daß ein Besucher sie entweder direkt anschauen oder einfach zwischen ihnen sitzen konnte.

Für Anna war der Statuengarten, unabhängig von ihrer Stimmung, ein Ort, an dem sie sich immer zu Hause fühlte. Wenn sie allein sein wollte, war er der vollkommene Pol, an dem man Einsamkeit fand. Wenn ihr danach zumute war, einer lieben Freundin das Herz auszuschütten, konnte man unter der ausgedehnten Röhrenform, die für sie wie ein springender Panther aussah, mit gekreuzten Beinen einander gegenüber auf der Bank sitzen.

Sie wußte, hier gab es auch Ecken, in denen sich Liebende trafen und schmusten. Sie selbst war noch nie zu einem romantischen Stelldichein hier gewesen. Und wenn sie mit einer Gruppe ihrer besten Freunde zusammensein wollte, um zu lachen, zu singen oder über das zu streiten, was ihnen gerade durch den Kopf ging, würde sie es wahrscheinlich hier tun.

Der Statuengarten lag auf halber Höhe eines sanft ansteigenden Hügels und schmiegte sich an die natürliche Krümmung der Landschaft. Er gehörte zu den wenigen

Aussichtspunkten, die einem Ausblick auf die Stadt im Norden und das Meer im Osten boten.

Heute, als das Tageslicht zu einem behaglich warmen Abend verblaßte, fand Anna vier ihrer Freunde an ihrem üblichen Platz. Sie drängten sich um ein kleines Feuer, das in einem offenen Steinherd brannte. Paolo mit den wilden schwarzen Augen und dem blitzenden Lachen war auch dabei.

Eleni und Alexej, beide hellhaarig, glichen sich so sehr, daß man sie für Geschwister halten konnte, doch der Eindruck wurde rasch von der Tatsache zunichte gemacht, daß ihre Gliedmaßen gewohnheitsmäßig mehr oder weniger leidenschaftlich ineinander verschlungen wirkten, je nachdem, wo und mit wem sie zusammen waren. In Gesellschaft ihrer Freunde waren sie fröhlich ungehemmt. Die anderen waren sicher, daß sie den Rest ihres Lebens miteinander verbringen und eine Schiffsladung drahtiger kraushaariger Kinder zeugen würden.

Auch der launische Ethan war da. Er hatte einen zerzausten Schopf kastanienbraunen Haars und ein für einen Siebzehnjährigen zu majestätisches und ernsthaftes Gesicht. Außerdem hatte er die beunruhigende Angewohnheit, vor keiner Frage haltzumachen, egal um welches Thema es ging. Er war schon immer so gewesen. Anna kannte ihn länger als die anderen aus der Gruppe, denn sie war schon im Alter von sechs Jahren mit ihm in der gleichen Kunstschulenklasse gewesen. Sie wußte noch, wie er damals gewesen war – ein Sechsjähriger, der mit dem Lehrer über den Wert des Realismus und abstrakte Kunst diskutiert hatte.

Als Anna den Aussichtspunkt erreichte, an dem man das Meer sah, waren die anderen bereits lange genug dort, um mit dem Ritual begonnen zu haben, sich gemeinsam an einer Flasche Wein, einigen Brotscheiben und dem Sortiment selbstgemachter Marmelade zu laben, die Paolo in seiner Freizeit produzierte. Außerdem waren sie bereits in die Debatte des Tages vertieft. Es überraschte Anna nicht, als sie feststellte, daß es um die Verhandlungen mit der Föderation ging.

»... also, das großartige empyreanische Experiment ist ja nicht gerade in tausend Trümmer zerfallen, seit die Leute aus der Föderation hier sind«, sagte Alexej gerade, als Anna sich zu ihnen gesellte. Er registrierte ihre Ankunft mit einer Handbewegung.

Paolo, der, wo man sich auch versammelte, immer die Rolle des Gastgebers spielte, reichte ihr ein Glas Wein und einen Kanten Brot. Anna nahm beides an und setzte sich, ohne Alexejs Monolog zu unterbrechen, auf eine der im Gras ausgebreiteten Decken.

»Sie sind nun so lange hier, wie wir leben. Bloß weil die Alten vor allem Angst haben, was von draußen kommt, brauchen wir doch nicht wieder zu den alten Methoden zurückzukehren.«

Eleni meldete sich zu Wort. »Glaubst du wirklich, daß die Alten Angst haben?«

»Du etwa nicht?« sagte Ethan. »*Natürlich* haben sie Angst.« Sein Kinn war vor Groll straff. »Sie fürchten sich vor allem, das nicht wie die Zehn Gebote in Stein gemeißelt ist. Sie fürchten sich vor allem, was neu und anders ist. Beweisen sie es uns nicht jeden Tag? Sind wir denn nicht Gefangene auf diesem Planeten?«

Paolo kaute weiter auf seinem Brot, als hätte er keine Lust, sich von Ethans Hitzigkeit den schönen Abend verderben zu lassen. »Soll das heißen, du würdest gern fortgehen, Ethan?«

»Ich habe nicht gesagt, daß ich gehen *möchte.* Ich möchte nur die Möglichkeit dazu haben. Neugier ist doch wohl kein Verbrechen, oder?«

»Natürlich nicht.«

»Ich weiß nicht, Paolo«, sagte Eleni. »Einmal hätte mich meine Neugier fast in große Schwierigkeiten gebracht.«

Paolo runzelte die Brauen. »Was?«

Eleni schaute ihre Freunde der Reihe nach an, dann senkte sie unsicher den Blick. Paolo beugte sich vor und schenkte ihr noch etwas Wein ein. »Na, los, Eleni. Wer A sagt, muß auch B sagen. Hast du ein finsteres Geheimnis?«

»Ich hatte mal eins.«

»Nicht mal *ich* weiß davon?« fragte Alexej. Er wirkte verletzt.

Eleni nickte ernst. »Ich habe es niemandem erzählt – nicht mal dir, Anna.« Sie holte tief Luft, hielt einen Moment inne und stieß sie dann schnell aus, wie ein zögernder Schwimmer, der um einen Kopfsprung in die tiefe Ecke des Beckens nicht herumkommt. »Als ich zwölf war, habe ich mich auf das Grundstück der Föderation geschlichen.«

Alle rissen ungläubig die Augen auf. Eleni stellte fest, daß alle sie anstarrten.

»Du?!« rief Paolo. »Du hast doch in deinem Leben noch kein Gesetz gebrochen!«

Alexej, den ihr Geständnis zusammenzucken ließ, maß sie stirnrunzelnd, als sei sie eine Fremde. »Warum hast du das getan?«

Eleni zuckte die Achseln. »Ich habe es doch gesagt … Ich war neugierig. Sie kommen von außerhalb. Es sind geheimnisvolle Lebewesen. Ich wollte sie kennenlernen.«

»Wie bist du dort reingekommen?« fragte Anna fasziniert.

»Es war leichter, als ihr glaubt. Man hat uns immer eingebläut, daß wir nicht dort hingehen sollen. Also haben wir es auch nicht getan. Aber ich habe eine Entdeckung gemacht: Wenn niemand damit *rechnet*, daß man etwas tut, gibt man sich auch keine besondere Mühe, einen davon abzuhalten, es zu tun.«

Anna beugte sich weiter vor. Ihre Neugier überwältigte sie, speziell nachdem sie Dr. McCoy und Botschafter Rousseau kennengelernt hatte. Seit sie sich erinnern konnte, hatte sie sich gefragt, wie die Leute in dem Stützpunkt wohl waren. Es war schier unglaublich, daß ausgerechnet die zurückhaltende Eleni, die dafür bekannt war, daß sie sich nie von ihrem Freund trennte, etwas getan hatte, von dem sie selbst nur phantasierte. »Und was ist passiert, als du drin warst?«

»Tja, ich bin eine Weile auf dem Gelände herumspaziert. Ich nehme an, ich hatte Angst, in eins der Gebäude reinzugehen. Niemand wußte, daß ich da war. Ich dachte sogar daran, wieder zu verschwinden, bevor mich irgend jemand erwischte.«

»Und dann?«

Eleni mußte bei der Erinnerung lächeln. »Jemand hat mich erwischt.«

»Mein Gott! Du warst bestimmt *entsetzt!*« sagte Anna.

»Eigentlich nicht«, sagte Eleni. »Der Mann, der mich fand, war ... ähm ... *prächtig.*« Sie zog verspielt die Brauen hoch.

Anna grinste. Paolo, Alexej und Ethan spitzten mißbilligend die Lippen. Eleni musterte sie mit einem finsteren Blick. »Jungs sind so verflucht *eitel.* Kann ein Nicht-Empyreaner etwa nicht prächtig sein?«

Die jungen Männer tauschten hilfesuchende Blicke aus. Alexej wirkte am stärksten irritiert, also artikulierte er ihre gemeinsame Antwort. »Möglicherweise, vielleicht ... aber nicht sehr *wahrscheinlich.*«

»Nun, es war ein großer, bärtiger Bär von einem Mann«, fuhr Eleni fort und tat alles, um das Unbehagen der Jungen zu steigern. »Er hieß Jacob Simon. Ich habe mich sofort in ihn verliebt.« Sie wandte sich geziert um und sah, daß Alexej zusammenzuckte.

Anna spielte mit. Sie bemühte sich, ein Grinsen zu vermeiden, und fuhr mit dem fort, was zu einer Art Verhör geworden war. »Und was hat er gemacht?«

»Er nahm mich mit rein. Der Stationsleiter wollte mich der Regierung übergeben. *Das* hat mir *wirklich*

Angst gemacht. Ich dachte an all möglichen Strafen und die Folter. Also *bat* ich Jacob, mir zu helfen.«

»Hat er?« Anna fiel auf, daß die Jungs völlig unbeteiligt taten.

Eleni nickte. »In letzter Sekunde. Er hat die anderen gebeten, mich dort wieder rauszulassen, wo ich reingekommen war, und niemandem von mir zu erzählen. Und dazu haben sie sich schließlich durchgerungen.«

»Wie waren sie denn so?« fragte Ethan, der sich alle Mühe gab, nicht allzu interessiert zu klingen.

»Tja, sie sind *ganz anders.*«

»Als wir?«

Eleni nickte erneut. »Bei denen ist jeder anders als der andere. Manche sind dick, manche sind dünn. Manche sind nicht sehr groß. Ein paar Männer waren kahlköpfig.«

»Du meinst also«, sagte Alexej, »daß sie nicht so vollkommen sind wie wir.«

Eleni schenkte ihm einen ironischen Blick. »Vollkommenheit ist auch nicht immer vollkommen.«

»Was soll *das* denn heißen?«

»Denk mal nach.«

»He, he«, sagte Paolo und schwenkte wie ein Ringrichter die Hände. »Wir kommen vom Thema ab. Hast du es je wieder getan?«

»Nein.«

»Hast du den bärtigen Bären je wiedergesehen?« fragte Alexej, um sie auf den Arm zu nehmen.

»Nein. *Würde* ich aber gern.«

Alexej wirkte erschreckt und mehr als nur leicht beunruhigt. »Wirklich? Und warum?«

»Weil sie Dinge kennen, die wir nicht kennen. Und wenn ich mit der Schule fertig bin – falls Jacob dann noch da ist –, würde ich die Chance, bei ihnen zu arbeiten, sofort ergreifen.«

Paolo machte eine geringschätzige Geste, die völlig im Widerspruch zu seinem Gesichtsausdruck stand. Es war wieder mal einer jener Fälle, in denen Anna nicht wußte, was sie von ihm halten sollte, und in denen sie sich fragte, ob er wirklich so nett war, wie er wirkte. »Ach, Eleni«, sagte er, »es ist doch unmöglich, daß sie etwas kennen, von dem wir nichts wissen. Verglichen mit uns sind sie – nun, seien wir doch ehrlich – *mangelhaft.*«

Ethans schwelender Zorn flammte auf. »Manchmal bist du wirklich ein Trottel, Paolo. Wenn wir so vollkommen wären, dürften wir uns doch nicht vor dem fürchten, was von außerhalb kommt.«

Paolos umgängliches Grinsen verblaßte. Er stand auf, bis er Ethan überragte. »*Das* ist idiotisch! Es gibt eine Menge Gründe, die Außenweltler draußen zu lassen, und keiner davon hat etwas mit Angst zu tun!«

Nun stand auch Ethan auf. Sie standen sich gegenüber und stritten sich, wobei ihre Stimmen mit jedem Satz lauter wurden. »Es gibt nur einen Grund: *Furcht!* Und es ist dumm …«

»Es ist nicht dumm, sich selbst zu schützen …«

»Ist es nicht dumm, sich vor Herausforderungen zu drücken und der Meinungsvielfalt aus dem Weg zu gehen? So, wie ich die Wissenschaften verstehe, möchte ich meine Ideen und Talente auch auf einer größeren Welt als der unseren erproben.«

»Wir haben *längst* genug Meinungsvielfalt. Wir brauchen den Irrsinn, die Kriege und die körperlichen Defekte nicht, die die Außenweltler wie Viren in der Galaxis verbreiten!«

»Empyrea war eine gute Idee, die sich schlecht entwickelt …«

»Paß lieber auf, zu wem du so was sagst«, sagte Paolo warnend.

»Falls du glaubst, ich werde mein Leben damit zubringen, vor jemandem Angst zu haben, der vielleicht nicht hören will, was ich denke …«

»Da hat Ethan recht«, sagte Alexej plötzlich und zog

sich Paolos vorwurfsvollen Blick zu. »Wenn unsere Generation anfängt, über diesen Planeten zu bestimmen, wird sich manches ändern.« Er hielt so abrupt inne, wie er angefangen hatte, da Paolo und Ethan sich nun beide zu ihm umdrehten und ihn musterten, als hätte er den Verstand verloren.

»Leider«, sagte Ethan, »werden sich die Dinge *nicht* ändern, wenn wir über diesen Planeten bestimmen. Der Vertrag wird abgeschmettert, und damit hat es sich.«

»Darauf trinke ich einen«, sagte Paolo und hob mit einem tückischen Grinsen seinen Becher.

Doch Ethan schüttelte voller Abscheu den Kopf und verschwand ohne weiteres Wort auf dem dunklen Pfad. Alexej ging hinter ihm her, doch nicht ohne sich vorher zu Eleni zu bücken. »Ich kann ihn so nicht gehen lassen. Wir sehen uns später, bei euch daheim. In Ordnung?«

»Geh schon«, sagte Eleni, die nun neben Anna stand.

Paolo, ziemlich zufrieden mit dem Ergebnis des Streits, kniete am Boden und packte die Erfrischungen in seinen Korb. »Wäre ganz nett, mal zu sehen, wer mit seinen Ansichten über die Zukunft recht hat. Eins weiß ich genau: Ethan ist es nicht. Soll ich euch nach Hause bringen?«

»Nein, danke, Paolo«, sagte Anna. »Wir sehen uns morgen in der Schule.«

Eleni und Anna ließen ihn zurück. Sie gingen den Pfad hinunter und schritten eine Weile schweigend vor sich hin. Als sie an einen Aussichtspunkt gelangten, blieben sie stehen, stützten sich auf die Steinmauer und schauten den mondbeschienenen Wellen zu, die etwa hundert Meter unter ihnen gegen die Küste rollten.

»Er ist nämlich wahnsinnig in dich verliebt«, sagte Eleni ohne Vorrede.

Die knappe Aussage traf Anna unvorbereitet. Sie blinzelte mehrmals und bemühte sich herauszukriegen, von wem Eleni sprach. *»Paolo?«*

»Nein, Blödmann«, erwiderte Eleni mit einem schmerzlichen Gesichtsausdruck. »Ethan.«

Auch dies konnte Anna nicht verstehen. »Ethan?«

»Ethan.«

»Das glaube ich nicht, Eleni. Ethan und ich waren zwar immer Freunde, aber … Nein. Da irrst du dich.«

»Dir fällt offenbar nicht auf, wie er dich anschaut.«

»Er *schaut* mich doch gar nicht an. Seit neuestem schaut er *niemanden* mehr an, es sei denn, er streitet sich mit jemandem.«

»Genau das meine ich. Er schaut dich nicht *anders* an als die anderen, die er nicht anschaut.«

Anna starrte ihre Freundin an. »Vielleicht ist es hormonell bedingt, aber wenn du nicht irgendwie mit Alexej verknotet bist, sprichst du immer nur in Rätseln.«

»Typisch für dich, Anna«, sagte Eleni achselzuckend. »Aber falls es dir nicht aufgefallen bist, du bist die *einzige.*«

Anna beobachtete eine Schaumkrone im Mondlicht und folgte ihr von ihrem fernsten Punkt den ganzen Weg dorthin, wo sie sich unter ihnen auf dem Sand zwischen den Steinen auflöste. »Selbst wenn du recht hast … Ich weiß nicht. Ethan ist mir einfach zu finster. Und seine Launen! Er brütet ständig über irgend etwas nach.«

»So war er schon immer. Aber es hat dich nie davon abgehalten, mit ihm befreundet zu sein.«

»Es besteht ein großer Unterschied zwischen einer Freundschaft und … nun, du weißt schon.« Sie konnte das Wort nicht mal aussprechen.

Eleni allerdings doch. »Liebe.«

Anna tat so, als hätte sie es nicht gehört. »Ich weiß nicht, ob ich seine Intensität immer aushalten könnte. Du etwa?«

»Er ist leidenschaftlich. Es könnte aufregend sein, besonders die ersten paar Male.«

Die Hitze, die Annas Wangen erwärmte, machte ihr

klar, daß sie genau wußte, was Eleni meinte. Doch sie sagte lieber nichts dazu, teils, weil es ihr peinlich war, teils, weil die Vorstellung ihren Reiz hatte. Sie beobachteten weiterhin schweigend die Wellen. Dann sagte sie: »Eleni, du bist verrückt.«

»Kann sein.«

»Laß uns nach Hause gehen.«

10

Nun?« sagte McCoy drängend. »Nun *sag* schon was.«

Kirk stand am Fenster seiner Kabine und wandte ihm den Rücken zu. McCoy saß geduldig in einem weichen Sessel. Aber er konnte sein Spiegelbild sehen. »Zum Beispiel?«

»Weiß ich doch nicht, verdammt. Vielleicht gratulierst du mir wegen des Bewegungsvermögens meines Spermas.«

Kirk hatte gerade von McCoys Besuch bei Elizabeth March erfahren. Und er hatte nicht die geringste Ahnung, wie er reagieren sollte. Er drehte sich um, schaute seinen Freund an und zuckte die Achseln. »Herzlichen Glückwunsch für das Bewegungsvermögen deines Spermas. Es muß ein ganz schöner Schreck für dich gewesen sein – für *mich* ist es jedenfalls einer.«

»Ich hätte dir in *meiner* Kabine davon erzählen sollen statt in deiner.«

»Warum? Glaubst du, ich zeichne alles auf?«

»Nein, aber ich habe die bessere Spirituosenauswahl. Und ich könnte jetzt wirklich einen Schluck vertragen.« McCoy lehnte sich zurück und rieb sich die Augen. Es war das Ende eines langen und sehr ermüdenden Tages; er hatte es geschafft, ihn hinter sich zu bringen, und wünschte sich, er hätte ihn nie erlebt. Jetzt wollte er nur noch, daß er endete. »Ich stelle fest, daß es dir schwerfällt, die ganze Sache auf die Reihe zu kriegen.«

»Ich weiß nicht, Pille. Ich war in meiner Jugend und

bei meinen Reisen durch die Galaxis schließlich auch kein Kostverächter.«

»Ich weiß. Ich war schließlich meist dabei. Aber es war kein jugendliches Austoben, Jim.«

»Was? Wolltest du etwa vor achtzehn Jahren auf Empyrea bleiben?«

»Wahrscheinlich nicht. Ich weiß nicht. Vielleicht. Es hat keine Rolle gespielt. Jedenfalls wurde mir diese Chance am Ende nicht geboten.« McCoy seufzte kopfschüttelnd. »Wer weiß, vielleicht war es zeitlich befristeter Schwachsinn. Die Wunden meiner Ehe waren noch nicht verheilt. Und Beth March hatte eine ... eine *Anziehungskraft*, einen Eifer, sich mit jemandem zusammenzutun, der nicht von Nova Empyrea stammte. Und ... Mann ... *wie* wir uns zusammengetan haben.«

»Das sieht man«, sagte Kirk mitfühlend. »Die Frage ist nur: Was machen wir jetzt?«

»Wir?«

»Natürlich. Ich laß dich das doch nicht allein ausbaden.«

McCoy reagierte mit einem schwachen Lächeln. »Das weiß ich zu schätzen, Jim.«

»Erste Frage: Möchtest du dich aus der Sache heraushalten oder helfen?«

»*Natürlich* will ich helfen!«

Kirk hob einen warnenden Finger. »Nur Narren sind sofort zu allem bereit, Pille. Denk nach. Du stehst unter keiner ethischen oder moralischen Verpflichtung. Abgesehen von deinem offensichtlichen und unwissentlichen Beitrag hast du die Situation ... nicht hervorgerufen. Das hat Elizabeth March ganz allein getan.«

»Anna ist doch keine *Situation.* Sie ist ein Kind. Und es gibt keinen Grund, warum sie für die Sünden ihrer Mutter büßen sollte. Jedenfalls nicht, wenn ich etwas tun kann, um ihr zu helfen.«

»Wenn *wir* was tun können.«

»Wir«, sagte McCoy und akzeptierte die Korrektur.

»Bringt *uns* das irgendwie mit der Ersten Direktive in Konflikt?«

»Du meinst, wenn du Anna auf die *Enterprise* holst?«

»Yeah.«

Kirk formulierte eine vorsichtige Antwort. »Tja, wie du weißt, glaube ich an eine… *flexible* Interpretation der Ersten Direktive.«

»Ist mir schon aufgefallen. Und was sagt dir deine flexible Interpretation in diesem Fall?«

»Ich glaube, wenn wir Anna mitnehmen und das Skelett der Familie March im Keller lassen, hat es keine wichtigen Auswirkung auf die natürliche Entwicklung der empyreanischen Gesellschaft und Kultur. Schließlich haben wir es hier nicht mit einer primitiven Zivilisation zu tun, die nichts von Raumfahrt oder dem Leben auf anderen Planeten weiß.«

»Soll das heißen, ich habe deinen Segen?«

»Wenn du ihn haben willst – wenn du dich *wirklich* in diese Sache einmischen willst –, hast du ihn, Pille.«

»Ich *bin* in die Sache verwickelt, Jim. Ich kann mich doch nicht davonschleichen, ohne wenigstens einen Versuch zu machen, ihr zu helfen.«

»Was willst du also tun?«

»Ich gehe wieder runter und sage Beth, daß ich Anna mitnehme, wenn wir Empyrea verlassen.«

»Nicht, daß ich Sand ins Getriebe werfen will«, sagte Kirk langsam. »Aber wißt ihr eigentlich, ob Anna den Planeten überhaupt verlassen *will?*«

McCoy starrte ihn an. Er war wie vom Donner gerührt. Der emotionale Mahlstrom dieses Tages hatte ihm noch keine Gelegenheit gegeben, über diese Frage nachzudenken. Er war zu sehr damit beschäftigt gewesen, sein eigenes Ich zu befragen. Aber Kirk hatte eine Schlüsselfrage gestellt, und auch er hätte die Antwort gern gewußt. Er wußte nur eins, und das machte ihm wirklich Angst: *Man kann keinen Menschen retten, der sich weigert, nach der Leine zu greifen.*

»Was soll das heißen, du weißt es nicht?« McCoy stand vor Elizabeth March, und seine Miene war alles andere als freundlich.

»Woher soll ich es denn wissen, Leonard? Wir haben die Sache eben nie beim Frühstück besprochen. – ›Hör mal, Anna, mal angenommen, ich hätte einen genetischen Betrug begangen und dein Vater wäre gar nicht die Spritze 112-B aus der Samenbank, sondern irgendein Typ von einem anderen Planeten: Was würdest du davon halten, von Empyrea zu verschwinden, bevor man uns erwischt und wir beide im Gefängnis, im Exil oder vor einem Exekutionskommando landen?‹«

McCoy scheute vor ihrem aufgebrachten Blick zurück, und ihm wurde klar, daß sie recht hatte. »Tja, es gibt nur eine Möglichkeit, es in Erfahrung zu bringen. Wir müssen ihr die ganze Geschichte erzählen und sehen, wie sie reagiert.«

Elizabeth seufzte. Sie ließ die Schultern hängen, denn nun stand sie vor dem Augenblick, den sie seit achtzehn Jahren fürchtete. »Dann kann ich also davon ausgehen, daß du sie nicht mit einem Sedativum bewußtlos machen, an Bord der *Enterprise* beamen und mehrere tausend Lichtjahre von hier wieder zu sich kommen lassen willst?«

»Nein, meine erste Wahl wäre das nicht.«

»Hab' ich mir gedacht.« Elizabeth schloß kurz die Augen. »Bist du dabei, wenn ich es ihr sage?«

»Wenn du es möchtest ...«

Sie streckte die Hand aus und packte die seine. »Dann bringen wir es hinter uns.«

Sie fanden Anna allein in dem dunklen Sonnenraum, in dem sie ein melancholisches Stück auf der Gitarre spielte. Die durch die offenen Fenster hereinwehenden Abendgeräusche waren ihre Begleitung. McCoy blieb schweigend stehen, Elizabeth setzte sich zu ihrer Tochter auf das Korbsofa und sagte ihr die Wahrheit. Ohne Ausschmückungen, ohne Entschuldigungen.

Vielleicht wurde es leichter, wenn man schwierige Dinge ein zweites Mal aussprach. Was auch der Grund war, McCoy bewunderte die Art, in der Elizabeth sagte, was sie sagen mußte – ohne zu zögern, ohne Entschuldigung. Während er ihr zuhörte, wurde ihm klar, daß sie ihr Gleichgewicht zurückgewonnen hatte und nun von bewundernswerten Kraftreserven zehrte, um es durchzustehen. Und er stellte fest, daß Annas Reaktion ihn zunehmend besorgter machte.

Er musterte sie eingehend, suchte nach Anzeichen. Er beobachtete ihre Augen, ihren Mund, ihre Haltung. Aber er sah nichts, das darauf hindeutete, daß sie erschreckt, enttäuscht, wütend oder beschämt war. Oder einfach nur gelähmt. War sie sich seiner eingehenden Beobachtung bewußt und wollte sie ihre Empfindungen verbergen? Angesichts der Tragweite dessen, was ihre Mutter ihr erzählte – war es menschlich möglich, den gewaltigen Schock zu absorbieren und trotzdem eine natürliche Haltung zu bewahren?

Ob sie nun eine Empyreanerin war oder nicht, sie war ein achtzehnjähriges Mädchen. Die Grundlagen ihrer Existenz wurden zerschlagen. Die finstersten Sorgen und Ängste erfüllten McCoys Kopf und flatterten in seinem Magen herum. *Wird sie damit fertig?*

Und dann war Elizabeth fertig. Die Enthüllung war vollständig. Sie warteten darauf, daß Anna etwas sagte. Aber sie saß nur schweigend da und holte gleichmäßig und gelassen Luft. McCoy war danach, sie zu fragen, ob sie überhaupt alles verstanden hatte – die Vergangenheit, die Gegenwart, die Ursachen und Konsequenzen dessen, was Beth und er getan hatten. Aber er war sicher, daß sie verstand, und er fühlte sich weniger unbehaglich, Elizabeths Führung zu folgen. Beth kannte schließlich ihre Tochter. Er nicht. Also hielt er den Mund.

»Und nachdem du mir alles erzählt hast«, sagte Anna, »was soll ich eurer Meinung nach tun?«

»Wenn du mit Dr. McCoy gehst, bleibt dir das Schlimmste erspart.«

»Ich habe die Wahl?«

»Anna, es *gibt* keine Wahl.«

Anna sprang plötzlich auf, ihr Gesicht rötete sich, ihr Zorn nahm zu. »Du hattest eine Wahl! Du hast sie getroffen, bevor ich geboren wurde! Bevor ich *empfangen* wurde! Und damit hast mir *meine* Wahl genommen!«

»Tut mir leid ...«

Bevor Elizabeth die drei Worte ganz ausgesprochen hatte, fegte Anna aus dem Raum und ließ ihre Mutter und McCoy in einer Leere zurück, die keine Worte füllen konnten. Die Geräusche der Nacht erschienen ihnen unerträglich laut.

»Tja«, sagte Elizabeth leise, »das war ja nun nicht gerade ein Erfolg.«

»Kannst du es ihr verübeln?«

Beth rieb sich die Augen. »Wohl kaum. Ich hatte irgendwie gehofft, sie sei stärker und würde es leichter wegstecken.«

»Hättest du es an ihrer Stelle leichter weggesteckt?«

»Erhöhte emotionale Stabilität ist ein Bestandteil des empyreanischen Charakters«, sagte sie und wich der Frage damit aus.

»Gib dem Mädchen Zeit«, sagte McCoy und setzte sich neben sie. »Vergiß nicht, daß sie auch meine mangelhaften Chromosomen hat. Sie braucht etwas Zeit.«

»Zeit ist etwas, das wir nicht in Massen haben. Sie muß ihr Schicksal akzeptieren – und an Bord eures Raumschiffes sein, wenn ihr abreist.«

McCoy wußte, welche Frage Elizabeth nicht hören wollte. Er wußte aber auch, daß sie gestellt werden mußte. »Und was ist, wenn sie nicht mitmacht?«

»Sehe ich überhaupt nicht so«, sagte Ethan knapp. »Nicht im geringsten.« Er und Anna saßen auf dem Teppichboden im kreisförmigen Atrium der Bibliothek, die das offene Zentrum des zehnstöckigen Forschungskomplexes bildete. Sie lehnten am Geländer der obersten Etage und ignorierten die hinter ihnen durch die transparente Röhre fahrende Liftkabine. Von hier aus hatten sie durch die großen Fenster Ausblick auf den Rest des Universitätsgeländes.

»Das überrascht mich nicht«, sagte Anna neckend. »Du hast doch noch nie was von Komposition verstanden.«

»Warum hast du mich dann gefragt?« Er musterte sie aus zusammengekniffenen Augen und bemühte sich, ihre verspielte Fassade zu durchschauen.

»Vielleicht wollte ich nur mal sehen, wie gut ich dich kenne.«

»Ach. Und wie gut kennst du mich?«

»Tja, ich wußte zum Beispiel genau, wo man dich um diese späte Stunde finden kann.«

»Na schön«, sagte er. »Da wir gerade darüber reden, wer wen gut kennt: *Du* bist um diese späte Stunde *nie* auch nur in der *Nähe* der Bibliothek.«

»Heute aber doch. Vielleicht kennst du mich also nicht so gut, wie du glaubst.«

»Ach was«, sagte Ethan mit einer abfälligen Handbewegung.

Anna lächelte provozierend. »Du hältst dich doch für so schlau. Was würde ich wohl tun, wenn ich *nicht* hier wäre?«

»Du würdest allein bei euch zu Hause im Sonnenraum sitzen und Gitarre spielen. Vielleicht auch Klavier oder Cello.«

Ihr überraschter Gesichtsausdruck verdeutlichte, daß er recht hatte. »Woher weißt du das?«

»Ich gehe manchmal an eurem Haus vorbei … und höre zu.«

»Wirklich? Ich habe dich noch nie gesehen.«

»Weil du mich nicht sehen sollst. Ich will dich nämlich nicht stören oder unterbrechen.« Er wandte den Blick ab, seine Stimme wurde leiser. »Es gefällt mir, wenn ich dich spielen höre, auch wenn ich nichts von Komposition verstehe.«

Anna schaute ihn eine geraume Weile an, sie suchte etwas, das ihr helfen konnte, ihn zu verstehen. Er musterte sie mit einem Ausdruck, der irgendwie das gleiche ausdrückte. Dann stand sie auf, ging ans Fenster hinüber und beobachtete die Lichter, die dort unten auf den Wegen und Pfaden glitzerten. Sie wartete, daß Ethan zu ihr kam; sie hoffte sogar darauf. Er folgte ihr einen Augenblick später.

»Ethan … Was würdest du tun, wenn sich herausstellt, daß einer deiner Freunde ein … genetisch Illegaler ist?«

Er legte den Kopf schief. »Häh?«

»Also nicht rein empyreanisch.«

»Hmmm.« Ethan runzelte die Stirn, als er über ihre Frage nachdachte. Er hatte nicht im geringsten mit etwas Derartigem gerechnet, deswegen war er nicht darauf vorbereitet.

Anna beobachtete seine Augen. Es kam nur sehr selten vor, daß Ethan nicht spontan auf eine Frage antwortete – selbst wenn es nur eine Gegenfrage war. Er war in letzter Zeit ziemlich ernsthaft geworden, sogar zynisch, und nun sah sie etwas Andersartiges in seinem Blick: Er war verwundert und erstaunt, als hätte sie einen Scheinwerfer auf einen im Dunkel liegenden Winkel seiner Seele gerichtet. Statt aufgrund der unerwarteten Frage ärgerlich zu sein, wirkte er wie berauscht.

»Verbotene Liebe mit einem Außenweltler …«

Der Satz ließ sie die Stirn runzeln. Nun war sie an der Reihe, überrascht zu sein. Er klang wie ein altmodischer Kitschroman. Sie hatte unabsichtlich eine bisher unbekannte Facette seiner Persönlichkeit ausgegraben.

Sie wußte nicht genau, ob sie ihr gefiel. Es war so untypisch für ihn. »Was sagst du dazu?« drängte sie ihn etwas heftiger als beabsichtigt.

»Tja, eigentlich habe ich noch nie darüber nachgedacht… Also, mit einem solchen Geheimnis leben zu müssen… Kann ich davon ausgehen, daß dieser Mensch, während er heranwuchs, nichts von seiner Abstammung wußte?«

»Natürlich, auch wenn es nur rein hypothetisch ist…«

»Natürlich.«

»Sie… ich meine *er*… erfährt es erst, als er schon erwachsen ist. Als er ungefähr in unserem Alter ist.«

»Weißt du irgend etwas über diesen Jemand?«

»Nein!«

»Und wie kommst du so plötzlich darauf?«

Sie wandte den Blick ab und nagte an ihrer Unterlippe. Unter ihnen fuhr langsam ein Fahrzeug an der Bibliothek vorbei. »Na ja, also… nun… Es hat mit dem zu tun, was Eleni uns erzählt hat.«

»Du meinst, als sie sich auf das Gelände der Föderation geschlichen hat?«

»Wenn sie es geschafft hat, könnte es doch auch einem Erwachsenen gelungen sein…«

»Der dann eine Affäre mit einem Wissenschaftler aus der Föderation hatte?«

Anna nickte. »Es ist doch möglich. Oder nicht?«

»Tja, ich glaube schon. Aber Elenis unschuldiges kleines Abenteuer passierte, als sie kaum zwölf war. Das ist doch etwas ganz anderes als bei einer Erwachsenen, die von einem Außenweltler schwanger wird und ein Kind bekommt. Eine Erwachsene müßte die Konsequenzen kennen; eine Erwachsene wüßte, daß sie das Geheimnis nicht für immer bewahren kann. Oder was meinst du?«

Er schaute ihr direkt in die Augen. Diesmal konnte sie seinem Blick nicht ausweichen, obwohl sie es am liebsten getan hätte und es auch versuchte. *Weiß er es? Sieht er es mir an?*

»Ja, eine Erwachsene wüßte es«, sagte sie. »Aber ich spreche jetzt nicht von der Mutter. Ich spreche von dem Kind. Was würdest du von ihm halten?«

»Wenn so was wirklich passiert wäre? Es wäre doch nicht seine Schuld. Ich würde ihm deswegen bestimmt keine Vorwürfe machen. Offen gesagt, ich würde es eher für ein Symbol aller Möglichkeiten der Vielfalt halten – aller Möglichkeiten, die *wir* nicht haben, weil wir auf diesem Gefängnisplaneten eingesperrt sind.«

Ethans typische Streitlust war nun wieder in seiner Stimme hörbar. Anna empfand es als beruhigend. Sie ließ ihn weiterreden.

»Es ist aber *unmöglich,* daß sich eine Empyreanerin mit einem Außenweltler gepaart hat. Es wird auch in Zukunft nicht möglich sein. Denn genau aus diesem Grund wollen die Konservativen den wissenschaftlichen Komplex schließen. Sie wollen dafür sorgen, daß es *nie* dazu kommt. Und weißt du, was mir am meisten angst macht?«

»Was denn?«

»Falls deine kleine hypothetische Romanze *wirklich* stattgefunden hat und das Geheimnis nun herauskäme, wäre es das Schlimmste, was passieren kann. Es würde den alten Böcken nämlich direkt in die Hände spielen und ihnen die Munition liefern, die sie brauchen, um die Verhandlungen mit der Föderation abzubrechen. Sie führen die Gespräche ohnehin nur zum Schein, verdammt. Sie haben den Beschluß doch schon längst gefaßt.«

»Vielleicht auch nicht, Ethan.«

»Und nun wird es Jahrhunderte – wenn nicht *länger* – dauern, bevor irgendein empyreanischer Führer auch nur an eine Kontaktaufnahme mit Außenweltlern *denkt.*«

»Glaubst du nicht, daß einige unserer Führer das Abkommen erneuern möchten?«

Er schaute sie traurig an. »Nein.«

Ethan blieb, um noch zu lernen. Als Anna die Bibliothek verließ, war Mitternacht vorüber, und die Straßen des Universitätsgeländes waren verwaist. Sie ging allein, seine pessimistischen Worte hallten in ihrem Kopf nach. Sie bemühte sich, ein Argument zu finden, das seine Worte widerlegen konnte, doch sie fand keins.

Er hatte sehr wahrscheinlich recht. Wenn die Wahrheit über ihre Abstammung jetzt bekannt wurde, würde die konservative Gegenreaktion das Schicksal des begrenzten empyreanischen Experiments besiegeln. Man würde nicht nur den Föderationsposten schließen. Es würde wirklich *Generationen* dauern, bevor eine andere empyreanische Regierung es wagte, wieder irgend etwas in dieser Art zu versuchen.

Vielleicht kam es *nie wieder* dazu.

Und vielleicht hatte ihre Mutter recht. Vielleicht hatte sie wirklich keine Wahl.

Als Anna ins Landhaus zurückkehrte, stellte sie fest, daß McCoy und ihre Mutter noch da waren. Beide waren wach. Elizabeth begrüßte ihre Tochter, indem sie sie fest in die Arme schloß. McCoy stand verlegen auf, er wußte nicht, wie er sich verhalten sollte.

»Ich habe mir Sorgen um dich gemacht«, sagte Elizabeth leise.

»Tut mir leid, daß ich so hinausgelaufen bin.« Anna zuckte die Achseln. »Ich wußte nicht, was ich sonst hätte tun sollen.«

»Wir wollten gerade einen Tee trinken. Willst du auch einen?«

Anna nickte. Sie und McCoy folgten Elizabeth in den Sonnenraum, wo eine Lampe einen sanften Lichtschein in die Mitte der Finsternis warf. Sie nahmen an einem Tischchen Platz, an dem Elizabeth die dünnen Täßchen mit dampfendem, süß duftenden Kräutertee füllte.

»Ich habe nie gewußt, daß du eine solche Rebellin warst, Mutter.«

McCoy und Elizabeth nahmen erleichtert wahr, daß Anna lächelte.

»Gefällt es dir?« fragte Elizabeth.

»Offen gesagt, ja. Vielleicht bin ich deswegen weggelaufen. Es ist nicht einfach, wenn man erkennen muß, daß die Mutter, die Gesetze verkündet, alle Regeln bricht.«

Elizabeth hob abwehrend eine Hand. »Moment mal. Ich habe nicht *alle* Regeln gebrochen ...«

»Aber immerhin die *wichtigste.*«

»Tja, so war es wohl.« Elizabeths Lächeln verblaßte. »Hätte ich es nicht getan, gäbe es dich jetzt nicht. Zumindest wärst du eine andere. Ich kann also nicht sagen, daß es mir leid tut. Aber jetzt müssen wir den Preis für mein Tun bezahlen.«

»Ich weiß.«

McCoy atmete aus, bemühte sich, sich zu entspannen. »Wir wußten, daß wir dir Wahrheit sagen mußten, aber wir hatten Angst, du wärst vielleicht nicht in der Lage, sie zu verarbeiten. Wir haben eine ziemlich große Bombe neben dir platzen lassen.«

»Es geht mir gut ...« Anna hielt inne, beinahe hätte sie ›Doktor‹ gesagt. »Ich weiß nicht, wie ich dich nennen soll. *Doktor* kommt mir etwas steif vor. Papa? Vater?« Sie breitete die Arme aus, ergab sich der Ungewißheit der Situation.

McCoy lächelte. Er wollte, daß sie sich entspannte. »Leonard wäre nicht übel.«

»Außerdem werdet ihr zwei bald eine Menge Zeit haben, euch darüber klar zu werden.«

»Stimmt«, sagte McCoy. »Sobald wir auf der *Enterprise* sind, rufe ich ein paar Freunde auf der Erde an und kümmere mich darum, an welcher Universität wir dich unterbringen können.«

Annas Gesichtsausdruck verfinsterte sich. »Ähm, Leonard ... Mutter, da ist noch etwas ...«

»Würde mir nämlich nicht gefallen, wenn dein genetisch vervollkommneter Intellekt verstaubt«, fuhr McCoy fort. Doch in Annas Blick war etwas, das ihn innehalten ließ. »Verzeihung, Anna, ich wollte dir nicht die Pistole auf die Brust setzen.«

»Nein«, sagte Anna. »Manchmal gehe ich einfach davon aus, daß die Leute meine Gedanken lesen können, was natürlich lächerlich ist.«

»Ah!« sagte McCoy. »Ein Makel! So was kann dir nur helfen, uns unvollkommene Erdlinge besser zu verstehen.«

»Ich gehe nicht zur Erde.«

McCoy und Elizabeth starrten sie an, als hätten sie sie nicht verstanden – oder als *wünschten* sie sich, sie nicht verstanden zu haben.

Elizabeth sprach als erste. »Wir dachten, du seist einverstanden, Anna. Wir haben doch keine andere Wahl.«

»Nein, Mutter. Wir haben eine. Empyrea ist meine Heimat. Ich habe nichts Falsches getan …«

»Nein, aber *ich*«, sagte Elizabeth.

»Hast du *nicht*. Du hast dich verliebt und ein Kind bekommen. Daran dürfte nichts falsch sein, egal woher mein Vater auch kommt. Ich bleibe hier, die Konsequenzen sind mir gleichgültig.«

Elizabeth bemühte sich, das Übelkeitsgefühl zu ersticken, das sich in ihrer Magengrube ausbreitete. »Anna, du kannst doch nicht …«

»Mutter«, unterbrach Anna, »laß mich sagen, was ich sagen muß. Vielleicht ist es genetisch bedingt, aber ich habe, was unsere Isolation angeht, die gleichen Gefühle wie du, als du in meinem Alter warst. Wir leben hier, die besten menschlichen Lebewesen, die je existierten, und was tut unsere Regierung? Sie sperrt uns ein wie irgendwelche experimentellen Kuriositäten, die zu anfällig sind, um das Labor zu verlassen, in dem sie geboren wurden. Ich kann es nicht ertragen!« Sie stieß den Arm zum Himmel hoch. »Wir sollten dort draußen sein und dem Rest der Menschheit helfen, ihr volles Potential zu entfalten!«

Elizabeth packte die Schultern ihrer Tochter und schaute ihr in die Augen. »Anna, Schätzchen, ich bin ja deiner Meinung. In der besten aller möglichen Welten *wärst* du jetzt dort draußen. Aber dies ist die *reale* Welt, und wir Empyreaner sind nicht so vollkommen, wie wir gern glauben.«

»*Deine* Generation ist es nicht. Aber meine möchte und *wird* anders sein. Du hattest den Mumm, mir die Wahrheit zu sagen. Nun muß ich das gleiche für dich tun. Es gibt eine wachsende Auflehnung in meiner Generation – es ist noch nichts Offizielles, aber das ist nur noch eine Frage der Zeit. Wir werden diese Gesellschaft verändern.«

»Sprichst du von einer Art Revolution?« fragte McCoy und fragte sich, ob genetisch perfektionierte Menschen noch immer die allzu menschliche Schwäche für Gewalt in sich trugen.

»Sozusagen, aber nicht so, wie du glaubst. Wir werden uns den Weg in die Zukunft nicht freischießen. Wir *sind* die Zukunft. Es ist nur eine Frage der Zeit, wann wir Empyrea übernehmen. Unsere Waffe ist die Geduld. Und wenn wir in den Führungspositionen sind, nehmen wir die Veränderungen vor.«

McCoy warf Elizabeth einen Blick zu. Er war sichtlich beeindruckt. Vielleicht war an der genetischen Vervollkommnung *doch* etwas dran. »Sie hat recht. Früher oder später ist ihre Generation am Ruder.«

»Aber du wirst es nicht erleben, Anna. Im besten Fall wird man uns beide verbannen. Im schlimmsten Fall ... Tja, bisher ist noch niemand wegen genetischen Betrugs verurteilt worden. Das Gericht könnte dies für den perfekten Zeitpunkt halten, an uns ein Exempel zu statuieren – um allen Empyreanern klarzumachen, daß dieses Verbrechen ins Herz dessen stößt, wer und was wir sind. Es könnte sich genötigt sehen, die Todesstrafe zu verhängen.«

»Es braucht niemand von uns zu erfahren, Mutter.«

»Was soll *das* nun wieder heißen?«

»Ich bin bereit, auf meine Reproduktionsrechte zu verzichten, wenn ich dafür hierbleiben und die Revolution erleben kann. Wenn ich die Prüfung ablehne, können wir unser Geheimnis bewahren.«

»Ist das möglich?« fragte McCoy, der sich nun mehr denn je zuvor wie ein Außenstehender vorkam.

»Es ist möglich«, sagte Elizabeth, »aber es gibt keine Unterlagen, daß ein gesunder Empyreaner je das getan hat, was sie vorschlägt. Anna ist nicht gerade eine Achtzehnjährige mit niedrigem Profil. Wenn sie die Prüfung ablehnt, wird man Fragen stellen. Sollen wir die alte Lüge mit neuen untermauern?«

»Warum denn nicht?« fragte Anna mit kühler Nonchalance. »Warum sollte es mich kümmern, den Gesetzen eines Systems zu gehorchen, das sich nicht um mich schert? Wenn du dir so große Sorgen über die Fragen machst, die man sich stellen wird, kann ich auch verschwinden – meinen Tod vortäuschen. Dann trägst du für eine Weile Schwarz ...«

»Und was wirst *du* tun?« fragte Elizabeth.

McCoy konnte das verzweifelte Beben der Hysterie in Elizabeths Stimme hören. Anna hatte dem Gespräch eine radikale Wendung gegeben, die er und ihre Mutter für alles andere als vernünftig hielten.

»Ich verstecke mich. Ich habe Freunde, dir mir nur allzu gern helfen würden, so etwas zu tun.«

»Anna! Das ist doch verrückt!«

»Ach, und daß ich mich den Launen irgend eines verknöcherten Gerichts stelle, soll wohl normal sein?«

»Hört auf«, sagte McCoy und warf sich dazwischen, bevor der Streit zwischen Mutter und Tochter weiter eskalierte. »Ich bin Arzt, kein Soziologe oder Rechtsanwalt. Also werde ich auch nicht versuchen, einen Fall zu konstruieren, der auf den hiesigen Bräuchen oder Gesetzen basiert. Aber vielleicht gibt es eine *medizinische* Lösung, an die wir noch nicht gedacht haben.«

In Elizabeths Augen glomm leichte Hoffnung. »Glaubst du wirklich?«

»Ich nicht«, sagte Anna knapp. Sie wirkte so unschlüssig wie ihre Mutter hoffnungsvoll.

»Tja, irgendwelche Garantien kann ich euch zwar nicht bieten«, sagte McCoy und schaute von einer zur anderen, »aber wie mein vulkanischer Freund Mr. Spock zu sagen pflegt: Möglichkeiten gibt es immer. Ich bitte nur um etwas Zeit, um in Erfahrung zu bringen, welche es sind.«

11

Man hatte Jim Kirk während seines Lebens und seiner Laufbahn in der Flotte viele Beinamen verliehen, und nicht immer nur lobende. Aber er glaubte wirklich, daß man ihn noch nie einen Alleswisser genannt hatte. Selbst als »entschieden sturer« Kadett – so beurteilte er sich im Rückblick selbst – hatte er sich immer bemüht, so viel Selbstbewußtsein zu behalten, um sich einzugestehen, daß er nicht alle Antworten auf die Fragen sämtlicher Disziplinen kannte.

Trotz seiner unbeugsamen Entschlossenheit, sich in all seinem Tun selbst zu übertreffen, war er immer selbstsicher genug gewesen, um auch mal »Ich weiß es nicht« zu sagen, wenn ihm wirklich keine Antwort einfiel. Sagte man diese vier Worte zu den richtigen Leuten – zu jenen also, die die Antwort wußten –, signalisierten sie die Bereitschaft, von Mentoren zu lernen, die wiederum mehr als glücklich waren, ihr Wissen aufnahmefähigen Schülern zu vermitteln.

Kirk hatte den Rat seines Vaters nie vergessen. Er hatte ihn beim Packen erhalten, als er Iowa verließ, um sein Studium an der Starfleet-Akademie zu beginnen: »Hab' keine Angst, ein Schwamm zu sein. Saug alles auf, was du kannst.« Er hatte nie einen besseren Rat bekommen.

Später hatte er natürlich auch gelernt, wann man seine Unwissenheit *nicht* zeigte. Das Forscherdasein präsentierte einem manchmal Herausforderungen, die nicht immer nahtlos zur Schulbuchethik paßten.

Manchmal war der Wert eines gerissenen Bluffs unschätzbar, ob beim Kartenspielen oder in den vielen gefährlichen Situationen, denen er und sein Schiff ausgesetzt waren.

Eins hatte Kirk von Anfang an als grundlegende Lebenstatsache gesehen: Andere Menschen verfügten immer über Informationen und Fähigkeiten, die einem selbst fehlten. Seine frühe Akzeptanz dieser Einsicht hatte ihm als Captain gute Dienste geleistet. Welche Mängel er als Mensch und Kommandant auch hatte, er hatte überhaupt keine Schwierigkeiten, Pflichten an Offiziere zu übertragen, deren Geschick in den benötigten Bereichen lag. Er hatte nie einen Grund gefunden, Scotty, McCoy, Uhura und den Rest seiner erfahrenen Mannschaft auf ihrem Wissensgebiet in Frage zu stellen.

Und was Spock anging… Nun, im Laufe der Jahre, die er unter ihm diente, hatte er zahllose Male bewiesen, daß er allein eine Schiffsladung erfahrener Offiziere wert war. Nun, nachdem die Nachtschicht die *Enterprise*-Brücke übernommen hatte, hockten Kirk und Spock vor der wissenschaftlichen Station und führten ein informelles Gespräch über die Probleme, auf die der Vulkanier und Scott während der Untersuchung des Föderationsaußenpostens auf Empyrea gestoßen waren.

Nach der langen Zeit ihrer Bekanntschaft arbeiteten der Captain und sein Erster Offizier so mühelos zusammen, daß Spock derlei Gespräche instinktiv mit technischen Informationen spickte, von denen er wußte, daß sie für Kirk weder verwirrend undurchschaubar noch beleidigend einfach waren. Mit einer subtilen Ehrerbietung vor Rang und Freundschaft, die Kirk zwar schätzte, aber nie kommentierte, ließ Spock seinen Captain oft die wichtigsten Schlüsse ziehen.

»Dann ist die Störung im Energiesystem der Station also nur geringfügig?« sagte Kirk.

»Momentan sieht es so aus, als sei es eine einzelne, leicht korrigierbare Fehlfunktion gewesen.«

»Und zwar im Fusionsreaktor der Bodenstation?«

Spock nickte. »Die Energiequelle auf dem Planeten versorgt aber auch die Orbitalplattform und das Satellitennetz.«

»Über eine Hochfrequenzverbindung?«

»So ist es, Captain.«

Kirks Mundwinkel verzogen sich zu einem schiefen Grinsen. »Tun Sie nicht so überrascht, Spock«, sagte er neckend, obwohl er genau wußte, daß sein Gegenüber nicht im geringsten überrascht wirkte. »Ich habe bei Ihrer Meldung eben genau aufgepaßt.«

»Einen anderen Eindruck wollte ich nicht erwecken.«

»Wird das Problem auch weiterhin geringfügig bleiben?«

»Das erwarten wir, doch ein endgültiger Schluß hängt natürlich von mehreren Faktoren ab – und den noch nicht vollständigen Analysen. Mr. Scotts fähiger Stab müßte um 7.00 Uhr nützliche Resultate erbracht haben.«

»Okay. Dann beraumen wir eine Konferenz an ... Sie, Scotty und ich ... um ... äh ... halb acht. Es sei denn, wir wissen vorher mehr.«

»Sehr wohl, Sir. Ich werde Mr. Scott informieren.«

»Und ich haue mich aufs Ohr«, sagte Kirk und war schon zum Turbolift unterwegs. »Kommt mir vor, als hätte ich einen sehr langen und eigenartigen Tag hinter mir.«

Da für Spock kein Grund bestand, während der Freiwache auf der Brücke zu bleiben, stand er auf und schloß sich Kirk an. »Ich nehme an, Sie sprechen von Dr. McCoys Enthüllung?«

Die Türhälften glitten auf, und sie traten ein. »Deck fünf«, sagte Kirk zum Steuercomputer. Als die Tür sich schloß und die Kabine sanft durch den Liftschacht fuhr, warf er dem Vulkanier einen vorsichtigen Blick zu. »Sie wissen davon?«

»Er hat mich heute abend informiert, als er von dem Planeten zurückkam.«

»Ach.« Kirk klang überrascht. Obwohl seine beiden besten Freunde im Laufe der Jahre rücksichtsvoller zueinander geworden waren, war ihre Beziehung noch immer heikel, und die gerade erfolgte Entdeckung McCoys in Sachen Anna March gehörte Kirks Meinung nach zu den Dingen, die er für sich behalten hätte. »Ich hätte Sie schon noch informiert«, sagte Kirk etwas verlegen.

Doch Spock baute ihm eine Brücke. »Auch ich fand Dr. McCoys Beschluß, mich über die Situation in Kenntnis zu setzen... überraschend. Er hatte wohl großes Interesse an irgendwelchen biomedizinischen Vorschlägen, die ich bei der Suche nach einer Lösung des Dilemmas beisteuern könnte.«

Kirks Brauen hoben sich, als der Lift anhielt und die Tür sich öffnete. Sie traten ins Freie. »Er hat Sie um Rat gebeten?«

»Tatsächlich«, sagte Spock, während sie sich Kirks Kabine näherten. »Es kam völlig unerwartet für mich.«

»Muß am heutigen Tag liegen«, sagte Kirk mit einem müden Lächeln. »Er ist wohl ziemlich verzweifelt.«

»So ist es.«

Sie erreichten Kirks Tür, die sich öffnete. »Nun, Spock, ich schätze, wir sehen uns morgen.«

»Technisch gesehen ist es bereits morgen.«

»Erinnern Sie mich nicht daran.«

Bevor Kirk eintreten konnte, hörte er das Pfeifen des Interkoms und die Stimme von Lieutenant Lisa Putman, der jungen Frau, die während der Nachtschicht an der Kommunikationskonsole saß. »Brücke an Commander Spock.«

Kirk deutete mit dem Kopf ins Innere seiner Kabine, und Spock nahm die unausgesprochene Einladung an. Sie gingen beide zu Kirks Schreibtisch hinüber, wo Spock den kleinen Bildschirm des Interkoms aktivierte. »Spock hier, Lieutenant.«

»Sir, wir haben einen Anruf von Dr. Ortega, dem

empyreanischen Verbindungsmann. Er besteht darauf, Sie sofort zu sprechen.«

»Was sind schon ein paar Minuten mehr ohne Schlaf«, murmelte Kirk resigniert. »Legen Sie ihn auf meinen Anschluß, Lieutenant.«

»Aye, Captain.«

Kurz darauf verschwand die wie aus dem Ei gepellte Putman vom Schreibtischbildschirm und wurde durch Ortegas wütendes Gesicht und seine vorwurfsvolle Stimme ersetzt. »Commander Spock, ich dachte, Sie und Ingenieur Scott seien instruiert worden, das Problem mit der Plasmaflußabweichung sofort zu lösen.«

Spock tauschte einen Blick mit dem Captain. »Wir haben es gelöst, Dr. Ortega. Als wir zur *Enterprise* zurückkehrten, waren alle Anzeigen normal.«

»Nun, jetzt sind sie es aber nicht. Da ich die Sache nicht dem Zufall überlassen wollte, habe ich mich selbst darum gekümmert. Die Ursache des Problems ist eindeutig die von der Föderation vorgenommene Modifikation des Steuerprogramms der Anlage.«

»Ach, wirklich?« sagte Spock gelassen. »Und Sie sind sich dessen sicher, Doktor?«

»Jawohl, Commander. Falls es Ihnen und Ihrem Ingenieur nichts ausmacht herzukommen, zeige ich Ihnen gern die Programmfehler. Sie haben dazu geführt, daß die Subprozessoren, die vier Flußregulatoren steuern, abgeschaltet und die Sicherheitsreserven überlastet wurden.«

»Hmmm, sehr eigenartig«, sagte Spock leise und mehr oder weniger in Kirks Richtung. »Na schön, Doktor. Wir kommen sofort herunter und treffen Sie in der Steuerzentrale. – Spock, Ende.«

Der Bildschirm verblaßte.

»Wenn Sie kein Vulkanier wären«, sagte Kirk, »würde ich sagen, Sie wirken nicht gerade begeistert, daß Sie Mr. Scott über diese Neuigkeit informieren müssen.«

Spock betätigte mit dem für ihn typischen Gleichmut erneut die Kommunikationsschaltung. »Spock an Mr. Scott.«

Kurz darauf tauchte Scottys Bild auf dem kleinen Schirm auf. Er trug keine Uniform, was man um diese Zeit eigentlich auch nicht erwarten konnte, aber es war auch offensichtlich, daß er noch nicht zu Bett gegangen war. Er trug einen Starfleet-Bademantel und saß hinter seinem Schreibtisch. »Aye, Sir, hier ist Scott.«

»Ich bedauere es, Sie um diese Stunde stören zu müssen.«

»Ist schon in Ordnung, Sir. Ich bin hellwach.«

»Scotty«, sagte Kirk, »Sie brauchen doch Ihren Schönheitsschlaf.«

»Kann schon sein, Captain, aber irgendwann muß ich ja auch mit dem technischen Kram auf dem laufenden bleiben. Ein Gläschen Scotch, ein paar technische Artikel – dann schlafe ich wie ein Säugling.«

Kirk lächelte. »Tja, das sind Ihre Einschlaftricks, Scotty. Leider haben wir ein Problem ...«

Scotts Miene verhärtete sich. »Lassen Sie mich raten: Mein lieber Freund Dr. Ortega hat sich gemeldet.«

»Eine logische Deduktion«, sagte Spock. »Er behauptet, er habe Fehler in der aus der Föderation stammenden Software gefunden ...«

»Und die ist jetzt an der Plasmafluß-Fehlfunktion schuld? So einen Quatsch habe ich ja noch nie ...«

»Mr. Scott«, sagte Kirk schnell und kam damit einer ellenlangen gälischen Verwünschung zuvor, »schauen Sie es sich mal an – und bemühen Sie sich, Dr. Ortega nicht zu erdrosseln.«

Scott stieß pfeifend die Luft aus. »Aye, Sir. – Scott, Ende.«

»Spock«, sagte Kirk, »auch wenn wir Scottys Stolz nicht verletzen wollen: Könnte Ortega recht haben?«

»Die Möglichkeit besteht, Captain«, sagte Spock nach kurzem Nachdenken. »Natürlich können auch Föderationswissenschaftler Fehler machen – wie übrigens auch Empyreaner, deren Stolz wir ebenfalls nicht verletzen wollen.«

Als Spock hinausging, empfand Kirk beträchtliche Sympathie für seinen Ersten Offizier und den Chefingenieur. *Es ist immer schwierig, sich mit jemandem abzugeben, der von vornherein davon ausgeht, daß man im Unrecht ist.*

»Genau da und da«, gab Ortega selbstgefällig bekannt und durchblätterte schnell die Zeilen der mathematischen Instruktionen. Sie waren in dem für die Steuerung des Energiegeneratorensystems zuständigen Programm vergraben.

»Unmöglich«, sagte Scott mit einem verständnislosen Kopfschütteln.

»Sie sehen es auf dem Bildschirm«, sagte Ortega stur. »Sie können doch nicht etwas bestreiten, das eindeutig da ist. Wollen Sie etwa behaupten, daß dies keine eklatanten Programmierfehler sind?«

»Doktor, solche Fehler würde nicht mal ein Ingenieurstudent im vierten Semester machen, geschweige denn ein bestens ausgebildeter Experte. Wie erklären Sie übrigens die Tatsache, daß der Fusionsgenerator – ob er nun veraltet ist oder nicht – trotz dieser Programmierfehler jahrelang bestens funktioniert hat?«

»Vielleicht hat man das Programm erst vor kurzem geändert. Das kann *ich* doch nicht wissen, Ingenieur.« Ortega deutete wütend auf den Computerbildschirm. »Ich weiß nur eins: Es ist ein unwiderlegbarer Beweis für die Inkompetenz der Föderation. Welche Erklärung haben *Sie* denn?«

In Scotts Augen blitzte wütender Frust auf. Er stand kurz vor der Explosion, aber er riß sich zusammen. »Ich kann es zwar nicht erklären, aber ich *weiß,* daß es eine andere Erklärung geben muß.«

»Wenn Sie diese Phantom-Erklärung finden, höre ich

sie mir gern an. Bis dahin wünsche ich, daß der Rest des Programms nach weiteren Fehlern durchkämmt wird, die die operierenden Systeme beeinträchtigen könnten. Und ich will, daß sie eliminiert werden. Wir können nicht zulassen, daß Fehlfunktionen die Demontage torpedieren.«

Bevor der kochende Scotty etwas sagen konnte, schob sich Spock zwischen Ortega und ihn. »Wir werden uns darum kümmern, Doktor. Seien Sie versichert, daß wir alle weiteren momentan existierenden Anomalien erkennen und beseitigen werden.«

Ortega schob seinen Stuhl mit einem kurzen Nicken von der Konsole fort und stand auf. »Bis jetzt hatten wir Glück. Die Fehlfunktionen sind geringfügig. Aber irgendwann ist jede Glückssträhne zu Ende. Es ist Ihre Aufgabe, dafür zu sorgen, daß es nicht zu *weiteren* Fehlfunktionen kommt, gleich welcher Art.« Er wandte sich auf dem Absatz um und verließ die Steuerzentrale.

Als sie allein waren, schaute Spock Scott an, und sein Blick zeigte einen Anflug von Verständnis. »Mr. Scott, Ihre Beharrlichkeit, es Dr. Ortega mit gleicher Münze heimzuzahlen, ist nicht konstruktiv.«

»Bitte um Vergebung, Sir, aber ich wollte gar nicht konstruktiv sein, verdammt noch mal«, sagte Scott mit zusammengebissenen Zähnen. »Es wäre auch unlogisch. Die Leute, die hier arbeiten, würden solche Fehler einfach nicht machen.«

»Ich kann zwar Ihre Gesamtaussage nicht gutheißen, aber im Prinzip stimme ich Ihnen zu.«

Scotts Augen wurden vor Erstaunen groß. »Wirklich?«

»Ja. Die grundlegende Natur dieser Fehler machen Dr. Ortegas Mutmaßungsszenario höchst unwahrscheinlich.«

»Und warum haben *Sie* ihm das nicht erzählt?«

»Eine weitere Diskussion wäre kaum nützlich gewesen. Und im Moment haben wir noch keine realisierbaren Alternativen zu Dr. Ortegas Schlüssen, so übereilt sie vielleicht auch sind. Eins steht fest: Die Steuersoftware enthält Fehler. Wenn wir mit der Behauptung beginnen, daß unser Personal diese Fehler nicht aufgrund von Inkompetenz oder aus Versehen gemacht hat, müssen wir eine andere Hypothese aufstellen.«

»Zum Beispiel?«

»Daß ein Wissenschaftler der Föderation sie *absichtlich* gemacht hat.«

»Bei allem gebührenden Respekt, Sir, das ist lächerlich.«

»Höchstwahrscheinlich. Aber lassen Sie uns im Moment davon ausgehen, daß es nicht lächerlich ist.«

Scott schüttelte den Kopf. »Warum sollte jemand mit Absicht so etwas tun?«

»Sabotage«, sagte Spock.

»Warum, in aller Welt, sollte ein Angehöriger des Föderationspersonals sein eigenes Observatorium sabotieren? Was könnte er gewinnen, indem er sein Projekt diskreditiert?«

»Mir fällt kein logischer Grund ein, aber vielleicht gibt es emotionale Motive, von denen wir keine Ahnung haben.«

»Was ist mit den *Empyreanern?*« fragte Scott, der nun allmählich Geschmack an der Detektivarbeit fand. »Sie haben *tatsächlich* Gründe, wenn sie wollen, daß die Station geschlossen wird.«

»Stimmt. Alles, was ein negatives Licht auf die Leistung und Anwesenheit der Außenstation wirft, macht eine Ablehnung des Vertrages um so wahrscheinlicher.«

Scott runzelte die Stirn. »Als Sie Ortega erklärten, wir würden seinen Wünschen nachkommen, haben Sie gesagt, wir kümmern uns um sämtliche *momentan existierenden* Programmfehler.«

»Mehr können wir nicht tun«, sagte Spock unschuldig. »Wir können keine Fehler suchen, die ein anderer bereits korrigiert hat. Auch können wir keine noch nicht gemachten Fehler vorausahnen und katalogisieren.«

»Ahh, aber wenn es *in Zukunft* zu Fehlern kommt, können wir beweisen, daß es sie zuvor nicht gegeben hat, weil wir ein sauber aufgeräumtes System zurücklassen«, sagte Scotty mit einem listigen Grinsen. »Sie sind schon davon ausgegangen, daß jemand absichtlich Sabotage betrieben hat, nicht wahr?«

»Ich habe an diese Möglichkeit gedacht. Wir werden tatsächlich alle Fehler korrigieren, auf die wir stoßen. Dann machen wir eine aktualisierte Aufzeichnung aller Steuerprogramme. Sollten weitere Probleme entstehen, wissen wir, daß unsere Leute zweifellos nicht dafür verantwortlich sind, da sie momentan gar keinen Systemzugriff haben. Außerdem hinterläßt der Übeltäter vielleicht einen verräterischen Hinweis.«

Scott nickte lächelnd. »Das heißt, wir linken diesen schrägen Vogel.«

»Wir *linken* einen *schrägen Vogel,* Mr. Scott?«

»Wir stellen ihm eine Falle.«

»Ah, eine Falle. Eine Grundlage der Kriminalliteratur. Ja, so kann man es nennen.«

»Aber angenommen, Ortega steckt dahinter? Er will doch, daß der Stützpunkt hier verschwindet.«

»Seine Gesinnung macht ihn zwar zu einem potentiellen Verdächtigen«, sagte Spock zustimmend, »aber vielleicht wäre dies zu offensichtlich.«

»Wenn *er* das Programm verändert hat, geht er uns nicht ins Netz. Er weiß, was wir machen. Er weiß, daß es uns auffällt, wenn sich wieder jemand am System zu schaffen macht. Dann wäre das Personal der Station aus dem Schneider ... Und *das* würde ihm nicht gefallen.«

»Eine äußerst logische Deduktionskette, Mr. Scott, die Dr. Ortegas Eignung als potentieller Übeltäter freilich sehr reduziert.«

»Vielleicht *hofft* er, daß wir gerade das denken«, sagte Scott.

»Wir sind zu voreilig, Mr. Scott. In unserer gegenwärtigen Position ist jeder Sabotageverdacht noch rein theoretischer Natur.«

»Zugegeben, Sir. Arbeiten wir also daran. Vielleicht stoßen wir auf etwas Belastenderes.«

12

Zum erstenmal im Leben erlebte Anna die Schlaflosigkeit am eigenen Leib. Trotz oder vielleicht gar wegen ihres geschäftigen Lebens, das in der Regel aus vielen schulischen Terminen, ihrer Musik, ihren Freunden, Kunst, Tanz und Sport bestand und jeden Tag ausfüllte, war es ihr immer gelungen, fünf Minuten nach dem Zubettgehen in den Schlaf zu fallen.

Schlafen war etwas, worüber sie nicht nachdachte. Man schlief einfach ein, so automatisch, wie man atmete.

Außer heute abend. Sie kämpfte gegen die ihr vertraute Müdigkeit, zog ihr Lieblingsflanellnachthemd an und öffnete das Fenster einen Spalt, um die kühle Nachtluft und die Musik der Natur hereinzulassen: das Wispern des Windes in den Bäumen, die Insekten und die Vögel, die in den Wäldern und auf den Feldern, die das Landhaus umgaben, summten und zwitscherten. Sie legte sich, wie üblich, auf die rechte Seite und erwartete, im Nu einzuschlafen.

Doch der Schlaf entzog sich ihr wie ein scheuer Schmetterling. Nach einer Viertelstunde ungewohnter Wachheit hatte sie den Eindruck, daß die Matratze gegen ihre Rippen drückte, und das war ihr zuvor noch nie passiert. Sie mußte die Stellung wechseln, und auch dies war neu für sie.

Mit Bestürzung stellte sie fest, daß ihr auch keine andere Position dienlich war. Sie legte sich auf die linke Seite, versuchte es auf dem Rücken, dann auf dem

Bauch. Sie schüttelte das Kissen auf, dann warf sie es beiseite.

Nichts funktionierte. Nach einer Stunde erkannte Anna, daß sie überhaupt nicht mehr müde war. Sie war zu einer Zeit hellwach, in der sie längst fest schlafen sollte, und ihr fiel auf, daß die von draußen hereinkommenden Geräusche, die sie bisher immer beruhigt hatten, sie ablenkten. Der unregelmäßige Rhythmus im Zwitschern der Nachtvögel und das stakkatoartige Zirpen der Grillen – sämtliche Stimmen der Finsternis schepperten wie ein Orchester, das sich erfolglos bemühte, sich aufeinander abzustimmen.

Sie stand auf und ging in die Küche, wobei sie sich bemühte, so leise wie möglich zu sein. Sie wollte weder die Haushaltshilfe noch ihre Mutter aufwecken. Sie wollte sich nur einen Imbiß genehmigen, um ihren knurrenden Magen zum Schweigen zu bringen. Dann würde sie bestimmt endlich einschlafen.

Nach einer weiteren Stunde des Herumwälzens schaltete sie die Lampe am Bett an und las eine Stunde in der Hoffnung, die Konzentration werde sie ermüden.

Auch dies funktionierte nicht. Ihr Verstand bewegte sich durch Gefilde, in denen sie nie zuvor gewesen war, und flitzte von einem Ereignis des vergangenen Tages zum nächsten. McCoy, Rousseau, ihre Mutter, ihre Freunde – alle kamen darin vor. Auch Ethan und Eleni. Wie die Szenen eines Theaterstücks. Sie wiederholte immer und immer wieder die wichtigsten Stellen der geführten Gespräche.

Sie wußte, woran es lag. Das, was sie heute über Dr. McCoy, ihre Mutter und Ethans Gefühle für sie erfahren hatte, hatten den Menschen, für den sie sich bisher gehalten hatte, für immer verändert. Sie mußte folgenschwere Entscheidungen treffen, doch die Auswirkungen dieser Entscheidungen würden nicht nur ihr Leben beeinflussen, sondern auch das ihrer Lieben und

Freunde. Nach dem heutigen Tag würde nichts auf der Welt wieder so sein wie gestern, vor der Ankunft des Raumschiffs *Enterprise.*

Doch wieso lief trotz all dieser lebenswichtigen Dinge, die sie beschäftigt und hellwach hielten, ständig ein Lied wie asynchrone Filmmusik durch ihren Geist – ein beliebter Schlager, den sie auf dem Musiksender gehört hatte? Warum dachte sie darüber nach, was sie heute morgen zum Frühstück verzehrt hatte? Warum fragte sie sich, wie viele Bewegungen sie morgens mit der Bürste machte, um die Verfilzung aus ihrem Haar zu kriegen?

Wieso dachte sie über *Trivialitäten* nach?

Schließlich gab sie den Versuch auf, einzuschlafen und ihre Gedanken zu steuern. Sie schmiegte sich in den Polstersessel am Schlafzimmerfenster, öffnete die schmalen Fensterläden und beobachtete die dünne Linie des nahenden Morgengrauens am Horizont. Dann stand sie auf, zog sich an und ging auf Zehenspitzen in die Küche. Dort blieb sie, um einige Brötchen von gestern in eine Leinenserviette zu schlagen. Sie packte sie in eine Reisetasche und verließ das Haus.

Anna wußte nicht genau, ob die Wahl ihres Weges Absicht oder völlig unbewußt war. Aber sie fand sich auf einem Hügel wieder, der auf den Besitz von Ethans Familie hinabblickte. Das Vieh war in den Ställen. Der Morgendunst lag über den Wiesen, Tautropfen hingen am grünen Gras und glitzerten in den ersten Sonnenstrahlen. Sie dachte an die Tage ihrer Kindheit zurück, die sie, Ethan und ihre Freunde auf dem Hügel verbracht hatten. Im Sommer waren sie heruntergerollt, im Winter, im Schnee, waren sie auf Skiern oder Schlitten hinabgefahren.

Nun stand sie allein in der Stille des Morgengrauens, die plötzlich ein scharfes, explosives Knallen zerriß, das von der Weide her kam. Obwohl Anna das Geräusch erst wenige Male gehört hatte, wußte sie, es war ein Schuß gewesen. Möglicherweise aus der Pistole, die Ethan sich als Junge gewünscht hatte und die er in letzter Zeit immer öfter benutzte. Er stellte in einem nicht verwendeten Abschnitt eines alten Geheges in der Nordecke der Weide Holzblöcke als Ziele auf. Es war weit genug von den Gebäuden und Ställen entfernt, um mit dem Krach weder Tiere noch Menschen zu stören.

In diese Richtung ging sie, den Hügel hinab und über das Feld, dann durch den alten Hain, der an die Weide grenzte. Drei weitere Schüsse ertönten, jeder lauter als der zuvor, was bestätigte, daß sie ihnen näher kam.

Sie fand Ethan dort, wo sie ihn erwartet hatte. Er lud die schwarze Stahlwaffe mit dem Perlmuttgriff gerade nach. »He«, sagte sie, als sie hinter ihm auftauchte.

Er wandte sich um, und als er sie erkannte, lächelte er. »Ebenfalls. Woher weißt du, daß ich hier bin?«

»Ich hab's dir doch gesagt – ich kenn' dich eben«, sagte sie mit einem listigen Augenaufschlag, da sie wußte, daß er sich an ihre Neckerei vom Abend zuvor erinnerte. Sie warf einen Blick auf den obersten Zaunbalken. Er war leer. »Sind sie runtergefallen oder hast du sie umgeschossen?«

»Letzeres.«

»Du kannst es ja ziemlich gut.«

»Schätze ich auch.«

»Ich verstehe ja, wenn jemand Zielübungen mit einer Energiewaffe macht, aber warum schießt du mit diesem alten Nachbau? Die Dinger machen doch so einen Krach.«

»Wirklich?«

»Sind sie nicht seit ein paar Jahrhunderten aus der Mode?«

»Und warum spielst du alte Musik?«

»Besteht da irgendein Zusammenhang?«

Ethan zuckte auf komische Weise die Achseln. »Vielleicht nicht. Für mich ist es eben eine größere Herausforderung. Die Waffe schießt nicht so genau, die Bedingungen sind weniger vollkommen.«

»Klingt altmodisch.«

Er ging hoch, nahm ihre Bemerkung wie eine persönliche Beleidigung. »Und was ist falsch daran?«

»Nichts«, sagte sie eilig, von seiner Reaktion überrascht.

»Manchmal glaube ich, wir verurteilen alles Alte zu schnell als schlecht. Manchmal sind wir so damit beschäftigt, irgendwo hinzukommen, daß wir vergessen, wo wir waren.«

Anna trat mit einem beruhigenden Lächeln näher an ihn heran. »Ich weiß, was du meinst.«

Die Nähe schien beiden Unbehagen zu bereiten, also trat sie ein paar Schritte zurück. Er beendete das Nachladen der Waffe, dann trat er an den Zaun, um einige neue Ziele aufzustellen. Es waren Klötze von etwa zehn Zentimeter Kantenlänge.

Anna blieb dort stehen, wo der Boden festgetreten war, weil sie annahm, daß Ethan von hier aus schoß. Sie hob die Hände, als hielte sie ein Schießeisen, und kniff die Augen zusammen. Die Ziele sahen von hier schrecklich klein aus. Ethan schaute ihr erheitert zu.

»Willst du's mal versuchen?«

»Ich? Ich habe noch nie mit so einer alten Waffe geschossen. Und mit Impulswaffen war ich auch nie sehr gut.«

»Deswegen kannst du's doch mal ausprobieren.«

»Ich glaube nicht. – Okay. Was soll ich machen?«

Er reichte ihr die Waffe und zeigte ihr, wie man sie beidhändig hielt. Seine Hände lagen auf den ihren. Als sie sich berührten, hatte dies auf beide die gleiche ablenkende Wirkung. Sie blickten sich willkürlich an, als wolle keiner dabei erwischt werden, daß er den anderen musterte. Ethan stotterte völlig untypisch, als er erklärte, wie man zielte und den Abzug betätigte, und er warnte sie vor dem Rückstoß.

»Alles verstanden?«

Anna schaute fortwährend auf die Ziele, als hätte sie seine Frage nicht gehört.

»Ich hab' gefragt, ob du alles verstanden hast?«

»Ähm ... Ja.«

Er ließ ihre Hände los und trat zurück. »Dann versuch's mal.«

Anna hielt die Waffe gerade, zielte und betätigte den Abzug. Trotz der Instruktionen wurde sie vom Rückstoß und der automatisch hochfliegenden Waffe überrascht und stieß reflexartig einen schrillen Schrei aus. Es überraschte niemanden, daß die Ziele ihren Angriff überlebten. Anna und Ethan musterten die Klötze, dann schauten sie einander an und fingen an zu lachen.

Sie gab ihm die Waffe abrupter als nötig zurück.

Er wirkte leicht enttäuscht. »Willst du es nicht noch mal versuchen?«

»Nein, danke. Hast du Hunger?«

»Klar. Was hast du anzubieten?«

Sie packte die Brötchen aus und gab ihm eins. »Willst du noch ein paar Zielübungen machen?«

Ethan zuckte die Achseln. »Für heute morgen reicht's.«

»Lust zum Spazierengehen?«

»Wohin?«

»Nur 'n bißchen durch die Gegend.«

»Okay. Ich pack nur eben ein.«

Er schluckte den Rest seines Brötchens herunter, sammelte die restlichen Zielblöcke ein und packte sie zusammen mit dem Schießeisen in einen alten Rucksack. Dann kam er zu ihr, und sie gab ihm noch ein Brötchen. Sie gingen wortlos nebeneinander über die Weide – dicht beieinander, aber *zu* dicht nun auch wieder nicht. Sie schienen beide fest entschlossen zu sein, sich nicht direkt anzuschauen.

»Was hältst du von unbeantworteten Fragen?« fragte Anna nach einer Weile.

»Hab' ich nie viel von gehalten.«

»Ich auch nicht.«

Sie stieß langsam die Luft aus. »Ethan... Ich weiß, was du für mich empfindest.«

»Wirklich?« fragte er, als drohe ihm Gefahr.

Die kurze, vielsagende Antwort hört sich für Anna zugleich erleichtert und ängstlich an. Seine Ambivalenz war nicht schwer zu verstehen. Solange seine Gefühle wenigstens ihr ein Geheimnis gewesen waren, hatte er die Freiheit gehabt, vor sich hinzuphantasieren oder zu leiden. Er war frei gewesen, nichts zu tun. Doch nun, da sie die Karten auf den Tisch legte, wußte er nicht, was als nächstes kam und wie er darauf reagieren sollte.

»Ich hab' mich schon gefragt, ob du es weißt«, sagte er.

»Bis gestern war ich offenbar die einzige, die es nicht wußte«, gab sie zu. »Manchmal sehe ich wirklich den Wald vor lauter Bäumen nicht.«

»Stimmt.«

Sie setzte eine verspielt finstere Miene auf. »So schnell brauchst du mir nun auch nicht recht zu geben.«

»Wer hat's dir erzählt? Eleni?«

»Fräulein Geschäftig«, sagte Anna und verzog ironisch ihre Lippen.

»Und jetzt, da du es weißt...« Er schluckte, wußte nicht, was oder wie er sie fragen sollte.

Anna rettete ihn. »Ob ich ebenso empfinde?«

»Ja.«

Sie blieb stehen, schloß die Augen, legte den Kopf in den Nacken und ließ sich von der Sonne das Gesicht wärmen. Dann schaute sie ihm zum ersten Mal an diesem Morgen in die Augen. »Ich habe eigentlich noch nie darüber nachgedacht.«

»Noch nie?«

»Nun ja, ich hab' schon drüber nachgedacht, aber nicht über einen speziellen Menschen.«

»Ach.« Er schaute zu Boden. »Dann kann ich also annehmen, daß du *nicht* ähnlich empfindest.«

Sie beugte sich vor, um ihm ins Gesicht zu sehen. »Das habe ich nicht gesagt.«

»Also doch?« Er richtete sich auf.

»Das habe ich auch nicht gesagt.« Verärgerung schlich sich in ihre Stimme. »Warum sind Männer nur so *kompliziert?*«

»Warum sind *Frauen* nur so kompliziert?«

Anna ging plötzlich weiter. Es dauerte ein paar Sekunden, bis er sie eingeholt hatte.

»Wir sind *wirklich* alt genug, um über eine gemeinsame Zukunft nachzudenken, Ethan.«

»Tatsächlich. So, wie du es sagst, klingt es aber übel.«

»So übel nun auch wieder nicht. Ich weiß nur nicht, ob ich dazu bereit bin. Bist du's?«

»Ich weiß nicht. Aber darüber nachzudenken, bedeutet doch nicht, morgen schon zu heiraten.«

»Es ist nicht nur eine Vorstellung. Ich möchte nichts sagen, das dich verletzt, und auch *ich* möchte nicht verletzt werden.« Sie schloß seufzend die Augen. »Warum ist es nur so schwer?«

»Warum ist *was* so schwer?«

»Über die Liebe nachzudenken. Darüber, daß man mit jemandem eine Zukunft hat, solange man nicht mal weiß, ob man *selbst* eine hat…« Sie bedauerte ihre Worte sofort. Sie hatte mehr gesagt, als sie hatte sagen wollen. Oder etwa nicht?

Als das Wort *Liebe* über Annas Lippen gekommen war, waren seine Augen glasig geworden. Erst einige Sekunden später registrierte sein Hirn, was sie sonst noch gesagt hatte. Er runzelte die Stirn, fühlte sich zugleich besorgt und verwirrt. »Was soll das heißen?«

Sie winkte ab. »Ach, laß mal.«

»*Laß mal?* Du klingst, als rechnest du irgendwie mit der Todesstrafe.«

»Das habe ich nicht gemeint.«

»Was hast du denn gemeint?«

»Nichts.«

»Anna, *natürlich* hast du etwas gemeint ...«

»Es hat nur mit dieser Föderationspostensache zu tun, mehr nicht. Es geht nur um einen kleinen Vertrag, aber von ihm hängt alles ab.«

Sie erreichten einen Zaun und stützten sich mit den Ellbogen darauf. Eine Schafherde graste auf der anderen Seite, Anna und Ethan schauten ihnen zu. Sie waren ein willkommener Anlaß, einander nicht schon wieder ansehen zu müssen.

»Ethan, was würdest du empfinden, wenn du heiraten würdest und könntest keine Kinder haben?«

»Warum sollte ich keine Kinder haben können?«

»Nun, sagen wir mal, deine Frau könnte aus irgendeinem Grund keine kriegen.«

»Ich habe mir immer vorgestellt, Vater zu sein, eine Familie zu haben«, sagte er nach einer Weile mit leiser Stimme.

Ihre Befragung wurde beharrlicher. »Aber angenommen, du könntest es *nicht?*«

Jetzt mußte er sie ansehen, und er tat es auch. »Ich schätze, wenn ich mit jemandem zusammen wäre, den ich wirklich liebe, würde es keine Rolle spielen. Warum fragst du mich all das? Reden wir über dich?«

»Nein.«

»Ist irgendwas nicht in Ordnung? Bist du krank?«

»Nein«, hauchte sie. Sie stützte die verschränkten Arme flach auf den Zaun, neigte den Kopf und senkte den Blick. Sollte sie es ihm erzählen? Ihr war, als müßte sie es jemandem sagen, als würde sie sonst explodieren. Ethan war ihr bester Freund. Und er liebte sie. Vielleicht liebte sie ihn sogar auch. Wenn sie es ihm erzählte, wußte sie es vielleicht ganz sicher. Sie holte tief Luft und atmete langsam aus. »Ethan, versprich mir, daß du es keiner Menschenseele erzählst.«

»Was soll ich nicht erzählen?«

»Was ich dir jetzt sage. Was auch passiert. Egal, was du empfindest. Egal, was mir passiert. Versprichst du es?«

Seine Lippen fühlten sich wie Staub an, und ihm wurde mulmig im Magen. Allmählich bedauerte er es, die Brötchen gegessen zu haben. »Ich verspreche es.«

Dann erzählte sie es ihm mit einer Gelassenheit, die sie selbst überraschte. Als sie angefangen hatte, kamen die Worte leichter aus ihrem Mund, als sie sich vorgestellt hatte. Ethan hörte schweigend zu, sein Gesicht war eine leere Maske. Während sie sprach, fragte sie sich, was er jetzt wohl dachte. Was es auch war, jetzt gab es kein Zurück mehr.

»Ich habe also folgende Wahl«, sagte sie, als sie mit der Geschichte fertig war. »Ich kann mit Dr. McCoy gehen oder bleiben, mich der Strafe stellen und die Laufbahn meiner Mutter ruinieren… Ich kann auch bleiben und mich verstecken… Oder ich kann bleiben, mich der genetischen Prüfung verweigern und so tun, als könnte ich aus irgendeinem gesundheitlichen Grund keine Kinder bekommen. Du sieht also…« Sie verstummte. Eigentlich fiel ihr nichts mehr ein. Sie hätte verzweifelt gern gewußt, was Ethan nun, da er es wußte, über sie dachte.

»Wenn du gehst«, sagte er einfach, »gehe ich mit.«

»Ethan, das kannst du nicht.«

»Kannst ja versuchen, mich aufzuhalten.«

»Vielleicht hält dich der Captain der *Enterprise* auf.«

»Wenn ich nicht mitgehen kann, werde ich diesen Planeten eben *irgendwann* verlassen. Und ich werde dich finden.«

»Ist das eine *Drohung?*« fragte sie neckisch.

»*Natürlich* nicht!«

Sie lächelte und streichelte ihm übers Haar. »Das ist sehr lieb von dir, Ethan. Aber ich glaube, wenn ich erst mal eine Weile fort bin, wirst du es dir noch mal überlegen.«

»Das glaube ich nicht.« Er stand schweigend da und schaute sie an. »Was ist mit Dr. McCoy? Du hast gesagt, er will versuchen, eine Möglichkeit zu finden, dich durch die genetische Prüfung zu bringen.«

Annas Schultern sackten resigniert herab. »Der Versuch allein ist noch kein Erfolg.«

»Ich habe dir etwas versprochen. Jetzt mußt du mir was versprechen.«

»Was denn?«

»Sag mir, was passiert. Sag mir, wie du dich entscheidest. Ich möchte nicht eines Tages aufwachen und feststellen, daß du einfach verschwunden bist.«

Anna nickte. Sie nahmen sich in die Arme und drückten sich ziemlich lange. Sie besiegelten einen Bund, der zu gleichen Teilen aus Hoffnung und Verzweiflung bestand.

13

»Ehre, wem Ehre gebührt«, sagte McCoy. Er stand im Konferenzraum der *Enterprise* und schaute Elizabeth, Anna und Kirk an, die am Tisch saßen. »Was ich euch jetzt erzähle, war ursprünglich Spocks Idee.«

Er gab sein Bestes, um zuversichtlich zu wirken, und nahm an, daß es ihm nicht im geringsten gelang. Da er nicht wußte, was er mit den Händen anfangen sollte, ging er auf und ab und wünschte sich, sein Mund wäre nicht so verdammt trocken.

»Na schön, Pille«, sagte Kirk. »Nun mach nicht lange rum, sondern erzähl uns, was ihm eingefallen ist.«

»Verzeihung.« McCoy griff mit beiden Händen nach der Tischplatte, um irgend etwas zu haben, an dem er sich festhalten konnte. »Es geht darum, Anna irgendwie durch die genetische Prüfung zu bringen, ohne daß man eine Anomalie ihres Erbguts erkennt. Der Schlüssel ist Beths genetisches Mal – das, was Anna fehlt und sie haben muß, wenn sie untersucht wird.«

»Was glaubst du, Leonard?« sagte Elizabeth. »Kann man es simulieren?«

McCoy nickte. »Genau. Es ist praktisch unsere einzige Hoffnung.«

»Ist es auch möglich?« fragte Kirk.

»Ich weiß nicht genau. Zuerst muß ich eine gründliche genetische Untersuchung an Anna und Beth vornehmen, um einen grundlegenden Vergleich zu haben. Dann muß ich sehen, ob ich Beths genetisches Mal nachahmen kann.«

Kirk runzelte die Stirn. »Und wenn du es kannst? Was dann?«

»Dann muß ich eine Methode finden, es auf Anna zu übertragen oder vorzutäuschen, daß sie es hat.«

Elizabeth stieß unschlüssig die Luft aus. »Es klingt nach einem gewagten Versuch.«

»Ich hab' nie gesagt, daß es einfach ist«, fauchte McCoy. Er wußte, daß er sich defensiv verhielt, wenn nicht gar verzweifelt – und dies war das genaue Gegenteil dessen, was er ausstrahlen wollte. Seine Stimme wurde leiser. »Aber es könnte funktionieren. Ist jemand unter uns, der es nicht versuchen will?«

Alle schauten Anna an. »Wunder gibt es immer wieder«, sagte sie.

McCoy wandte sich an Kirk. »Bist du einverstanden, Jim?«

»Ich habe kein Problem damit. Viel Glück, Pille.« Kirk warf der Mutter und der Tochter, denen McCoy helfen wollte, einen Blick zu. »Viel Glück Ihnen allen.« Dann lächelte er. »Wenn es überhaupt jemand auf die Reihe kriegt, ist es McCoy.«

McCoy sammelte mit zielgerichteter Fachkenntnis so schnell wie möglich alle groben Daten über Anna und Elizabeth, dann verbarrikadierte er sich in seinem Labor und machte sich an die schwierige Arbeit der Analyse. Er wußte, daß er gegen die Zeit arbeitete, denn alles hing davon ab, wie Mark Rousseau mit den Vertragsverhandlungen vorankam. Wie das Ergebnis auch aussah – die *Enterprise* würde bald abreisen. Er hoffte, daß wirklich ein Wunder geschah.

McCoy hatte kaum angefangen, als die Tür seines nebenan liegenden Büros aufglitt und Rousseau vom Korridor her hereinkam. Die Tür zwischen Büro und Labor stand offen. »Man sieht dich ja kaum noch. Ich habe dich nicht mehr gesehen, seit ich dich gestern nach dem Treffen mit Elizabeth zurückließ.«

»Ich hab' keine Zeit für gesellschaftliche Verpflichtungen«, sagte McCoy kurz angebunden und schaute kaum von seinem Mikroskop auf.

Mark registrierte die Kälte seiner Stimme und versteifte sich. »Na schön, dann machen wir's dienstlich, Pille.« Er hob einen elektronischen Datenblock. Der Vertragstext war auf dem Bildschirm zu sehen. »Ich wollte deine Meinung über meinen Vertragsentwurf hören, ehe ich ihn Präsidentin March und dem empyreanischen Parlament runterschicke.«

»Ich bin sicher, daß er was taugt.«

»Ich hätte es gern, daß du ihn liest.«

»Ich hab' jetzt wirklich keine Zeit. Wie schon gesagt, ich bin mir sicher, daß er in Ordnung ist. Wahrscheinlich ein diplomatischer Geniestreich in Reinkultur.«

»Du brauchst gar nicht so ironisch zu sein.«

»Verzeihung«, sagte McCoy, wenngleich sein Tonfall deutlich machte, daß es ihm *so* leid nun auch wieder nicht tat. »Seit wann legst du überhaupt Wert auf meine Meinung?«

»Würde ich dich fragen, wenn es anders wäre?«

»Keine Ahnung. Tja, würdest du's? Ist nicht alles, was du tust, über jede Kritik erhaben? Aus dir wäre ein guter Empyreaner geworden.«

»Was, zum Henker, soll *das* nun wieder heißen?«

»Ach, laß nur. Hau jetzt ab und laß mich in Ruhe arbeiten.«

Statt hinauszugehen, griff Rousseau die Rückenlehne von McCoys Drehstuhl und zog ihn heftig vom Labortisch fort. Er wirbelte den Stuhl herum, so daß McCoy keine andere Wahl hatte, als ihn anzuschauen.

»Was machst du da, verdammt?« knurrte er und sprang auf die Beine.

»Ich versuche gerade in Erfahrung zu bringen, seit wann du *irre* bist.«

»Wenn du's rausgekriegt hast, erzähl's mir.«

Rousseau schüttelte den Kopf. »Mir kommt's so vor, als wärst du schon seit Jahren wütend auf mich.«

»Ahhh! Du hast es gemerkt!«

»Steht es mir nicht wenigstens zu, den Grund dafür zu erfahren?«

»Eigentlich nicht.«

»Ich dachte, wir wären Freunde.«

»Hab' ich auch gedacht«, sagte McCoy knapp.

»Hab' ich damit nicht automatisch das Recht, alles wiedergutzumachen, von dem du glaubst, daß ich es falsch gemacht habe?«

»Da haben wir's schon wieder – *das, von dem ich glaube,* daß du es falsch gemacht hast! Frei nach dem Motto: Wenn ich nicht einverstanden bin, kann es unmöglich stimmen.«

»Gib mir eine Chance.«

McCoy musterte Rousseau mit einem harten Blick. Marks Worte klangen *fast* wie eine Bitte, und das hatte er noch nie erlebt. Aber er ignorierte sie, setzte sich hin und rollte an den Labortisch zurück. »Laß nur, Mark. Es ist der Mühe nicht wert.«

Rousseau stand neben ihm und breitete bittend die Arme aus. »Seit wann ist Freundschaft nicht der Mühe wert?«

McCoy nahm sich vor, nicht nur die Frage, sondern auch den Menschen zu ignorieren. Rousseau gab mit einem verärgerten Kopfschütteln auf, wandte sich um und verließ das Labor. Vor der Bürotür stieß er auf Captain Kirk.

Der Botschafter verbeugte sich mit einem stummen Nicken und ging weiter durch den Korridor. Als er weg war, betrat Kirk das Labor.

»Ist Beschatten dein neues Hobby?« fragte McCoy in scharfem Ton, ohne aufzuschauen.

»Ich wollte dich nicht unterbrechen.«

»Wieviel hast du mitgekriegt?«

»Es reicht.«

»Und?«

»Ich glaube mich daran zu erinnern, daß ich dich gefragt habe, ob es ein Problem für dich wäre, wenn Rousseau an Bord kommt.«

»Was hab' ich geantwortet?«

»Du hast gesagt, du kriegst es schon hin. *Was* hast du damit gemeint?«

McCoy lehnte sich zurück. »Ehrlich, ich kriege es auch hin.«

»Ich möchte dir einen Rat geben, Pille. Welche Laus auch auf deiner Leber sitzt – laß sie sausen.«

»Sehr witzig. Kann ich jetzt weiterarbeiten?«

Kirk verschränkte die Arme vor der Brust und baute sich in der Mitte des Labors auf. Er hatte nicht die Absicht, sich von McCoy verscheuchen zu lassen.

McCoy rieb sich die Augen und seufzte. »Du bist fest entschlossen, die Wahrheit aus mir herauszufoltern, nicht wahr?«

»Offen gesagt, ja«, erwiderte Kirk und nahm auf der Tischkante Platz. »Warum vereinfachst du die Sache nicht?«

McCoy seufzte erneut, dann warf er die Arme in die Luft. »Okay, na schön.« Er deutete mit dem Finger vorwurfsvoll auf Kirk. »Hat dir schon mal jemand gesagt, daß du eine rechte Nervensäge sein kannst?«

»Das ist meine Spezialität. Jetzt raus damit, Pille.«

McCoy sackte auf seinem Stuhl zusammen. »Es passierte, als Mark und ich zusammen auf der *Feynman* waren.«

»Hab' ich mir schon gedacht.«

»Willst du die Geschichte erzählen, oder soll ich es tun?« fauchte McCoy.

Kirk hob beide Hände, als gäbe er sich geschlagen. »Verzeihung. Ich halt' die Klappe.«

»Das möchte ich sehen. Na ja, es war so gegen Ende der paar Monate, die wir auf Empyrea verbracht hatten. Ich war damals eine ganze Weile auf dem Schiff gewesen. Und je mehr ich von Mark sah, desto öfter fragte ich mich, ob er wirklich der Typ war, mit dem ich aufgewachsen bin. Er hatte sich im Lauf der Jahre irgendwann zu jemandem entwickelt, der nach Ruhm Ausschau hielt ...«

... urplötzlich schienen ihn sämtliche Regeln und Vorschriften der Flotte wie gestärkte Unterhosen wundzuscheuern. Mir wurde allmählich klar, daß sein Leben ein System aufwies – daß er etwas aufgab, in dem er gut war, und dann etwas anderes in Angriff nahm.

Die USS *Feynman* umkreiste Nova Empyrea in einer Kreisbahn. McCoy fand Captain Rousseau allein im leeren Freizeitsalon sitzend vor, an einem Aussichtsfenster. Er beobachtete wirbelnde Wolkenformationen in der Gegend des planetaren Nordpols.

»Da braut sich ein ziemlicher Sturm zusammen, Leonard«, sagte er, ohne sich umzudrehen.

McCoy stellte scheppernd seine Kaffeetasse ab und glitt in einen Sessel. »Da unten? Oder hier oben?«

»Ich kann nicht glauben, daß die Flotte uns abziehen will.«

»Nimm's nicht zu persönlich. Die Flotte will eben nicht, daß wir uns zu lange an einem Ort aufhalten und Verhandlungen führen. Die Föderation möchte die Sache einer Gruppe Berufsdiplomaten übertragen. Das ist doch ganz in Ordnung.«

»Es ist *beleidigend*«, sagte Rousseau in einem empörten Tonfall und maß McCoy mit einem finsteren Blick. »So was kann *ich* auch.«

»Keiner behauptet das Gegenteil.«

Mark drehte sich zum Fenster zurück, seine Stimme klang nun nachdenklich. »Vielleicht war es mir doch nicht bestimmt, Captain eines Raumschiffes zu sein. Die Diplomaten, Leonard... fliegen zu den Sternen, ohne daß ihnen die Etappenhengste der Flotte über die Schulter blicken. *So* löst man Probleme.«

»Mark, um Himmels willen, du hast gerade dein erstes Kommando.«

»In der Diplomatie zählen nur Ergebnisse, nicht irgendein dämliches Kleben an den Dienstvorschriften, die von Leuten geschrieben wurden, die nicht mal wissen, was sie mit einem Kommando anfangen sollen, wenn es ihnen in den Schoß fällt.«

»Ging es in der alten Lügengeschichte nicht gerade darum?«

»In was für einer alten Lügengeschichte?«

»Die du dem Hauptquartier erzählt hast, um es zu überzeugen, daß sie uns noch eine Weile hier lassen soll, da du kurz vor einem Durchbruch stehst.«

»Ich hab' nur ein bißchen übertrieben.«

»Du hast *gewaltig* übertrieben.«

Rousseau schwang abrupt zu McCoy herum und musterte ihn mit einem eingehenden Blick. »Dies ist meine große Chance zu beweisen, daß ich alles habe, was ein Diplomat braucht.«

»Solltest du nicht lieber beweisen, daß du alles hast, was der Captain eines Raumschiffes braucht? Ich dachte, du wolltest irgendwann mal einen dicken Kreuzer kommandieren.«

Mark zuckte die Achseln. »Tu ich vielleicht auch. Aber ich kann mir nicht vorstellen, daß ich es für den Rest meines Lebens tue. Ich muß immer einen Schritt voraus bleiben. Wenn ich den Vertrag mit den Empyreanern unter Dach und Fach kriege …«

Das Pfeifen des Interkoms unterbrach sie. Dann ertönte die singende Stimme des weiblichen Ersten Offiziers. »Brücke an Captain Rousseau.«

Rousseau griff nach dem Antwortknopf. »Hier ist Rousseau. Was ist denn, Commander Choudhury?«

»Wir empfangen einen Notruf, Sir.«

»Bin schon unterwegs. – Rousseau, Ende.«

McCoy folgte ihm auf die Brücke und hörte zu, als Choudhury Meldung machte. Sie ließ zudem eine

Sternkarte auf den Hauptbildschirm legen, um die relative Position des Schiffes anzuzeigen, das sich in Schwierigkeiten befand. »Es ist ein kleiner areianischer Frachter, Sir, und wir können ihn gerade so eben empfangen.«

»Konnten Sie Kontakt mit ihm aufnehmen?«

»Nein, Sir. Er hat die Botschaft nur einmal abgestrahlt. Möglicherweise müssen sie Energie sparen.«

»Kann auch sein, daß sie das Problem in den Griff gekriegt haben.« Rousseau schenkte der Sternkarte ein Stirnrunzeln. »Wie lange würden wir brauchen, um da hinzukommen?«

»Drei Tage, Sir.«

»Tja, ich kann mir nicht vorstellen, daß kein anderes Schiff ihrer Position näher ist.«

Choudhurys dunkle Augen blinzelten verwirrt. »Wir werden also nicht reagieren, Sir?«

»Nein, werden wir nicht, Commander. Wir haben hier auf Empyrea einen wichtigen Auftrag zu erledigen.«

»Nun«, sagte Kirk und bemühte sich, keine Partei zu ergreifen, »das war eben eine legitime Kommandoentscheidung. Vielleicht nicht das, was ich getan hätte, aber ich kenne auch nicht alle Fakten.«

»Dann habe ich noch einen Fakt für dich«, sagte McCoy. »Am nächsten Tag fing Choudhury den gleichen Notruf auf...«

»Ich habe den Raum routinemäßig überwacht, Sir«, sagte Choudhury. Sie stand vor Captain Rousseau. Beide befanden sich vor dem Kommandosessel.

»Dazu habe ich Ihnen keinen Befehl gegeben«, sagte Rousseau leicht verärgert.

»Ich bitte um Vergebung, Captain, aber Sie haben mir auch nicht befohlen, es *nicht* zu tun.«

Rousseau biß die Lippen zu einem verärgerten Strich zusammen. »Die gleiche Botschaft?«

»Aye, Sir. Die gleiche; auch diesmal nur einmal abgestrahlt. Auch heute ist es uns leider nicht gelungen, Verbindung mit dem Schiff aufzunehmen. Vielleicht sollten wir etwas tun, Sir.«

»Und ich nehme an, Sie wissen auch schon was, Commander?« fragte Rousseau und nahm Platz.

»Aye, Sir. Da wir Empyrea nicht verlassen können, sollten wir eine kontinuierliche Nachricht in den allgemeinen Sektor senden, damit alle Schiffe, die dort vorbeikommen, erfahren, daß der areianische Frachter Schwierigkeiten hat. Falls der Frachter nicht selbst um Hilfe rufen kann, erhöhen wir so die Wahrscheinlichkeit, daß ihn jemand findet und ihm helfen kann.«

»Das klingt vernünftig«, sagte Rousseau. »Ausgezeichnet, Commander. Kümmern Sie sich drum.«

»Bei allem gebührenden Respekt, *Sir*«, warf McCoy aus dem Hintergrund der Brücke ein, »das wird nicht reichen.«

Rousseau sprang plötzlich von seinem Sitz auf, packte McCoys Arm und zog ihn zum Turbolift. »Kommen Sie mit, Doktor.« Hinter ihnen schloß sich die Lifttür. »Deck sieben.«

McCoy spürte, daß die Liftkabine vom Brückendeck nach unten sauste. »Was, zum Henker, sollen wir auf Deck sieben?«

»Da wollen wir gar nicht hin«, knurrte Rousseau. »Lift: anhalten.«

Der Computer gehorchte augenblicklich. Die Kabine hielt im Schacht an, irgendwo in der Mitte des Schiffes. Rousseau wandte sich mit einem eisigen Blick zu McCoy um. »Wenn du das noch mal machst ... Wenn du meine Autorität noch mal in Frage stellst, knall ich dir so viele Disziplinarverfahren wegen Insubordination um die Ohren, daß dir schwindlig wird – ob du nun mein Freund bist oder nicht.«

»Insubordination? Ich hab' doch nur die Wahrheit gesagt!«

»Du bist mein Chefmediziner, nicht mein Gewissen!«

»Nun, aber *irgend jemand* muß dein Gewissen sein ...«

»Hör zu, Leonard«, zischte Rousseau und drückte einen Finger gegen McCoys Brustbein. »Die Verhandlungen mit Nova Empyrea haben potentiellen historischen Nutzen. Du bist doch derjenige, der sich um die medizinischen Daten kümmert, du weißt, als wie wichtig sie sich erweisen könnten! Ich bin der einzige, der dieses Unternehmen zum Abschluß bringen kann, und weder die Flotte noch irgendein Notruf aus der anderen Hälfte der Galaxis wird mich davon abhalten! Ist das klar?«

»So klar wie das Bimmeln eines Glöckchens, *Sir*«, sagte McCoy, der sich keine Mühe gab, seine Mißbilligung zu verheimlichen.

»Gut.« Rousseau hielt inne. »Turbolift: weiterfahren.« Und die Kabine glitt sanft nach unten ...

»Und was ist dann passiert?« fragte Kirk.

»Nun, wir hörten den Notruf der Areianer noch einmal, am nächsten Tag. Das war dann alles. Mark meinte, er hätte also doch recht gehabt; irgendein Schiff hätte sie gefunden und sich um sie gekümmert. Er machte mit den Verhandlungen weiter, und natürlich setzte er den verdammten Vertrag auch durch. Eine Woche später reisten wir ab. Dabei kamen wir zufällig durch den Sektor, aus dem der Notruf kam ... und schließlich fanden wir ihn.«

»Wen habt ihr gefunden?«

»Den Frachter. Einen treibenden Sarg – mit vier Toten an Bord. Tja, ich hab's Mark gegeben ...«

»Diesmal unter vier Augen?«

McCoy nickte. »Aus Respekt vor der Uniform, nicht vor ihm. Ich habe ihn ein Schwein genannt; er hat seinen Entschluß verteidigt. Bestand darauf, daß wir ohnehin zu weit weg gewesen wären, um helfen zu können; daß die Leute wahrscheinlich schon tot gewesen wären, bevor wir sie erreicht hätten, selbst wenn wir auf der Stelle aufgebrochen wären.«

»Und dann?«

»Dann bat ich um meine sofortige Versetzung.«

»Hat er ihr stattgegeben?«

»Yeah ... aber das wollte ich gar nicht.«

Kirk riß überrascht die Augen auf. »Nicht?«

»Nein. Ich wollte, daß er mich aufhält, daß er zugibt, falsch gehandelt zu haben, daß wir auf den Notruf hätten reagieren müssen. Aber er hat nichts davon getan. Er war offenbar doch nicht der Mann, den ich zu kennen glaubte.«

Nach einem Augenblick nachdenklicher Stille stand Kirk auf. »Vielleicht hast du zuviel erwartet.«

McCoy maß Kirk mit einem festen Blick. »Kann sein.«

»Niemand ist vollkommen, Pille.«

»Ich schwöre bei Gott, Jim, ich suche niemanden, der vollkommen ist. Nur *besser.*«

»So wie die Empyreaner?« fragte Kirk in unschlüssigem Tonfall.

»Ich hoffe nicht.«

Angesichts des ›Verbrechens‹, dessen Elizabeth March sich schuldig bekannte – des genetischen Betrugs –, wußte McCoy, daß auch die Empyreaner keine Antwort kannten. Im Moment war ihm nur eine Sache wichtig. Solange er keine Lösung fand, mußte Anna die Konsequenzen tragen.

14

Es war keine große Überraschung für Anna, daß es ihr schwerfiel, sich auf die Arbeit in der Schule zu konzentrieren. Bei der ersten Gelegenheit schlich sie sich vom Schulgelände und stieg den Hügel zum Statuengarten hinauf. Doch diesmal suchte sie nicht nach Gesellschaft. Sie brauchte Einsamkeit.

Ihr war klar, daß Dr. McCoy bald zu einem Resultat kommen würde; daß sie dann erfuhr, ob sie in der Lage war, das Leben auf Empyrea weiterzuführen, das sie bisher gekannt hatte, oder ob sie einen ganz neuen Weg einschlagen mußte, fern von ihrer Heimat.

Den ganzen Nachmittag und Abend saß sie auf einer Bank, die ihr einen Ausblick aufs Meer ermöglichte, und ließ sich von den heranrollenden Wogen hypnotisieren. Vielleicht hatte sie sich geirrt. Vielleicht war es falsch, allein über alles nachzudenken. Eigentlich war sie des Denkens schon müde. All das Nachdenken der letzten Tage hatte ihr keine Antworten gebracht – zumindest keine, die alles lösten.

Und dabei war das Problem, vor dem sie stand, doch gar nicht so kompliziert. Es war wirklich nicht kompliziert. Ihr war nie der Gedanke gekommen, etwas so Einfaches könne auch so allumfassend sein. Alles hing von Dr. McCoys Resultat ab. Entweder veränderte sich alles oder nichts. Und das Ergebnis lag völlig außerhalb ihrer Kontrolle.

»Da bist du ja.« Ethans Stimme kam aus dem kühlen Schatten hinter ihr. »Ich habe dich überall gesucht.«

Sie sagte nichts. Er kam zu ihr, und sie beobachteten die Wellen gemeinsam.

»Du hast wohl noch nichts gehört«, sagte er.

Anna schüttelte den Kopf. Dann erzählte sie ihm von McCoys Idee, ein simuliertes genetisches Mal zu erzeugen, um das empyreanische Prüfverfahren in die Irre zu führen.

Ethan schaute unschlüssig drein. »Glaubst du wirklich, daß er das kann?«

»Was meinst du damit?«

»Glaubst du wirklich, die medizinische Wissenschaft der Föderation kann die unsere reinlegen?«

»Ich weiß nicht. Vielleicht. Wieso?«

»Sie sind doch keine Empyreaner. Wie fortschrittlich können sie schon sein?«

»Immerhin so fortschrittlich, daß sie Raumschiffe bauen können«, sagte Anna und bemühte sich, nicht allzu besorgt zu klingen. »Wir haben das noch nicht getan.«

»Wir haben auch keinen Grund, welche zu bauen«, konterte Ethan. »Wir wollen doch nirgendwo hin. Wenn das, was Dr. McCoy vorhat, möglich ist, glaubst du nicht, daß auf Empyrea schon längst jemand auf diese Idee gekommen wäre?«

»Auf Empyrea hatte bis heute niemand einen Grund, so etwas zu tun.«

»Tja«, sagte er achselzuckend, »ich hoffe, du hast recht. Aber an deiner Stelle würde ich nicht meine ganze Hoffnung darauf setzen.«

»Ist dir eine Ersatzstrategie eingefallen?«

Ethan schüttelte heftig den Kopf. »Kein Ersatz. Ich glaube, wir sollten etwas Handfestes tun, und zwar *jetzt,* ohne darauf zu warten, daß Dr. McCoy irgendeinen medizinischen Zaubertrick aus dem Hut zieht.«

»Zum Beispiel?«

»Wir könnten einen Raumschiffoffizier entführen und als Hebel einsetzen ...«

Sie glaubte, ihren Ohren nicht zu trauen. *»Hebel?«*

»Ja, um sie zu zwingen, nicht nur dich, sondern alle jungen Empyreaner mitzunehmen, die den Planeten verlassen wollen – alle, die glauben, daß sie hier eingesperrt werden; all jene, die das ganze Universum sehen wollen.«

Anna starrte ihn an. »Bist du von Sinnen? Eine *Entführung?*«

»Wir wollen doch niemandem weh tun. Es ist, wie du gesagt hast, eine Strategie, eine Möglichkeit, Macht über unser eigenes Leben auszuüben.«

»Und was ist aus dem Marsch durch die Institutionen geworden, über den wir gesprochen haben?«

»Dazu haben wir keine Zeit, Anna! Schau dir doch deine Mutter an. Wir wissen jetzt, daß sie als junge Frau ebenfalls rebellisch war. Sie hat damals genauso empfunden wie wir heute.«

»Und?«

»Schau dir an, was aus ihr geworden ist! Jetzt führt sie die Bonzen an, die sie früher aus dem Feld schlagen wollte. Das gleiche wird auch unserer Generation passieren.«

»Nur dann, wenn wir es zulassen.«

»Du hast vielleicht keine andere Wahl. Vielleicht bist du dann weg oder *tot*. Willst du dein Schicksal wirklich in die Hände irgendeines Starfleet-Medizinmannes legen?«

»Er ist kein *Medizinmann,* Ethan«, sagte Anna schroff und verlor die wenige Geduld, die sie noch hatte. »Du weißt doch nicht, wovon du redest.«

»Ich weiß nur, daß ich nicht dabeistehen und zuschauen kann, wenn sie dich durch die Mangel drehen.«

»Wir können doch nicht einfach Geiseln nehmen und Forderungen stellen!«

»Dann willst du also die medizinische Behandlung über dich ergehen lassen?«

»Ja, wenn Dr. McCoy glaubt, daß sie funktioniert.«

Ethan hielt inne, schaute ihr in die Augen. Als er weitersprach, war seine Stimme kaum mehr als ein Flüstern. »Angenommen, es funktioniert nicht? Was dann?«

Anna brachte ein müdes Lächeln zustande. »Dann kannst du vielleicht eine Geisel nehmen.« Ihr Tonfall zeigte, daß sie nur scherzte. Oder nicht?

Ethan streckte die Arme aus, um sie an sich zu ziehen, und sie gestattete es ihm. Sie war zu müde, um den Sicherheitsabstand aufrechtzuerhalten. Es schmeichelte ihr, daß seine Gefühle ihr gegenüber so stark waren, daß er etwas so Gefährliches überhaupt in Betracht zog. Doch gleichzeitig fürchtete sie sich auch davor. Wozu war er sonst noch in der Lage, um ihr beizustehen?

Sie wußte, daß nichts von dem, was passierte, ihre Schuld war. Trotzdem hatte sie irgendwie das Gefühl, dafür verantwortlich zu sein. Aber daß Ethan etwas Verrücktes tat, wollte sie auf keinen Fall.

»Warte ab«, bat sie leise.

»Na schön. Aber ich warte nicht, bis es zu spät ist. *Vorher* unternehme ich etwas.«

»Mir platzt gleich der Kragen«, knurrte Montgomery Scott, als der Türsummer ihn aus seinem ohnehin schon ruhelosen Schlaf holte.

Er warf die Decke zurück, zog einen Bademantel über den Schlafanzug und trottete barfüßig zur Tür. Er tastete nach dem Öffner, und die Tür glitt auf. Dann musterte er die Umrisse einer Gestalt, die in der Nachtbeleuchtung des Korridors nur schwer zu erkennen war. Er war freilich nicht zu müde, um die spitzen Ohren zu sehen.

»Dr. Ortega hat sich gemeldet«, sagte Spock.

»Schon *wieder?* Und um *diese Zeit?*« Scott fluchte leise, dann drehte er sich um und zog sich in die Sitzecke der

Kabine zurück. »Was es auch ist… Wehe, es ist nicht wichtig.«

Spock folgte ihm hinein, und die Tür schloß sich hinter ihm. »Dr. Ortega hält es für sehr wichtig.«

Scott ging mit einem spöttischen Brummen zum Nahrungsautomaten und orderte eine Tasse heißen, schwarzen Kaffee.

»Auf der Grundlage unserer bisherigen Beziehungen zu Dr. Ortega ist Skepsis nicht ungerechtfertigt, wenn es um seine Erklärungen und Beschwerden geht«, sagte Spock, als Scott den Kaffee nahm und sich in den nächsten Sessel fallen ließ. »Der Captain hat jedoch darum gebeten, daß wir auf den Planeten beamen, damit wir persönlich eine Untersuchung der exakten Natur des Problems vornehmen.«

»Verdammter Dreck! Ich freß 'n Besen, wenn dieser Ortega auch nur den Unterschied zwischen einer Gewindemuffe und einem Sack voll…«

»Vielleicht darf ich Sie daran erinnern, daß dies unsere Chance sein könnte zu beweisen, daß Dr. Ortega…«

»Sie meinen, daß wir seine genetisch vervollkommnete Nase in seine selbsternannte Überlegenheit tauchen«, sagte Scott, und seine Miene hellte sich leicht auf. »Na schön. Wir treffen uns in zehn Minuten im Transporterraum – es sei denn, Sie bestehen darauf, daß ich *so* nach unten beame.«

»Das wird nicht nötig sein. Zehn Minuten.« Mit diesen Worten ging Spock hinaus. Scott fluchte vor sich hin, als er sich anzog.

Als sie im Salon des verlassenen Föderationsstützpunktes materialisierten, war Ortega nirgendwo zu erblicken. Scott entschied sich diesmal nicht für eine wüste Salve von Flüchen, sondern für die Eleganz eines wohlabgewogenen Wortes und stieß murmelnd seine gälische Lieblingsobszönität aus.

Spocks linke Augenbraue fuhr hoch. »Wie bitte, Mr. Scott?«

»Nichts, Sir. Nur ein Kommentar über Dr. Ortegas Benehmen und Abstammung.«

»Ah! Zweifellos mit Bezugnahme auf seine deutliche Abwesenheit angesichts dessen, was er für eine kritische Fehlfunktion des verdächtigen Energiesystems hält.«

»Zweifellos. Und was machen wir jetzt, Sir?«

Spock dachte kurz nach. »Das Protokoll schreibt vor ...«

»Von mir aus kann Ortega sich das Protokoll in den ...«

»Wo waren Sie?« kam eine scharfe Stimme aus einem Gang neben dem Empfangsbereich.

»Wir waren auf der *Enterprise*«, sagte Spock prosaisch neutral. »Nun sind wir hier, und Ihrem Ruf gefolgt. Wir sind so schnell gekommen, wie wir konnten.«

»In der Zeit, die Sie dazu gebraucht haben, hätte das ganze Energiesystem in die Luft fliegen können. Nun haben Sie eben weniger Zeit, um die Katastrophe abzuwenden.«

»Bei allem gebührenden Respekt«, sagte Scott, der sich geradezu zwang, diese Präambel auszusprechen, »ich bezweifle, daß die Lage *so* kritisch ist.«

»Zum Glück, Ingenieur, ist es nicht Ihre Aufgabe, die Lage einzuschätzen, sondern sie zu reparieren. Wenn Sie versagen, wird man Sie und die Föderation dafür verantwortlich machen.«

»Jetzt hören Sie mal zu, Doktor«, begann Scotty.

Doch bevor er fortfahren konnte, den Streit mit Ortega ausufern zu lassen, mischte Spock sich ein. »Wenn Sie uns zeigen wollen, was Sie beobachtet haben, Doktor, nehmen wir die Analyse und die Korrektur sofort vor.«

Ortega ließ jede vorgetäuschte Freundlichkeit fahren. Er drehte sich um und marschierte durch den Korridor, als erwarte er, daß die Flottenoffiziere ihm folgten.

Spock tat es auf der Stelle. Scott blieb so lange stehen, wie er brauchte, um verärgert den Kopf zu schütteln, dann ging er widerwillig hinter ihm her.

Sie kamen in den Kontrollraum, wo Ortega sie sofort an eine Reihe von Systemmonitoren führte.

»Da, sehen Sie«, sagte er in einer Tonlage, die verdeutlichte, daß sie es erst sehen würden, wenn er es ihnen zeigte.

»Ich sehe nur eins«, sagte Scott und gab auf der Stelle den letzten Rest von Diplomatie auf. »Eine genetisch vervollkommnete Übertreibung. Wir brauchen nur den Plasmadruck der Flußregulatoren zu reduzieren. Es besteht kein Grund für die Behauptung, daß der Himmel einstürzt.«

Bevor Ortega reagieren konnte, heulte eine Alarmsirene, und eine Reihe roter Warnlichter, die an der Decke befestigt war, blitzte auf. Spock nahm vor der Hauptkonsole Platz und gab mehrere Befehle ein. »Der Himmel ist wohl doch eingestürzt, Mr. Scott.«

Scott schob Ortega spöttisch aus dem Weg, warf einen Blick auf die Bildschirmanzeigen und rief dann ein Systemschema auf.

»Eine Fehlfunktion nach der anderen«, sagte Ortega, »und diesmal sind es keine *geringfügigen*. Schauen Sie sich das an: ein komplettes Viertel des Modulatornetzes ist zusammengebrochen. Das liegt nicht *nur* an einem Programmfehler.«

Mit wütenden Bewegungen gab er Befehle an einem anderen Terminal ein, um den beiden Männern eine Auflistung der Reaktorkernkomponenten zu zeigen. »Vier Phasenkonverter sind ausgefallen. Und nun dringt dort Strahlung ein, Ingenieur.«

»Ich *weiß*, was da eindringt, Doktor.« Scott begutachtete die Diagramme auf dem Bildschirm; sie zeigten gelbe Punkte, die an fünf Orten aufblitzten, tief in den Innereien des Kraftwerks. »Wenigstens hält das verfluchte Dämmfeld.«

»Im Moment«, sagte Ortega. »Aber wenn das Leck nicht abgedichtet wird …«

»Machen Sie sich nicht ins Höschen. Wir kriegen es schon hin.«

»Wenn das Dämmfeld versagt …«

Scott schenkte dem Empyreaner einen abweisenden Blick. »Und wie stehen die Chancen, daß es dazu kommt?«

»Wie standen die Chancen, daß *das* hier passiert, Ingenieur?«

»So unwahrscheinlich es auch ist«, sagte Spock, »wir können diese Möglichkeit nicht ausschließen, Mr. Scott.«

»Es ist viel wahrscheinlicher, als Sie beide offenbar annahmen«, fauchte Ortega. »Und Schuld daran sind eine unzulängliche Föderationsprogrammierung und unzulängliche Komponenten, die unzulängliche Menschen gebaut haben.«

Das war mehr als Scott hinnehmen konnte. »Unzulänglich? *Unzulänglich?*« Ohne Spocks Dienstgrad oder seinem eigenen Benehmen einen Gedanken zu schenken, schubste er den Vulkanier beiseite und drosch mit den Fingern beider Hände auf die Tastatur ein. *Wenn ich* sie *nicht verdresche,* dachte er, *verdresche ich Ortega.* »Ich zeig Ihnen mal, was unzulänglich ist.«

Augenblicke später war der Konstruktionsplan des Föderationskomplexes auf dem Schirm; er war fast zwanzig Jahre alt. Dann rief er den Plan für den Reaktorkern des Kraftwerkes auf.

»Mr. Scott«, sagte Spock, »was genau machen Sie da?«

»Ich schieße ein Tor, Sir.« Scott kochte und musterte Ortega finster. »Das gesamte Elektroplasmasystem, *alles,* was Sie gerade als unzulänglich gebrandmarkt haben, das gesamte Innenleben dessen, was für diese Fehlfunktion verantwortlich ist …«

Ortegas Blick war nicht weniger finster. »Was ist damit, Ingenieur?«

Scott deutete mit einem Finger auf die Daten, die

neben den architektonischen und technischen Rißzeichnungen auf dem größten Monitor zu sehen waren. »Es wurde auf *Empyrea* entworfen und gebaut.«

Seine knallharte Aussage überraschte sogar Spock, wie seine hochgezogenen Augenbrauen zeigten. »Sind Sie sich dessen sicher, Mr. Scott?«

»Aye, Sir. Und ob. Bevor ich zu Bett ging, habe ich noch ein paar Nachforschungen angestellt. Ich wollte es Ihnen morgen früh sagen. Aber der jetzige Zeitpunkt erscheint mir so gut wie jeder andere.«

»Moment mal«, murmelte Ortega verwirrt. Seine unerträglich sichere Pose schwankte, und sein Blick wanderte zwischen Scotts zufriedenem Grinsen und den Computeranzeigen hin und her. »Das ist unmöglich.«

»Das gesamte System wurde um ein Duophasennetz gebaut«, sagte Scott. Autorität schwang in seiner Stimme mit. »In der Föderation wurde vor gut fünfzig Jahren das *Triphasen*-System eingeführt – lange bevor diese Station überhaupt gebaut wurde. Dies hier wäre nicht passiert, Doktor, wenn Ihre Technik nicht so veraltet wäre. Sie haben ja noch nicht mal vom *Triphasen*-System gehört.«

Diesmal nagelte die Wahrheit auf dem Monitor Ortegas Aufmerksamkeit fest. Er schüttelte kaum wahrnehmbar den Kopf. »Ich kann es nicht glauben«, sagte er leise.

Womit wir das Thema genetische Vollkommenheit auch auf den Müll werfen können. Scott hätte den Satz am liebsten ausgesprochen, aber er beließ es dabei, ihn nur zu denken. »Laut den Unterlagen haben Sie der Ausrüstung der Föderation nicht getraut, als die Station errichtet wurde. Ihre Leute haben darauf bestanden, die Schlüsselsysteme durch empyreanische Bauteilen zu ersetzen. Ich wette, davon hatten Sie keine Ahnung, Doktor.«

Ortega war dermaßen erschüttert, daß seine Lippen sich mehrere Sekunden lang bewegten, ohne daß er einen verständlichen Laut herausbrachte. »Nein ... Ich wußte nichts davon. Ich war noch ein Kind, als die Station gebaut wurde.«

»Jetzt sind Sie aber kein Kind mehr, Doktor. Sie sind ein Erwachsener ...«

»Und Erwachsene gestehen Fehler ein«, sagte Ortega leise. »Diese Reaktorkernkomponenten werden auf dem ganzen Planeten eingesetzt. Auch in Satelliten. Aber noch nie hat eines versagt.«

Scott legte eine väterliche Hand auf Ortegas Schulter. »Tja, mein Junge ... Niemand ist vollkommen.«

»Dr. Ortega«, sagte Spock, »das Versagen von Kernkomponenten könnte auch an Faktoren liegen, die nichts mit unzulänglicher Gestaltung und Konstruktion zu tun haben.«

Der verwirrte Empyreaner blinzelte rasch und bemühte sich, Spocks Worte zu verstehen. »Was meinen Sie damit, Commander?«

»Sie haben die diagnostischen Resultate von gestern abend selbst bescheinigt. Trotzdem haben wir es nun mit neuen Programmfehlern zu tun. Die jetzige Fehlfunktion hat eindeutig nichts mit dem vorherigen Problem zu tun und kann nicht dem Föderationspersonal der Station angelastet werden.«

»Was wollen Sie damit sagen?«

»Wir nehmen an, daß jemand anders für das verantwortlich ist, was zur methodischen Beschädigung des Steuersystems geführt hat.«

Ortega stierte eine Weile ins Leere. Es war schon übel genug, daß ein auf diesem Planeten hergestelltes System aus ungeklärten Gründen abstürzte. Doch nun ...

»Beschuldigen Sie die Empyreaner der Sabotage?«

»Wir beschuldigen niemanden wegen irgend etwas, Doktor«, sagte Scott. »Es wäre vielleicht keine schlechte Idee, wenn wir überhaupt aufhörten, unbewiesene Behauptungen auszusprechen.«

Spock nickte. »Wir meinen, daß gründlichere Ermittlungen der Sache bestimmt dienlicher wären.«

Als Clements das Sinfonieorchester durch den letzten Abschnitt der Probe führte, saß Präsidentin March im hinteren Teil des Zuschauerraums. Das neoklassische Stück, das gespielt wurde, war zwar alt und schwer, doch mischten die Bläser und Geiger kräftig mit. Clements dirigierte mit minimalen Bewegungen; er war die Antithese der weitverbreiteten Vorstellung vom theatralischen, armeschwenkenden Dirigenten der musikalischen Legenden. Er bewegte die Hände lediglich an den Gelenken, und zwar in präzisem Tempo. Nur gelegentlich führten seine Ellbogen weitere Bewegungen aus, um den Orchesterflanken Signale zu geben.

Elizabeth wunderte sich über die Beherrschung, die es kosten mußte, Bewegungen so genau zu begrenzen. Sie schaute Clements schon seit mehreren Jahren beim Dirigieren zu und fragte sich oft, wie er es schaffte, sich stets zurückzuhalten, und es vermied, sich von der Leidenschaft der Musik packen zu lassen. Empfand er wirklich so? Hatte er Vergnügen daran? Oder war es für ihn nur eine technische Übung, die sich nicht allzu sehr von der unterschied, Verbrechen aufzuklären?

Bei der letzten Note erlaubte er sich einen Schlag nach unten mit einem kleinen Schnörkel. Schließlich wandte er sich um, als hätte er gewußt, daß Elizabeth im abgedunkelten Theaterraum saß.

Wie macht er das nur? Sie stand auf und ging durch die Sitzreihen.

»Welch seltene Ehre«, sagte er, »wenn die Präsidentin bei einer Orchesterprobe auftaucht.«

»Es ist auch eine seltene Ehre, eins deiner Werke vor der Uraufführung zu hören.«

»Brauchst du mich für irgend etwas?«

»Ja.«

Clements entließ die Musiker, dann ging er das Treppchen an der Bühnenseite hinab.

»Ich habe gerade mit Captain Kirk gesprochen«, sagte sie, als sie in der ersten Reihe Platz nahmen.

»Ach? Und worüber?«

Elizabeth informierte ihn über die Lage im Beobachtungsposten und legte ihm die Fakten des zunehmend komplizierter werdenden Falls der dokumentierten Fehlfunktionen und der möglichen Sabotage so dar, wie Kirk diese ihr mit Ortegas widerwilligem Einverständnis beschrieben hatte. Dann nahm sie den unbeugsamen Chefermittler mit in ihr Büro, um die Konferenz mit der *Enterprise* wieder aufzunehmen.

»Ich kann noch immer nicht glauben, daß ein Empyreaner so etwas tun würde«, sagte Elizabeth.

»Ich möchte nicht respektlos sein«, sagte Kirk, »aber kann ein Empyreaner eine wirkungsvolle Untersuchung dieser Angelegenheit durchführen?«

»Sie meinen wegen meiner öffentlich bekannten Ansicht, daß der Stützpunkt der Föderation demontiert werden soll?« erwiderte Clements. Es war eigentlich weniger eine Frage als eine Aussage, die er mit stählerner Leidenschaftslosigkeit machte.

»Sie sind gewiß nicht unparteiisch«, sagte Kirk. »Aber ich kenne auf Empyrea niemanden, der es sein könnte.«

»Meine Neutralität – oder nicht vorhandene Neutralität – ist persönlicher Natur, Captain. Meine Ermittlungen sind beruflicher Natur. Als Kommandant eines Raumschiffes waren Sie doch bestimmt schon der einen oder anderen Situation ausgesetzt, in der Sie, um ihrem Beruf genüge zu tun, ebenfalls persönliche Gefühle ignoriert haben.«

»Ein- oder zweimal«, sagte Kirk mit einem leichten Lächeln. »Ich verstehe, was Sie meinen.«

»Wenn es Sie beruhigt, Captain Kirk – ich werde nicht im geheimen arbeiten. Ich werde Sie auf dem laufenden halten. Und ich werde Dr. Skoloff und die Angehörigen seines Stabes verhören müssen. Vielleicht können sie etwas Licht in die Sache bringen. Sind Sie damit einverstanden?«

»Es gibt keinerlei Probleme, Mr. Clements.«

»Gut. Dann melde ich mich. – Clements, Ende.«

Kurz nachdem Kirks Gespräch mit den Empyreanern beendet war, meldete sich McCoy aus der Krankenstation.

»Jim, kannst du mal runterkommen?«

Das desolate Rasseln seiner Stimme im Brückeninterkom deutete Schlimmes an.

»Klar, Pille. Worum geht's denn?«

»Ich ... Ich möchte es dir lieber unter vier Augen sagen. Ich möchte, daß du dabei bist, wenn ich Elizabeth die Prüfungsergebnisse mitteile.«

»Ist das nicht Privatsache?«

»Ich brauche dich hier, okay?«

»Okay. Bin schon unterwegs.«

Als Kirk bei ihm ankam, war Elizabeth March bereits vom Planeten hochgebeamt worden; sie stand im Büro. Ihre Miene war vor Besorgnis angespannt. Offenbar hatte McCoy ihr noch nichts erzählt. Der Arzt wirkte eingefallen und erschöpft, die Tränensäcke unter seinen Augen waren größer und dunkler, als Kirk sie je gesehen hatte. Er befürchtete das Schlimmste: McCoy war nicht auf das medizinische Wunder gestoßen, das Anna retten konnte.

»Pille hat mich gebeten dabeizusein«, erklärte er. »Haben Sie etwas dagegen, Präsidentin?«

Sie schüttelte stumm den Kopf. Dann wandten sie sich gemeinsam zu McCoy um.

»Raus damit, Pille«, sagte Kirk.

»Tja ... Sieht aus, als würde ich es hinkriegen«, sagte McCoy mit eigenartig flacher Stimme.

Angesichts der negativen Erwartungen, die seine Miene und der Klang seiner Stimme in Kirk erzeugt hatten, brauchte er einige Sekunden, bis er begriff. Er schaute ihn an. »Du kannst es?«

»Yeah. Ich glaube schon.«

»Warum schaust du dann wie ein Bernhardiner?«

»Da ist noch etwas. Ich komm' gleich drauf.« Er legte eine Pause ein, um tief Luft zu holen. »Es gibt tatsächlich eine Möglichkeit, das genetische Mal zu replizieren. Ich kann Anna eine Hormonbehandlung verabreichen, die den reproduktiven Hemmeffekt so lange imitiert, bis die empyreanischen Ärzte darauf hereingefallen sind.«

Kirk fing an zu grinsen und klopfte McCoy auf die Schulter. »Toll!«

Doch McCoy hob abwehrend eine Hand. »Und dabei gibt's ein Problem.«

»Welches?« sagte Elizabeth.

»Das genetische Mal steckt in jeder Zelle deines Körpers. Und so müßte es sich auch bei Anna zeigen. Selbst unter optimalen Bedingungen würde es Wochen dauern, all ihre Zellen derart zu manipulieren.«

»Wenn Anna sich der genetischen Prüfung stellen muß, bevor du fertig bist, werden die Taster die Unzulänglichkeit feststellen?« fragte Kirk.

»Es ist möglich«, sagte McCoy. »Und das Risiko möchte ich nicht eingehen.«

Aus Elizabeths Gesicht wich alle Hoffnung. »So lange wird euer Schiff nicht hier sein.«

»Besteht keine Möglichkeit, die Behandlung jetzt zu beginnen – und sie fortsetzen zu lassen, auch wenn wir abgereist sind, Pille?«

»Es ist möglich, aber es gibt keine Garantie, daß es funktioniert. Wenn ich die Sache überwache, könnte ich vielleicht etwas tun.«

»Leonard«, sagte Elizabeth, »gibt es keine Methode, das Infusionsverfahren zu beschleunigen?«

»Kann sein. Ich müßte dazu allerdings eine modifizierte Trägersubstanz benutzen, die man normalerweise einsetzt, um die Produktion von Blutzellen zu beschleunigen oder Ersatzgene in durch Strahlung oder Krankheit beschädigte Zellen zu transportieren.«

Der medizinische Jargon holte Kirk aus seiner Höhle,

und er stellte die einzige Frage, die ihm einfiel. »Welches Risiko geht Anna dabei ein?«

McCoys finstere Miene wurde noch finsterer. »Die Chancen, daß sie dabei stirbt, stehen fünfzig zu fünfzig. Die natürlichen Biostasemechanismen, die die Zellreproduktion regulieren, könnten versuchen, galoppierende Zellverbreitung hervorzurufen ...«

»Wie Krebs?« fragte Kirk.

»So ungefähr. Sie könnten auch ihr Immunsystem irreparabel schädigen oder eine Dysfunktion lebenswichtiger Organe hervorrufen.«

Elizabeth schüttelte heftig den Kopf. »Nein, das ist kein annehmbares Risiko. Dann möchte ich lieber, daß Anna Empyrea verläßt und nie wieder zurückkehrt. Ich würde mich lieber jeder Strafe aussetzen, die unsere Gerichte mir aufbrummen, als den Rest meines Lebens mit dem Wissen zu verbringen, daß sie bei diesem Versuch gestorben ist.«

Kirk schaute in McCoys traurige Augen. Er wußte, wie seinem Freund nach diesem Fehlschlag zumute war. »Du hast dein Bestes getan, Pille.«

»Schade nur, daß es nicht gereicht hat.«

»Es ist nicht deine Schuld, Leonard«, sagte Elizabeth. Sie drehte sich zur Tür um. »Ich glaube, ich kehre lieber um und sage Anna, daß unsere Möglichkeiten sich beträchtlich verringert haben.«

»Warte«, sagte McCoy. »Da ist noch etwas.«

Kirk fiel der geheimnisvolle Ruf ein, mit dem McCoy ihn von der Brücke geholt hatte. Würde der Doktor jetzt eine Erklärung liefern?

»Die genetischen Tests haben etwas enthüllt, was ich nicht erwartet habe.« McCoy blieb stehen und schaute Elizabeth vorwurfsvoll an, als suche er hinter der Furcht in ihrem Blick noch etwas anderes. »Laut dem, worauf ich gestoßen bin, bin *ich* nicht Annas Vater.«

15

Kirk konnte nicht anders. Er starrte vor sich hin. Er wußte nicht, wen er anschauen sollte: McCoy oder Elizabeth. »Was soll das heißen?«

»Nicht mehr, als ich gesagt habe. Wir stimmen genetisch nicht überein.« McCoys Blick richtete sich wieder auf Beth, die eher kleinlaut als überrascht wirkte. »Wenn ich noch einen Test vornehmen würde, würde ich erfahren, daß Annas Vater in Wirklichkeit Mark Rousseau heißt, nicht wahr?«

Sie ließ den Kopf hängen, konnte McCoy nicht in die Augen schauen. Kirk wußte nicht, ob ihr Verhalten von Scham oder Enttäuschung – oder von beidem – diktiert wurde.

»Ich glaube schon«, sagte sie leise.

»Du glaubst schon?« explodierte McCoy. »Was willst du damit sagen, *du glaubst schon?* Soll das heißen, es gab noch andere?«

»Nein!« schrie sie zurück. »Auch wenn ich das Risiko eingehe, wie eine unbescheidene Empyreanerin zu klingen: Ich bezweifle sehr, daß viele Außenweltler je die Norm erfüllen könnten, die wir uns selbst gesetzt haben. Ich habe nur zufällig zwei außergewöhnliche Terraner kennengelernt, als ich so rebellisch war, den Vorteil der Gelegenheit zu nutzen.«

»Wußtest du, daß ich nicht Annas Vater bin?«

»Nein. Ehrlich gesagt, ich habe vermieden, es in Erfahrung zu bringen. Ich wollte es eigentlich auch gar nicht wissen«, sagte Elizabeth heftig. »Ich habe von euch beiden etwas in ihr gesehen. Ich bin sehr stolz auf sie.«

McCoys Zorn verrauchte. »Ich kann diesen Stolz verstehen, auch wenn ich keinen genetischen Anteil daran habe.«

»Wenn Sie nicht genau wußten, wer Annas Vater ist«, sagte Kirk, »warum haben Sie dann Pille zu ihm gemacht?«

»Ich wußte, daß Mark Rousseau Familie hat. Ich dachte, Leonard hätte keine. Es schien mir einfacher, jemanden auszusuchen, der weniger belastet ist.«

»Das klingt ziemlich berechnend«, sagte Kirk, der sich keine Mühe machte, die Kälte in seiner Stimme diplomatisch zu kaschieren. Er mochte es nicht, wenn jemand einen seiner Freunde ausnutzte.

»Kann schon sein«, fauchte Elizabeth zurück. »Aber es geht um das Leben meiner Tochter. Außerdem hatte ich noch einen Grund, Leonard auszuwählen. Ihm habe ich eher zugetraut, daß er etwas zu ihrer Rettung unternimmt.«

»Tja«, sagte McCoy, »jemand muß es Mark sagen.«

Beth biß sich auf die Lippe. »Ich weiß nicht, ob ich mich ihm stellen kann.«

»Wenn du willst, erzähle ich es ihm«, sagte McCoy. »Es ist nur ein weiterer Punkt unter all den Dingen, die wir noch zwischen uns klären müssen. Außerdem hast du da unten eine Tochter, die dich braucht. Erzähl's ihr und hilf ihr, die richtige Entscheidung zu treffen.«

Elizabeth musterte ihn aus verkniffenen Augen. »Und *was* ist die richtige Entscheidung?«

»Woher soll ich das wissen, verdammt?«

»Wir können sie noch immer mit zur Erde nehmen«, sagte Kirk.

»Danke, Captain«, sagte Elizabeth. »Ich hoffe, daß sie diese Möglichkeit noch hat, weil ich keine andere mehr sehe. Ich melde mich, nachdem ich mit Anna gesprochen habe.«

Elizabeth ging hinaus. Kirk folgte ihr, blieb aber im Türrahmen stehen, um McCoy anzuschauen, der sich wieder in seinen Schreibtischsessel hatte fallen lassen.

»Bist du in Ordnung, Pille?«

»Eigentlich müßte ich erleichtert sein. Wer will in meinem Alter schon noch Vater werden?«

»Du siehst aber nicht erleichtert aus. Kann es sein, daß du im Begriff warst, Anna etwas zu geben, was du bei Joanna verpaßt hast?«

McCoy schaute zu Kirk auf. »Wenn ich einen drittklassigen Psychologen brauche, muß ich nur in den Spiegel sehen. Und jetzt mach, daß du fortkommst.«

Komisch, wie die Wahrheit manchmal zu einem beweglichen Ziel wird, dachte Elizabeth, als sie zum Arboretum der *Enterprise* unterwegs war. Sie stellte erleichtert fest, daß außer ihr niemand dort war. Bevor sie Anna mit der neuen berichtigten Wahrheit entgegentreten konnte, mußte sie sich selbst gegenübertreten – und ihrer Vergangenheit.

Sie saß auf weichem, dichtem Gras unter dem schützenden Geäst eines Weißholzbaums mit goldenen Blättern. Sie hatte einen solchen Baum nie zuvor gesehen und fragte sich träge, von welchem Planeten er wohl kam. Doch ihr Ausflug in die botanische Neugier diente nur als kurzfristige Ablenkung von der alles überwältigenden Frage: *Wie bin ich nur in diesen Schlamassel hineingeraten?*

Sie brauchte freilich niemanden, der ihr darauf eine Antwort gab. Sie wußte es, und sie erinnerte sich nur allzu gut daran ...

Mit der gesamten Ungeduld der Jugend und der Liebe, die ihren Schritt beflügelte, eilte Elizabeth den Abhang hinauf, ging durch die langen Schatten hoher Bäume und ignorierte den flammenden Sonnenuntergang draußen auf dem Wasser. Der Picknickkorb, den sie trug, enthielt das heutige Abendessen und wog nicht sehr viel, aber sie ärgerte sich dennoch, weil er sie behinderte. Aber wenn sie ihn am Wegesrand abstellte, was sollten sie dann heute abend essen? Sie hatte ihm doch ein Picknick versprochen, das er nie vergessen würde.

Sie lächelte vor sich hin, denn sie wußte, daß sie ihr Versprechen auch ohne Nahrung erfüllen konnte. Doch sie hatte ihn zum Essen eingeladen.

Sie konnte es nicht erwarten, bei ihm zu sein.

Sie erreichte den Statuengarten und sah ihn auf dem Innenhof. Er wandte ihr den Rücken zu und stand an der steinernen Einfassungsmauer. Seine schlanke Gestalt hob sich vom dunkler werdenden Himmel ab. Er schaute aufs Meer hinaus. Dann spürte er ihre Anwesenheit, drehte sich um und lächelte, und sie eilte zu ihm hin. Sie sanken einander in die Arme, küßten sich und hielten sich fest.

»Leonard«, sagte sie schließlich. »Du siehst so anders aus.«

»Wirklich?« Er schluckte verlegen, als sie ihn musterte.

Sie nickte und kniff die Augen zusammen, um in Erfahrung zu bringen, woran es lag. »Dein Haar.«

»Ich hab' mich gekämmt.«

»Das ist es! Normalerweise hängt es dir ins Gesicht. Ich bin nicht daran gewöhnt, daß es glatt nach hinten fällt.«

»Ich dachte nur… Für eine besondere Gelegenheit wie diese…«

»Macht nichts.« Sie fuhr mit den Fingern durch sein Haar, bis es wieder ungekämmt war.

Mit einem Grinsen, das er nicht unterdrücken konnte, führte er sie zu der Decke, die schon an der Mauer ausgebreitet war. Da stand auch sein Korb mit Brot, Wein und Obst. »Hast du Hunger?« fragte er und zündete die Laterne an der Mauer an.

»Wenn du auch Hunger hast?«

»Ich *sterbe* vor Hunger.«

»Du bist schon dünn genug, Leonard. Laß uns also was essen.«

Präsidentin March seufzte, als sie sich auf das kühle Gras legte, durch Äste und Blätter nach oben schaute und sich wünschte, hier schiene eine echte Sonne von einem echten Himmel herab. Dann schloß sie die Augen und hoffte vergeblich auf etwas Erleichterung von der Spannung, die ihren Nacken ergriffen hatte.

War das Picknick wirklich schon achtzehn Jahre her? Die Erinnerungen und Empfindungen waren noch so deutlich. Sie roch noch immer das frisch gebackene Brot, spürte die kühle Abendluft, schmeckte den Wein und McCoys Lippen, als sie sich geküßt hatten …

Es spielte zwar keine Rolle, aber es war noch eine Menge Essen übrig. McCoy und Beth lagen nebeneinander auf der Decke; sein Arm lag über ihr, ihr Rücken lag an seiner Brust. Sie hielt seine Hand in der ihren und drückte sie an die seidige Glätte ihres Halses. Dann führte sie sie tiefer und setzte seine Finger ein, um die Knöpfe ihrer Bluse zu öffnen. Sie schob seine Hand hinein und drückte sie auf ihre warme Haut.

Er kuschelte sich enger an sie und hauchte einen Kuß auf ihren Halsansatz. Dann drehte sie sich auf den Rücken, lächelte ihn an, schlang die Beine um die seinen. Sie schob eine Hand unter seinen Kopf, zog ihn herab, und sie küßten sich erneut.

»Sollen wir zu mir oder zu dir gehen?« flüsterte er.

»Zu dir? Ins Raumschiff? Würden sich deine Kameraden keine Fragen über die seltsame Frau stellen, die bei dir übernachtet?«

»Na schön«, sagte er. »Gehen wir zu dir.«

»Warum sollen wir *überhaupt* irgendwo hingehen?«

Sie küßten sich noch einmal. Langsam, zärtlich.

»Weil ich dich lieben möchte«, sagte McCoy. »Oder wie unser völlig beknackter Universalübersetzungsautomat immer sagt: Weil ich mit dir *Liebe machen* möchte.«

»Ich auch mit dir.«

Es kam zu einem Augenblick gequälten Schweigens, als ihm klar wurde, was sie meinte. »Hier?«

»Wir sind doch allein.«

»Aber wir sind auch *im Freien.*«

»Kommst du nicht aus einer sehr warmen Gegend? Hast du noch nie im Freien *Liebe gemacht?*«

McCoy stützte sich auf einem Ellbogen ab. »Tja ... einmal«, sagte er ohne große Begeisterung.

»Hat es dir nicht gefallen?«

»Tja, wir ... wurden ... unterbrochen.« Er hielt inne, besorgt, die Fortsetzung dieser Gesprächswendung könne die Stimmung, in der sie sich befanden, irreparabel schädigen.

»Was meinst du damit? Wovon unterbrochen?«

Da sie nun mal gefragt hatte, wäre es wohl unhöflich gewesen, nicht zu antworten. »Von Bienen«, sagte er.

Ihre Augen lachten, auch wenn sie es zu vermeiden versuchte. »Bienen?«

»Bienen.«

»Das muß aber peinlich gewesen sein.«

»Vom Schmerz gar nicht zu reden.«

Und wieder folgte eine ziemlich lange Spanne peinlichen Schweigens. »Ich verstehe jetzt, daß eine solche Erfahrung deine Ansichten über die ... ähm ... Liebe in der freien Natur beeinflußt hat.« Beth streichelte mit der federleichten Berührung ihres Fingers sein Ohr. »Und es gibt nichts, was deine Einstellung dazu verändern könnte?«

»Hmmm ... Versuch's doch mal.«

»Na schön.« Elizabeth dachte kurz nach. »Hier oben gibt es keine Bienen, jedenfalls nicht um diese Zeit.«

»Vielleicht sonst etwas, das sticht?«

»Nein.«
»Etwas, das beißt?«
»Außer mir?« fragte sie unschuldig.
»Außer dir.«
»Ich glaube nicht.«
»Schlangen?«
»Hab' hier noch nie eine gesehen.«

McCoy hielt für einen Moment der Überlegung inne. Dann fragte er mit todernstem Gesicht: »Raubvögel?«

Beth kicherte. Und er mußte lächeln.

»Nicht, daß ich wüßte«, sagte sie, rieb ihre Wange an der seinen, ließ ihn ihr Parfüm einatmen.

»Tja, in dem Fall...« McCoy öffnete die letzten Knöpfe ihrer Bluse und schob eine starke Hand unter das leichte, kühle Leinen. Er spürte die Wärme, die sie ausstrahlte, spürte das Schlagen ihres Herzens unter seiner Hand. »Dann überlasse ich mich deinen fachkundigen Händen.«

»Noch nicht.« Sie seufzte. »Aber gleich kümmere ich mich darum.« Dann schüttelte sie sich, was aber nicht daran lag, daß sie fror...

Elizabeth erinnerte sich noch daran, wie sie an diesem Abend miteinander verschmolzen waren und einander unter dem mondbeschienenen Himmel und dem Baldachin aus rauschenden Blättern erregt hatten. Und sie glaubte, daß sie es nie vergessen würde. So wie sie nie vergessen würde, was später geschehen war: Als sie zu Fuß Hand in Hand zu der Straße gegangen waren, in der sie wohnte, weil sie so mehr Zeit zusammen verbringen konnten. Und wie sie darüber gesprochen hatten, ob er in dieser Nacht bei ihr bleiben würde.

Sie hätte gern mit ihm darüber gesprochen, ob er ganz hierbleiben wollte, ob er zurückblieb, wenn sein Schiff wieder abreiste. Aber sie hatte unerklärliche Angst vor dem gehabt, was so weit in der Zukunft lag, und wußte nicht, ob er für eine solche Entscheidung bereit war. Sie wollte ihn nicht drängen. Sie konnten auch später noch über eine gemeinsame Zukunft nachdenken.

An diesem Abend hatte keiner den anderen allein lassen wollen. Das hatte ihre Leidenschaft ihnen klargemacht. Doch durch McCoys Herz rann nun mal das Blut eines amerikanischen Südstaatlers, und er konnte die Ritterlichkeit nicht ignorieren, die für ihn so natürlich war wie das Luftholen. Deswegen hatte sie ihm gestattet, sie zu überzeugen, daß es viel romantischer sei, wenn sie einander gute Nacht sagten, sich trennten, ihre gemeinsame Liebe genossen und sich in der Frische des nächsten Morgens neu begrüßten.

»Ich möchte nicht, daß du fortgehst«, hatte sie gesagt.

»Ich will's auch nicht. Deswegen sollten wir es tun.«

Sie hatte ihn mit einem unschlüssigen Grinsen bedacht. »Ist das irgendeine perverse Liebesfolter bei euch?«

Sie schaute zu, als er an Bord beamte. Dann ging sie den Rest der Strecke zu ihrer Wohnung und kam sich vor, als schwebe sie.

Wie wäre wohl alles gekommen, wenn sie ihren Impulsen gefolgt und darauf bestanden hätte, daß McCoy bei ihr blieb? Vielleicht wäre es zu dem, was anschließend passiert war, gar nicht erst gekommmen ...

»Elizabeth.«

Im gleichen Moment, als sie die Stimme hörte, die leise ihren Namen rief, wußte sie, daß sie Mark Rousseau gehörte. Sie kam aus einem Innenhof neben ihrem Haus, und sie folgte ihr, auch wenn McCoys Abschiedsworte noch in ihrem Ohr nachklangen.

Rousseau, der junge Captain des Raumschiffes, nahm sie in seine kräftigen Arme, und sie spürte das Flattern des schlechten Gewissens in der Magengrube. Sie hatte nicht geplant, sich in *zwei* Flottenoffiziere zu verlieben. Sie hatte, verdammt noch mal, nicht einmal geplant, sich in *einen* zu verlieben.

Die beiden Männer waren so unterschiedlich.

Natürlich waren sie ganz anders als empyreanische Männer – gerade dieser Unterschied machte sie, zu ihrer Überraschung, so verlockend. Die generationenlange genetische Veränderung auf Nova Empyrea hatte einen Männertypus ohne die Mängel anderer Menschen hervorgebracht. Trotz der verschiedenen Vorzüge der Männer, die sie kannte, hatte keiner ein brennendes, bleibendes Feuer in ihr entzündet. Das Wort, das ihre Ansicht über den empyreanischen Mann zusammenfaßte, war ... *lauwarm.*

Elizabeth hatte eine Zeitlang so empfunden, doch ihre Unzufriedenheit war ungreifbar geblieben, bis sie den Besuchern aus der Föderation begegnet war. Sie hatte blitzartig erkannt: Im Vergleich mit ihnen waren die Empyreaner häuslich, banal und in ihrer genetischen Perfektion fast langweilig.

Leonard McCoy und Mark Rousseau waren alles andere als vollkommen. Sie waren wilde, exotische Geschöpfe, deren Handlungen nicht vorhersehbar waren. Sie hatten Mängel und grobe Kanten. Sie fand sie unwiderstehlich.

Und so unähnlich sie den empyreanischen Männern waren, so wenig glichen sie einander. Elizabeth wußte nicht viel über die Kräfte und Ereignisse, die die beiden Männer geformt hatten. Aber sie kannte McCoy als nachdenklichen Wissenschaftler und Liebhaber, der gleichzeitig zurückhaltend, empfindsam und sarkastisch war. Er hatte bei allen Selbstzweifeln einen stabilen natürlichen Kern und einen Anstand, der ihn stark genug machte, um sanftmütig zu sein. Mehr als jeder andere, dem sie je begegnet war, fühlte sie sich in seiner Gegenwart sicher und geliebt. Und er brachte sie zum Lachen.

Mark Rousseau, der kühne Anführer und Forscher, war im Gegensatz zu ihm eine personifizierte Naturgewalt, ein kommandierender Sturm aus Träumen und

Trieben, angetrieben von der Ungeduld über den Status quo, ein Spieler, der willkürlich dazu neigte, Risiken einzugehen, die die meisten anderen eingeschüchtert hätten.

Leonard war der beheizte Herd. Mark war das brüllende Feuer.

Sie liebte sie beide.

Doch im Moment war Leonard nicht da. Mark hingegen schon. Sie lud ihn zu sich ein. Sie wußte, wo es enden würde – dort, wo all ihre Rendezvous geendet hatten, seit sie zum zweitenmal zusammengewesen waren. Sie kam nicht umhin, sich zu fragen, ob irgend etwas falsch an dem war, was sie tat; wenn sie von einem Liebhaber zum anderen wechselte.

Andererseits konnte sie nicht anders. Eineinhalb Jahrhunderte der genetischen Manipulation hatten die Empyreaner vielleicht stärker und klüger gemacht, aber die ursprünglichen Imperative im tiefen Inneren der menschlichen Seele waren unverändert geblieben. *Chemie ist Chemie. Dafür bin ich der lebendige Beweis.*

Zugegeben, manchmal kam Elizabeth sich hinterhältig vor. Keiner ihrer Liebhaber wußte vom anderen. Keiner hatte sie gefragt, und freiwillig hatte sie nichts gesagt. Wenn einer von ihnen sie gefragt hätte, hätte sie sich alle Mühe geben, ihn nicht zu verletzen. Aber wenn sie ehrlich war, wußte sie, daß Marks Herz seinem Schiff und seinem Ehrgeiz gehörte.

McCoy hingegen... Bei ihm bestand die Chance, auch wenn sie sehr gering war, daß er ihr sein Herz schenkte und blieb.

Als Mark Rousseau sie buchstäblich von den Beinen riß und in ihr Schlafzimmer trug, zweifelte sie mit stummer Ironie daran, daß alle genetische Vervollkommnung im Universum je die Konflikte und Verwirrungen würden klären können, die mit der Liebe einhergingen.

Die Liebe hatte sie in dieses Dilemma gebracht. Sie hatte keine Ahnung, was sie wieder herausbringen würde.

Präsidentin March öffnete die Augen, dann setzte sie sich aufrecht hin. Dem, was ihr nun bevorstand, konnte sie sich nicht entziehen. Es war an der Zeit, ihre Tochter zu rufen und auf die *Enterprise* zu bringen.

16

Elizabeth war nicht die einzige, die eine umwerfende Wahrheit zu erzählen hatte.

Nachdem Kirk ihn allein in der Krankenstation zurückgelassen hatte, rief McCoy Rousseau zu sich. Er erzählte dem ahnungslosen Botschafter die gesamte Geschichte. Mark sprachlos zu machen, erfüllte ihn irgendwie mit grimmiger Zufriedenheit.

»Nach all den Jahren«, sagte McCoy, während er ihm und sich einen Brandy einschenkte, »glaubte ich, es gäbe einmal eine Gelegenheit, daß ich das Mädchen kriege, und nicht du.«

»Sieht so aus, als hätten wir es beide gekriegt«, sagte Mark, der seine Stimme endlich wiederfand. Man hätte es auch anders verstehen können, aber das war nicht seine Absicht. Er war zu erschreckt, um jetzt in Ironie zu verfallen.

McCoy stellte fest, daß er eine unfröhliche Befriedigung aus Rousseaus Überwältigung zog, und beschloß, die spitze Nadel einzusetzen. »Yeah, aber *du* hast sie geschwängert.«

»Jetzt sei mal nicht päpstlicher als der Papst, McCoy. Du hättest sie schließlich ebenso schwängern können.«

»Kann schon sein, aber ich war damals nicht jung verheiratet. Als wir nach Empyrea kamen, warst du doch noch keine zwei Jahre unter der Haube, oder? Hat dir dein Eheeid eigentlich keine Schwierigkeiten gemacht?«

»*Natürlich* hat er mir Schwierigkeiten gemacht«,

knurrte Rousseau und ballte die Fäuste, als spiele er mit dem Gedanken, McCoy eine reinzuhauen. »Du hast ja keine Ahnung, was ich durchgemacht habe.«

»Dann erzähl's mir doch mal«, stichelte McCoy.

»Zum Teufel mit dir, McCoy.« Rousseau ließ sich in den Sessel zurücksinken und schlug die Hände vors Gesicht. »Ich hatte mordsmäßige Angst, ich könnte als Ehemann versagen.«

»Wie das? Du warst doch auf jedem anderen Gebiet der absolute Meister.«

»Alles andere ist mir einfach zugeflogen«, erwiderte Mark ebenso bissig. »Meine Ehe aber nicht, das müßtest du eigentlich wissen. Erica und ich haben geheiratet, und danach wurde mir klar, daß ich keine Ahnung hatte, wie es nun weitergehen sollte.«

McCoy starrte ihn ungläubig an. »Soll das ein Witz sein? Du, der Herzensbrecher des Südens?«

»Diesmal war es anders. Weiß du noch, wie oft Erica die Hochzeit verschoben hat?«

»Ich weiß von einem halben dutzendmal. Sie wußte nicht genau, ob sie mit jemandem verheiratet sein wollte, der das halbe Leben damit verbringt, durch die Galaxis zu düsen.«

»Und weißt du, warum sie mich am Ende doch noch geheiratet hat?«

McCoy schüttelte den Kopf.

»Weil ich auf die Knie gefallen bin und sie angebettelt habe«, sagte Rousseau einfach. »Und weil ich ihr versprach, ich würde nur ein paar Jahre bei der Flotte bleiben.«

»Also deswegen wolltest du so verzweifelt beweisen, welch großer Diplomat aus dir werden könnte. Das erklärt aber nicht die Sache zwischen dir und Elizabeth.«

Rosseau seufzte. »Als unser Schiff auf Nova Empyrea stieß, war Christopher schon geboren. Ich hatte schreckliche Angst davor, Vater zu sein ...«

»Warst du etwa nicht darauf vorbereitet?«

»Du etwa?«

»Niemand ist darauf vorbereitet. Es ist ein Wunder, daß nicht aus allen Kindern Schläger und Ungeheuer werden.«

Rousseau brachte ein zustimmendes Lächeln zustande. »Ich hatte auch Angst vor dem, was mir entging, wenn ich so fern von ihm war.«

»Und die Lösung war dann, daß du durch die Galaxis fuhrst und ein interstellares Verhältnis anfingst?«

»Mein Gott, Pille! Du warst doch dabei. Du weißt doch, wie Elizabeth war – du kanntest doch ihre Anziehungskraft! Und nicht nur die ihre. *Alle* empyreanischen Frauen hatten sie! Ich habe doch nie behauptet, *unfehlbar* zu sein!«

»Ach, nein?« sagte McCoy ironisch. »Du hast dich aber ganz so benommen.«

»Vielleicht hast du mich nur so *gesehen.* Tut mir leid, daß ich dich enttäuscht habe.«

»Was ist mit Anna? Willst du sie auch enttäuschen?«

»Anna untersteht nicht meiner Verantwortung«, sagte Rousseau unverblümt.

»Du bist doch ihr *Vater,* verdammt noch mal!«

»Eine Schrulle der Biologie – und Elizabeths Entschluß.« Mark stand auf, als wolle er gehen. »Ob Anna bleibt, sich deiner Behandlung unterzieht oder mit der *Enterprise* von hier verschwindet, ist nicht meine Sache.«

»Der Teufel soll dich holen!«

Rousseau schwenkte einen Finger vor McCoys Nase. »Ich bin nur aus einem Grund hier: um den Vertrag zu erneuern.«

McCoy holte ohne Warnung zu einem Schlag aus und versetzte Rousseau einen so heftigen Haken, daß dieser völlig überrascht zu Boden ging und flach auf dem Rücken liegenblieb. Er blinzelte erschreckt, und das Wasser stand in seinen Augen, während McCoy behutsam die Finger seiner Hand bewegte und sich vor Schmerzen krümmte.

»Geschieht dir recht«, sagte Rousseau.

»Ich bin Arzt – und es ist meine Hand. Wenn ich mir was breche, kann ich es auch richten. Und was es auch ist, es war die Sache wert! Ich wollte dir schon vor Jahren eine aufs Maul hauen, du arroganter, aufgeblasener, selbstgerechter Schweinehund.« McCoy baute sich neben Rousseau auf und ließ den Dampf der Jahrzehnte ab. »Als wir Kinder waren, warst du für mich das Größte seit der Erfindung des Pichelsteiner Eintopfs. Ich habe dich beneidet; ich habe dich angebetet; ich wollte so sein wie du! Ich möchte ums Verrecken gern wissen, was mit dir passiert ist!«

Mark stützte sich auf einen Ellbogen und rieb sich mit der anderen Hand den verschrammten Wangenknochen. »Vielleicht ist gar nichts mit mir passiert. Vielleicht hast du nur die Teile meines Ichs gesehen, die du sehen *wolltest*. Tut mir leid, daß ich dich enttäuscht habe. Idole bitten nicht darum, Idole zu sein; sie bitten auch nicht darum, daß man sie auf ein Podest stellt. So ist die Sache nun mal.«

Mit diesen Worten rappelte er sich unbeholfen auf. McCoys wütende Miene wurde bekümmert. »Geh, schließ deinen verfluchten Vertrag ab. In der Zwischenzeit denke ich mir etwas aus, womit wir das Leben deiner Tochter retten können.«

Der Keil, den Zeit und Entfernung zwischen McCoy und ihn getrieben hatte, störte Rousseau mehr, als er zugeben wollte oder konnte. Nachdem er eine Stunde mit dem vergeblichen Versuch zugebracht hatte, den Vertragstext aufzupolieren, hallte McCoys Schmährede noch immer durch seinen Geist. Und er stach viel mehr als der Faustschlag, den er ihm versetzt hatte.

Rousseau wußte, er hatte stets über einen unwiderstehlichen Charme verfügt, egal in welcher Gesellschaft. Er bildete sich nichts darauf ein. Es war einfach eine Gabe, und er hatte schon früh im Leben gelernt, sich auf sie zu verlassen. *Vielleicht ist es eine Gabe, die ich seither für selbstverständlich halte.* Irgendwann im Laufe seines Lebens, wurde ihm nun mit Bestürzung klar, war es ihm leichter gefallen, mit diplomatischer Sorgfalt seine Worte zu wählen, wenn es darum ging, sich mit Fremden statt mit Freunden abzugeben.

Professionelle Instinkte hatten seine persönlichen ersetzt. Als er sich auf den Weg zum Arboretum der *Enterprise* machte, weil ihm nach ein wenig Einsamkeit zumute war, beunruhigte ihn eine weitere Erkenntnis: Er hatte mehr Zuversicht in seine Fähigkeit, die Erneuerung des Vertrages durchzusetzen, als mit McCoy ins reine zu kommen.

Die Tür zum Arboretum glitt auf. Als er eintrat, hörte er das Spiel einer Gitarre, das zwischen den Bäumen und Büschen erklang. Jemand spielte eine elegante, doch einfache Melodie mit lebhaften Strophen und einem melancholischen Refrain. Er folgte dem Kiesweg, der aussah, als würde er ihn zur Quelle der Musik führen.

Auf einer von Weiden umgebenen Lichtung stieß er auf Uhura. Sie saß allein auf einer Bank und spielte vor sich hin. Rousseau blieb unter einem Blätterbaldachin stehen, da er nicht wußte, ob sie seine Anwesenheit willkommen heißen oder als Störung werten würde. Uhura schaute auf, ohne in ihrem Spiel innezuhalten, dann lächelte sie und gab ihm mit einem Nicken zu verstehen, er solle sich zu ihr gesellen. Er erwiderte ihr Lächeln und nahm am anderen Ende der Bank Platz. Als sie fertig war, applaudierte er.

»England, sechzehntes Jahrhundert?« fragte er.

»Stimmt. Sie beeindrucken mich.«

»Tja, als ich jung war, haben mich alle Musikrichtungen interessiert«, sagte er bescheiden. »Hab' sogar eine Weile geglaubt, ich könnte es beruflich verwerten. Aber dann stieß ich auf ein paar andere Wege, die zu erforschen sich lohnte.«

Uhura hielt ihm die Gitarre hin, lud ihn ein, sie zu nehmen.

Er zögerte. »Sie haben nichts dagegen?«

»Mein Angebot steht.«

»Nicht jeder läßt sein Instrument gern von Fremden quälen.«

»Musikerkollegen sind doch keine Fremde«, sagte Uhura und reichte ihm die Gitarre. Dann lachte sie. »Und was das Quälen angeht, ich weiß, wo ich kurzfristig einen Phaser bekommen kann.«

Rousseau schrammte mit dem Daumen einen willkürlichen Akkord, als müsse er sich erst an das Gefühl gewöhnen, daß seine Fingerspitzen auf den Saiten lagen, an die Entfernung zwischen ihnen, und die nötige Kraft, sie fest an den Bund zu drücken. Als er zufrieden wirkte, fing er mit einem zaghaften Schlag der einzelnen Finger seiner rechten Hand an, doch den Noten, die er spielte, mangelte es noch an Zusammenhang.

Nach einer Minute waren seine Hände mit Uhuras Gitarre gänzlich vertraut, und er verschmolz mühelos mit der fließenden Jazz-Melodie. Dann, kaum wahrnehmbar, fügte er einen starken, treibenden Baßlauf hinzu, den Uhura unwiderstehlich fand. Sie kam nicht umhin, den Rhythmus auf dem Gitarrenkoffer mitzuklopfen.

Rousseaus Melodie ratterte fröhlich vor sich hin und endete plötzlich. Diesmal war Uhura an der Reihe, heftig und dankbar zu klatschen.

»Es war wunderbar, Herr Botschafter!«

»Mark genügt«, sagte er und gab ihr die Gitarre zurück.

»Wenn ich mich nicht irre«, sagte Uhura, »sind Sie ein großer Fan des alten Jazz des zwanzigsten Jahrhunderts – und haben, um ihn aufzupeppen, ein paar afrikanische Rhythmen mit eingebaut.«

»Sie haben ein astreines Gehör, Commander.«

»Nennen Sie mich Uhura, wie alle anderen. Sie sind ein ziemlich guter Jazzgitarrist.«

Rousseau zog verlegen den Kopf ein. »So gut nun auch wieder nicht. Ich habe das Gitarrespiel eigentlich nie ernsthaft betrieben. Ich glaube, ich nehme das Instrument nur alle zehn Jahre mal in die Hand.«

Uhura runzelte die Stirn. »Sie scherzen.«

Er zuckte die Achseln. »Nein. Blasinstrumente haben mich mehr interessiert – wahrscheinlich in meiner bombastischen Periode; später dann Tasteninstrumente.«

»Klingt fast so, als sei der Gewinn der Diplomatie ein Verlust für die Musik, Mark.«

»Da Sie es sagen, sehe ich es als großes Kompliment an. Ich habe gehört, daß Sie schon immer die Quelle der schönsten Musik auf der *Enterprise* waren.«

»Ach, ich weiß nicht, ob ich so weit gehen würde. Ich möchte nur dafür sorgen, daß meine Mannschaftskameraden nicht vergessen, welchen Reiz Musik hat«, sagte Uhura mit dem Anflug eines listigen Lächelns. Sie nahm leise ein neues Stück in Angriff. »Ich habe gehört, Dr. McCoy und Sie hatten heute einen kleinen Krach.«

Rousseau hob überrascht die Brauen. »Ich wußte nicht, wie schnell sich Neuigkeiten auf so großen Schiffen verbreiten.«

»Großes Schiff, kleine Familie«, sagte Uhura und fügte geheimnisvoll hinzu: »Außerdem bin *ich* für die Kommunikation zuständig. Brennt Ihnen irgendwas auf der Seele?«

»Musik hat ihren Reiz, in der Tat«, sagte er ironisch. »Ach, ich will Sie nicht damit belasten.«

»Es wäre mir keine Last.«

Rousseau hob die Hände in einer Geste philosophischer Akzeptanz. »So was kommt eben vor. Freunde entfremden sich einander.«

»Geht es wirklich darum?«

»Ich weiß nicht genau. Vielleicht geht es auch darum, wie gut man sich *wirklich* kennt und man sich zu kennen *glaubt.*«

Uhuras Lider hoben sich, enthüllten schwarze Augen und einen forschenden Blick. »Und wer ist schuld an dieser Fehleinschätzung?«

»Wahrscheinlich wir beide. Jetzt weiß er, daß ich nicht der Mensch bin, für den er mich gehalten hat.«

»Und was wissen *Sie?*«

»Daß McCoy möglicherweise ein besserer Mensch ist, als ich es je war – und je sein werde.«

»Haben Sie ihm das erzählt?«

Rousseau stieß ein kurzes ironisches Lachen aus. »Es ist eine Last, mit der ich seit langer Zeit lebe – was die Leute so von mir halten. Ich möchte sie keinem anderen aufbürden. Da ist es schon besser, wenn man unterschätzt wird. Finden Sie nicht auch, Commander?«

»Hm, ich bin mir da nicht so sicher.«

»Aber klar, so ist es. Dann enttäuscht man die Menschen wahrscheinlich weniger, und es fällt einem viel leichter, sie in Erstaunen zu versetzen. Schauen wir den Tatsachen ins Auge: Sie waren von meiner Gitarrentechnik doch viel mehr beeindruckt, als Sie hörten, daß ich so gut wie nie spiele.«

»Kann sein. Dann haben Sie Dr. McCoys Erwartungen in Sie also jetzt heruntergeschraubt.«

»Das kann man wohl sagen. Ich glaube, jetzt erwartet er von jeder Amöbe mehr als von mir.«

»Dann hatten Sie vielleicht nie eine bessere Chance als jetzt, ihn vom Gegenteil zu überzeugen.«

Mark seufzte in resignierter Trauer. »Ich weiß gar nicht, ob er sich *wirklich* irrt. Wenn Sie genau wüßten, worüber wir uns gestritten haben …«

Uhura musterte ihn von der Seite, und ihr Augenaufschlag wirkte noch geheimnisvoller. »Wer sagt denn, daß ich es nicht weiß?«

Ihre rhetorische Frage brachte ihn aus dem Gleichgewicht. »Wissen Sie's denn?« fragte er wirklich verunsichert.

»Ich weiß genug. Immerhin bin ich …«

»… für die Kommunikation zuständig«, beendete er den Satz mit einem Grinsen. Dann stand er auf und neigte mit einer eleganten Verbeugung den Kopf. »Danke für Ihre Gesellschaft, Commander.«

»Sie sind mir jederzeit willkommen.«

»Eigentlich bin ich gekommen, um allein zu sein. Ich freue mich, daß es anders kam.«

»Ganz meine Meinung.«

Als Rousseau das Arboretum verließ, wußte er, es gab einige Menschen, die er aufsuchen, und einige Dinge, die er aussprechen mußte. Doch er kam nicht umhin, sich zu fragen, ob er den Mut dazu hatte – und er wußte nicht genau, ob er es überhaupt in Erfahrung bringen wollte.

17

LOGBUCH DES CAPTAINS, STERNZEIT 7596.1

> **Dr. McCoy bemüht sich weiterhin, eine genetische Behandlung für Anna March zu entwickeln. Momentan werden die empyreanischen Ermittlungen bezüglich der Probleme mit dem Stationsreaktor fortgesetzt. Nach dem Notfall in der letzten Nacht haben der Erste Offizier Spock und Chefingenieur Scott den Zustand des Reaktorkerns stabilisiert. Wir warten nun ab, ob es zu weiteren Fehlfunktionen kommt.**

Mark Rousseau betrat mit einem für ihn untypischen Zögern den Aussichtssalon der *Enterprise* und näherte sich Anna und Elizabeth March. Sie saßen in einer halbkreisförmigen Nische hinter einem Wandschirm mit Ziersträuchern. Ihre Stimmen klangen gedämpft, als sie sich am Fenster unterhielten.

»Darf ich mich dazusetzen?« fragte er ohne den üblichen Überschwang.

Elizabeth zuckte statt einer Antwort zaghaft die Achseln. Es war weder eine Einladung noch eine Ablehnung. Rousseau nahm die Geste als den ermutigendsten Gruß hin, den er unter den gegebenen Umständen erwarten konnte. Er nahm am äußeren Rand der gerundeten Sitzbank Platz. Anna füllte ein drittes Glas aus dem Krug mit dem glitzernden orangefarbenen Getränk, das sie und ihre Mutter sich teilten.

Rousseau nahm es dankbar an. »Danke, Anna.«

»Gern geschehen …« Sie hielt inne, schien nachzudenken. »Ich wußte zuerst nicht, wie ich McCoy nennen sollte. Dann erfahre ich, daß er gar nicht mein Vater ist, sondern Sie. Ich weiß auch nicht, wie ich Sie nennen soll.«

»Nenn mich einfach Mark.« Er trank einen Schluck, um seinen trockenen Mund zu befeuchten.

Elizabeth registrierte die verfärbte Schwellung unter seinem Auge. »Wo hast du das denn her?«

Er brachte ein mattes Lächeln zustande. »McCoys Pflege … Seine Methode, meine Perspektive zu verändern.« Bevor er mit der Beichte fortfahren konnte, mußte er noch einmal tief Luft holen, um sein Gleichgewicht zu stabilisieren.

»Bist du deswegen hier?« fragte Elizabeth.

Er nickte. »Auch wenn ich keinerlei elterliche Rechte habe … die mir auch gar nicht zustehen … möchte ich nicht, daß du dein Leben durch diese medizinische Behandlung aufs Spiel setzt, Anna. Bei meiner Familie auf der Erde bist du stets willkommen.« Er unternahm den bewußten Versuch, seine Miene heiterer wirken zu lassen. »Du paßt nämlich ausgezeichnet zu meinen anderen Kindern. Mein Sohn ist ein paar Jahre älter; meine Tochter wird nächstes Jahr achtzehn.«

Anna schaute ihm gerade in die Augen. »Ich möchte deine Familie nicht durcheinanderbringen, Mark. Daß bei euch irgendein merkwürdiges Kind aufkreuzt, ist sicher das letzte, worauf sie aus ist.«

»Anna, du machst dir völlig falsche Vorstellungen.«

»Tja, aber so empfinde ich nun mal. Vielleicht empfinden deine Frau und deine Kinder ebenso.«

»Dann könnten wir deine Identität geheimhalten.«

»Du meinst – lügen?« Anna verzog geringschätzig den Mund.

»Eigentlich nicht. Du sagst einfach, du bist die Tochter eines alten Freundes und kommst zum Studium auf die Erde. Das ist doch keine Lüge.«

»Dann eben selektive Wahrheit.«

Elizabeth wußte zwar zu schätzen, daß Mark sich überwunden hatte, hierherzukommen und die Hand auszustrecken, aber die spitze Reaktion ihrer Tochter verärgerte sie. »Anna, es ist für uns alle nicht leicht. Mark will doch nur unser Bestes, und ...«

»*Mein* Bestes«, warf Anna ein. »Inzwischen treffen wohl nur noch *andere* meine Entscheidungen.«

»Ich dachte, wir hätten uns geeinigt, daß ...«

»*Ihr* habt euch geeinigt, Mutter. Niemand hat mir eine Chance gegeben, *nicht* einverstanden zu sein.« Anna stand auf und glitt aus der Nische. »Aber ich habe mich längst entschieden. Ich werde die Familie Rousseau nicht aus dem Gleichgewicht bringen, weil ich Empyrea *nicht* verlasse!«

»Anna!«

»Ich bin erwachsen, Mutter. Ich trage Verantwortung für mein eigenes Leben. Die Entscheidung obliegt mir und Dr. McCoy. Wenn er glaubt, es besteht eine vernünftige Chance, daß eine medizinische Behandlung mich die genetische Prüfung bestehen läßt, damit ich hier, wo ich hingehöre, ein normales Leben führen kann, werde ich diese Chance ergreifen.«

Elizabeth sprang auf. Sie war entschlossen, das, was sie für Wahnsinn hielt, nicht mitzumachen. »Anna, das kannst du doch nicht ernst meinen ...«

Nun war Mark derjenige, der sie unterbrach, indem er eine feste Hand auf ihre Schulter legte. »Hören wir uns an, was McCoy zu sagen hat.«

Elizabeth wirbelte herum. »Mir ist *egal,* was Leonard sagt! Ich lasse nicht zu, daß Anna auf diese Weise ihr Leben aufs Spiel setzt!«

»Ob ein Risiko besteht?« sagte McCoy. »Natürlich.« Er stand vor Anna und ihren Eltern im Büro der Krankenstation. »Die Frage ist: Ist das Risiko annehmbar? – Es ist mir gelungen, das Verfahren zu beschleunigen und zu verfeinern.«

»Vorher hast du gesagt«, wandte Elizabeth kritisch ein, »ihre Chancen, das Verfahren zu überleben, stünden fünfzig zu fünfzig.«

»Tja, aber jetzt stehen sie eher sechzig zu vierzig – zu ihren Gunsten.«

Beth funkelte ihn an. »Es ist doch nicht nur Spekulation, oder?«

»Ich bin Arzt«, knurrte McCoy, »kein gottverdammter Buchmacher.«

Anna schaute ihre Eltern an, die so sehr an ihrem Schicksal Anteil nahmen – und den Arzt, der es in den Händen hielt, falls sie sie überzeugen konnte, ihre Wahl gutzuheißen. Als sie sprach, war ihre Stimme voller stiller Leidenschaft. »Ich weiß, daß du nur das Beste für mich willst, Mutter. Ihr alle wollt es. Aber ich möchte *mein* Leben leben, nicht das irgendeiner anderen. Und mein Leben findet hier statt, wo ich darum kämpfen kann, daß diese Welt so wird, wie sie sein *sollte.* Daß sie so wird, wie du sie in meinem Alter gern gehabt hättest.«

Elizabeth spürte Tränen in ihren Augen und das Stechen der Rührung in der Kehle. Sie schaute ins Gesicht ihrer Tochter und hoffte, daß Anna es bemerkte. Sie nahm sich fest vor, nicht zu weinen. Es wäre leichter gewesen, Anna nicht anzuschauen, aber das konnte sie jetzt nicht. Nicht, wenn sie vor ihr stand und um ihren Segen bat.

Sie bat mit scharfsichtigem Mut um etwas, das Respekt verdiente.

Sie bat ihre Mutter darum, mit ihrer Wahl einverstanden zu sein – mit einer Wahl, von der Elizabeth wußte, daß sie eventuell selbstmörderisch war.

Anna verlangte nichts. Sie stellte kein Ultimatum, sprach keine Drohungen aus.

»Laß *mich* die Wahl treffen, die *du* treffen mußt, Mutter.«

Elizabeth atmete langsam aus. Sie schaute von

McCoy zu Rousseau, dann wieder auf ihre Tochter. »Du hast das Recht, dich selbst zu entscheiden, Anna. Ich kann dich nicht daran hindern... und sollte es auch nicht. Mark?«

Rousseau reagierte mit einer Geste stummer Geschlagenheit.

Dann wandte Elizabeth sich an McCoy. »Die Entscheidung liegt bei Anna und dir, Leonard.«

Dann blickten alle wieder Anna an, deren Haltung ihre Entschlossenheit signalisierte. »Machen wir es.«

McCoy berührte mit einem ernsten Nicken das Interkom. »McCoy an Chapel. Die Vorbereitungen für Annas Behandlung...«

»Schon fertig, Kollege. Wir können jederzeit anfangen.«

»Danke. – McCoy, Ende.«

Anna, Elizabeth und Mark schauten ihn wortlos und überrascht an. Er zuckte die Achseln.

»Ich hatte nur so ein Gefühl, mehr nicht. Wenn jemand zu etwas entschlossen ist, sehe ich es auf den ersten Blick.«

Als McCoy noch einen letzten Blick auf die medizinischen Daten und Verfahrensweisen der Vorbereitungen für Annas Behandlung warf, kam er nicht umhin, unheilvolle Kälte zu empfinden. War er sich der Risiken wirklich so sicher, von denen er Elizabeth berichtet hatte?

»Bist du okay, Pille?«

Die Stimme – sie gehörte Kirk – warf ein Echo, wie in einer riesigen Grotte. Sie klang so weit entfernt und körperlos, daß McCoy nicht einmal mit einem Blinzeln reagierte. Erst als sie erneut ertönte, fuhr er langsam mit dem Stuhl herum und nahm die Realität seines Büros wieder wahr.

»Ich hab' gefragt, ob du in Ordnung bist.«

»Häh? Ja, klar bin ich in Ordnung.« McCoy nahm

eine knurrige Verteidigungshaltung ein. »Warum sollte ich es nicht sein?«

»Nur so. Weißt du genau, daß du es machen willst?«

»Natürlich weiß ich es genau. Falls du meine Zuversicht erschüttern willst, mußt du schon schwerere Geschütze auffahren, Jim.«

»Verzeihung. Ich mache mir nur Sorgen um dich.«

»Warum denn?«

»Weil du in der letzten Woche pausenlos Gefühlsachterbahn gefahren bist und ich verstehe, was Annas Sicherheit dir bedeutet.«

McCoy stand auf. »Hör mal, Jim, sie ist 'ne Patientin. *Natürlich* mache ich mir Gedanken über ihre Sicherheit. Ich würde das Verfahren nicht anwenden, wenn ich nicht sicher wäre, daß die Risiken vertretbar sind. Außerdem ist sie nicht *meine* Tochter. Also schleppe ich zumindest diese Last nicht mit ins Behandlungszimmer.«

»Weißt du es ganz genau?«

»Nein, verdammt noch mal. Hast du sonst noch irgendwas zu fragen, was mir auf den Keks gehen könnte?«

Kirk legte eine feste Hand auf McCoys Schulter. »Ich vertraue auf dich, Pille. Tun wir übrigens alle.«

McCoys blaue Augen schauten Kirk an. »Und was ist, wenn ihr euch irrt? Angenommen, *ich* irre mich?«

»Du gibst Anna die Chance, die sie haben will. Egal, was auch passiert, es ist nichts Falsches daran.«

»Sag mir das noch mal, wenn es hinter mir liegt«, sagte McCoy leise.

»Alle Anzeigen stabil«, sagte Dr. Chapel.

McCoy wußte es schon; er konnte die Werte auf dem Monitor über Annas Bett im Operationsraum ablesen. Außerdem war ihm klar, daß Chapels Worte nur dazu dienen sollten, ihn zu beruhigen. Und das wußte er zu schätzen.

Er bestätigte ihre Meldung mit einem Nicken. Anna war schon in Narkose und mit der lebenserhaltenden Apparatur verbunden, die ihren Torso umspannte wie ein medizinischer Panzer. Technisch gesehen nahm man keinen chirurgischen Eingriff vor, doch man mußte eine fremde Substanz in Anna einführen, und zwar eine solche, die in alle ihre Körperzellen übertragen wurde. McCoy und Chapel waren sich der Möglichkeiten einer lebensbedrohlichen Katastrophe nur allzu sehr bewußt. McCoy hatte gewollt, daß Anna vom ersten Moment der Behandlung an unter absoluter Überwachung stand. So brauchte man, falls etwas schiefging, keine Zeit damit zu vergeuden, Notfallmaßnahmen einzuleiten.

McCoy befeuchtete seine Lippen. Sein Mund war vor Operationen nie so trocken. *Wieso jetzt?* »Haben Sie das Serum, Christine?«

Christine Chapel hob eine Phiole mit einer violetten Flüssigkeit hoch. »Serum bereit, Kollege.«

»Na schön. Dann lassen wir das Schiff mal vom Stapel. Infusion einleiten.«

Chapel führte die Phiole in einen Injektor ein. Sie zeigte ihn McCoy. Er nickte noch einmal. Mit dem fachmännischen Geschick der ehemaligen Krankenschwester drückte sie die Spritze an Annas Hals. McCoy hörte das vertraute Zischen, als sie den Auslöser betätigte und das Serum injizierte, bis die Phiole leer war. Dann traten beide zurück und warfen einen Blick auf den Monitor.

Es gab keine Sofortreaktion, und McCoy stieß erleichtert die Luft aus. »Tja, so weit, so gut.«

»Ich bleibe bei ihr«, sagte Chapel. »Falls Sie rausgehen und Präsidentin March und Botschafter Rousseau sagen wollen, daß alles in Ordnung ist ...«

»Danke, Christine.« McCoy griff nach einem kleinen Handtuch und wischte sich den Schweiß von der Stirn. Dann ging er in sein Büro.

Rousseau und Elizabeth sprangen spontan auf, als er hereinkam. Auch Kirk war bei ihnen.

»Entspannt euch«, sagte McCoy und lächelte beruhigend. »Alles läuft bestens. Ich rechne wirklich nicht mit Komplikationen.«

Elizabeth wirkte weniger zuversichtlich. »Ich mache mir mehr Sorgen über die Komplikationen, mit denen du *nicht* rechnest, Leonard.«

»Hör mal, Beth«, sagte McCoy und überging auf diplomatische Weise ihren Kommentar, »es wird ein paar Tage dauern, bis wir wissen, ob die Behandlung anschlägt. Ich schlage vor, du gehst solange nach Hause. Da hast du es wirklich bequemer. Und Mark... Setz dich lieber wieder an den Vertrag. Ich halte euch stündlich auf dem laufenden.«

Die beiden schienen nicht gehen zu wollen.

»Präsidentin March«, sagte Kirk in einem Versuch, McCoy beizustehen, »wir können Sie jederzeit wieder an Bord der *Enterprise* holen, wenn Ihnen danach sein sollte.«

»Es besteht wirklich kein Grund, daß wir alle auf den Beinen bleiben«, sagte McCoy.

»Mir ist aber nicht danach, allein nach Hause zu gehen«, sagte Elizabeth.

»Und ich kann mich jetzt unmöglich auf meine Arbeit konzentrieren«, sagte Mark.

Elizabeth wandte sich zu ihm um. »Möchtest du mehr über Anna erfahren? Du solltest sie so kennen wie ich. Ich kann dir erzählen, wie sie aufgewachsen ist.«

Mark lächelte. »Aber gern. Du hast doch bestimmt auch Fotos von ihr?«

Elizabeth kam nicht umhin, sein Lächeln zu erwidern. »Sie ist doch mein einziges Kind. Und ob ich Fotos habe! Man könnte einen ganzen Frachtcontainer damit füllen.«

McCoy trat zwischen die beiden und legte ihnen die

Arme auf die Schultern. »Eine gute Idee. Schaut euch zusammen die Fotos an. Ich verspreche euch, daß ich euch auf dem laufenden halte.«

»Ich möchte, daß du auch mitkommst, Leonard«, sagte Elizabeth.

Ihre Einladung traf McCoy unvorbereitet. »Ich ... Ich würde gern ... mitkommen«, stotterte er, dann warf er einen Blick auf den Operationsraum. Chapel stand in der offenen Tür. »Aber ich weiß nicht, ob ich jetzt hier weg kann.«

Elizabeth runzelte leicht die Stirn. »Du hast doch gesagt, alles verläuft *bestens.*«

»Sie können ruhig gehen, McCoy«, sagte Chapel. »Ich passe schon auf Anna auf.«

»Falls wir dich brauchen, Pille«, sagte Kirk lächelnd, »wissen wir ja, wo wir dich finden.«

»Da ich mir nie ganz sicher war, wer von euch beiden Annas Vater ist«, sagte Elizabeth, »wart ihr es in meiner Vorstellung *alle beide.* Nun, da ich es weiß, möchte ich erst recht, daß ihr sie kennenlernt. Also komm mit, Leonard ...«

»Nun ... Na schön.« McCoy zog den Laborkittel aus, und Kirk reichte ihm seine Uniformjacke. Bevor er ging, winkte er Chapel mit einem Finger zu. »Beim geringsten Anzeichen eines Problems – *beim geringsten* –, holt ihr mich an Bord. Und zwar *sofort.*«

»Verstanden.«

Er befand sich außer Sichtweite hinter einem dicken Baumstamm und beobachtete McCoy, Rousseau und Elizabeth, als sie im Garten des präsidialen Landsitzes materialisierten. Die Sonne war schon hinter dem Dach des Hauses verschwunden, und unter den riesigen Bäumen wurde es kühl und dunkel.

Er umklammerte die Impulswaffe mit festem Griff und legte sorgfältig an. Ein heller Strahl traf die drei Menschen von hinten, und sie fielen betäubt zu Boden.

Ethan tauchte aus dem Dunkel auf. Seine schmalen Lippen verzogen sich zu einem knappen Lächeln. Die Zeit des Redens war vorbei; er hatte es Anna prophezeit.

Nun mußte gehandelt werden.

18

Elizabeth kam als erste zu sich. Sie spürte die kühle Feuchtigkeit der Wegplatten an der Wange, drehte sich auf die Seite und setzte sich schnell hin. Sie kämpfte gegen ein wirbelndes Schwindelgefühl an, das sich in ihrem Kopf breitmachte, und mußte sich mit einer Hand abstützen, um nicht wieder umzukippen.

Als sie ihre Position stabilisiert hatte, bemühte sie sich konzentriert, die Lage einzuschätzen und ihre Gedanken zu ordnen, doch dies wurde beträchtlich von dem Nebel erschwert, der ihren Geist erfüllte. Zuerst die Gegenwart: Sie wußte, wer sie war. Sie erkannte an den ihr vertrauten Bäumen, daß sie sich im Garten ihres Amtssitzes aufhielt. Sie wußte, daß es Abend war: Die Luft war kühl, die Sonne war untergegangen, die Pfadlaternen waren eingeschaltet.

Nun zur Vergangenheit: Wie war sie hierher gekommen? Wo war sie vorher gewesen? Erinnerungen: Fetzen, eigenartig weit entfernt. Das Raumschiff. *Enterprise.* Anna. Die Krankenstation. McCoy und Rousseau. *Allmählich kommt alles wieder …*

Herunterbeamen. Hierher. Und dann?

Sie schaute sich um. Da war Mark Rousseau. Einen Meter von ihr entfernt. Er wälzte sich stöhnend auf dem Boden und schaute sie mit verschleiertem Blick an. Und McCoy …

Klarheit fegte wie ein kalter Wind durch eine plötzlich auffliegende Tür in ihren Geist. *Wo ist McCoy, verdammt?* Der stumme, panische Schrei hallte in ihrem

Geist. Vielleicht war er fortgekrochen. Obwohl sie noch immer nicht genau wußte, ob sie sich auf den Beinen halten konnte, richtete sie sich versuchsweise auf und suchte mit aufgeregten Blicken die Umgebung ab. Es gab keine Spur von ihm, und kein Anzeichen, wohin er gegangen sein könnte.

Sie ging zu Rousseau hinüber, hockte sich neben ihn und berührte sein Gesicht. »Mark! Mark, bist du verletzt?«

Er stützte sich auf einem Ellbogen ab und schüttelte den Kopf, um wieder klar zu werden. »Ich glaube nicht.«

Er sprach leicht lallend, aber seiner Aussprache fehlte die typische Knappheit. Was sie auch getroffen hatte, es hatte auf ihn eindeutig heftiger gewirkt als auf sie.

Er kniff die Augen zusammen. »Was'n passiert?«

»Ich weiß nicht. Jemand hat uns aus dem Hinterhalt angegriffen. McCoy ist weg.«

»Wie lange?« Rousseau kam auf die Knie und kämpfte gegen die Welle der Übelkeit an, die durch seinen Magen wogte. »Muß nach ihm suchen.«

Sie packte seinen Arm. »Dazu sind wir nicht in Form. Wir müssen die Polizei holen.«

»Wir müssen die *Enterprise* benachrichtigen.«

»Kannst du aufstehen?« Da seine Antwort nur aus einem Blinzeln bestand, wiederholte sie die Frage, doch diesmal viel lauter. »Mark, kannst du aufstehen?!«

Ihre Lautstärke führte dazu, daß er zusammenzuckte. »Ja.« Er machte einen Versuch. Er wankte und zwang sich, ruhig zu stehen. »Nicht gerade so elegant, wie ich es gewohnt bin, aber bis zu deinem Haus kann ich wohl gehen.« Er streckte eine Hand aus, um ihr aufzuhelfen.

»Na schön, gehen wir.«

Sobald Präsidentin March dazu in der Lage war, beorderte sie eine empyreanische Ermittlungsgruppe an die

Stelle, an der McCoy verschwunden war. Dann setzten sie und Rousseau sich beklommen mit der *Enterprise* in Verbindung.

»Ein Suchtrupp kann in fünf Minuten bei Ihnen sein«, sagte Kirk. Er hielt sich auf der Brücke auf und hatte Elizabeth kurz zuvor gemeldet, daß Annas Zustand stabil war.

»Nein, Captain, das geht nicht«, sagte Elizabeth. »Unsere Gesetze verbieten es.«

Kirk biß die Zähne zusammen und schluckte den reflexartigen Impuls einer wütenden Entgegnung herunter. »Angesichts der Umstände können Sie doch wohl mal eine Ausnahme machen.«

»Ich weiß zwar, daß Dr. McCoy dafür verantwortlich ist, daß meine Tochter die Behandlung gesund übersteht, Captain, aber ich stehe nicht über dem Gesetz. Und mir gefällt nicht, daß Sie offenbar annehmen, Empyreaner seien nicht in der Lage, eine ordentliche Suche durchzuführen.«

»Elizabeth«, sagte Mark Rousseau so beruhigend wie möglich, »ich bin mir sicher, daß Captain Kirk es nicht so gemeint hat.«

»Natürlich nicht«, sagte Kirk und sprang schnell auf die goldene Brücke, die der Diplomat ihm gebaut hatte. »Ich dachte nur, daß unsere Tricorder recht hilfreich wären, um Spuren zu suchen.«

Elizabeth akzeptierte das Angebot, um die Spannungen etwas abzubauen. »Wir verfügen zwar über eigene Suchgeräte, Captain, aber wenn Sie uns ein paar Tricorder herunterbeamen könnten, werde ich sie unserer Ermittlungsgruppe anbieten.«

»Das machen wir«, sagte Kirk.

»Und wir setzen sie jede halbe Stunde über die neueste Entwicklung der Lage in Kenntnis – oder auch früher, wenn wir auf etwas stoßen.«

»Ich danke Ihnen«, sagte Kirk formell. »*Enterprise,* Ende.«

Sobald die Verbindung abgerissen war, drosch Kirk mit der Faust auf die Lehne des Kommandosessels. »*Verdammt.*« Er fuhr herum und musterte Chekov, der an Spocks wissenschaftlicher Station saß.

Chekov kannte diesen Blick in Kirks Augen; der Captain hatte nicht die Absicht, passiv herumzusitzen, wenn ein Angehöriger der Mannschaft in Schwierigkeiten war. »Wir könnten die Sensoren auf die Gegend richten, in der Dr. McCoy verschwunden ist, Captain.«

»Könnten die Empyreaner sie orten?«

»Nur dann, wenn wir sie auf volle Kraft schalten. Auch wenn die Empyreaner lange isoliert waren, so ist doch ihre Technik nicht weit hinter der unseren zurück.«

»Wie wär's mit weniger als der vollen Kraft?«

Chekov gab die Zahlen in seinen Computer ein. Kurz darauf kamen die Berechnungen. »Es ist möglich, das Niveau der Sensorenergie zu reduzieren und die Frequenzen so zu konfigurieren, daß sie sich in die natürlichen Hintergrundstrahlungsmuster einfügen ...«

»So weit, daß planetare Sensoren sie nicht aufspüren können?«

»Aye, Captain.«

»Können wir McCoys Bio-Signale bei diesem niedrigen Niveau noch empfangen, so als spazierte er durch den Wald da unten?«

»Ich glaube schon, Sir, solange er relativ unbehindert durch den Wald oder sonstwo rumspaziert. Aber unsere Möglichkeit, unter den Boden des Planeten zu tasten ...«

»In eine Höhle zum Beispiel?«

»Aye, Sir. *Das* können wir wahrscheinlich nicht.«

Kirk nickte geistesabwesend. »Tja, einen diplomatischen Zwischenfall hervorzurufen, indem wir die empyreanische Souveränität verletzen, könnte uns im Moment wenig dienlich sein ...«

Chekov setzte eine enttäuschte Miene auf. »Dann tun wir nichts, Sir?«

»*Das* habe ich auch nicht gesagt, Mr. Chekov. Ich sagte, ich möchte im Moment keinen interplanetarischen Zwischenfall provozieren. Aber der Teufel soll mich holen, wenn die Empyreaner glauben, ich drehe Däumchen und tue nichts, solange McCoy vermißt wird und vielleicht sogar verletzt ist. Tasten Sie vorsichtig das Gebiet rings um das Landhaus ab und sorgen Sie dafür, daß es niemand bemerkt.«

»Aye, Sir.«

Ich bin blind, dachte McCoy in dem Moment, in dem er das Bewußtsein zurückerlangte. Er wußte, daß seine Augen offen waren, aber er sah nur Schwärze. Dann spürte er das Tuch vor seinem Gesicht. *Man hat mir nur die Augen verbunden ...*

Wo bin ich, verdammt? fragte er sich in dem Bemühen, sich geistig und körperlich zu orientieren. *Wenigstens lebe ich noch.* Außerdem wußte er, daß er auf dem Rücken lag, daß seine Hände auf seinem Brustkorb ruhten und an den Gelenken fest zusammengebunden waren. Er bewegte die Beine; auch sie waren gefesselt.

Er spürte, daß er mit dem Kopf voran transportiert wurde. Er hörte Schritte, die aus der Richtung seiner Füße kamen. Damit wußte er, daß derjenige, der bei ihm war, ihn voranschob, wahrscheinlich auf irgendeiner Art Antigrav-Frachtschlitten. Die Schritte klangen so, als bewegten sie sich über natürlichen, harten Boden, nicht über Asphalt. *Bin ich im Freien?*

McCoy lauschte konzentriert. Er spürte keinen Wind und keine Sonnenwärme auf der Haut und der Kleidung. *Könnte aber auch eine windstille Nacht sein.*

Aber er vernahm auch keine für die nächtliche Natur typischen Geräusche. Keine zwitschernden Vögel im Geäst, keine raschelnden Blätter, keine summenden oder zirpenden Insekten. Und die Luft roch nicht nach freier Natur. Er inhalierte tief und schmeckte den klammen Geruch feuchten Gesteins. *Muß eine Höhle oder ein Tunnel sein.*

Ihm fiel auf, daß er angesichts des Dilemmas eigenartig ruhig war. Die Zeit, die er damit verbrachte, sich auf eine rationale Analyse zu konzentrieren, half ihm, sich von der finsteren Vorstellung abzulenken, wie gefährlich seine Lage möglicherweise war.

Er befeuchtete seine Lippen. Er war leicht überrascht, daß er nicht geknebelt war, und fragte sich nach dem Grund. Wer immer ihn gefangengenommen hatte, schien davon auszugehen, daß ein ungeknebelter Mund keine Gefahr für ihn darstellte. Wenn man McCoy die Möglichkeit zum Schreien gab, war aller Wahrscheinlichkeit nach niemand in der Nähe, der ihn hören konnte.

Also rutschte er leicht seitwärts und machte den Versuch, die Beine über den Rand dessen zu schwingen, auf dem er lag. Er spürte, daß die Bewegung aufhörte.

»Lust auf einen Spaziergang, Dr. McCoy?«

Die Stimme gehörte einem Mann und hatte ein Timbre, das den Sprecher als jung identifizierte. Er war, schätzte McCoy, ungefähr achtzehn Jahre alt. Die Stimme war weder unfreundlich noch einschüchternd, sondern deutlich beherrscht. Der junge Bursche schien bei dem, was er tat, keine Skrupel zu haben. »Ja, wäre nicht übel.«

»Sie könnten aber mit den Fußfesseln Schwierigkeiten kriegen.«

»Du kennst wohl nicht zufällig jemanden, der den Schlüssel dazu hat?«

»Eigentlich doch.«

»Du etwa?«

»Ja.«

»Da bist du mir gegenüber im Vorteil, mein Sohn«, sagte McCoy.

»Ich bin Ihnen gegenüber in *mehrerlei* Hinsicht im Vorteil, Doktor.«

»Ich hab' damit gemeint, daß du meinen Namen kennst, ich aber nicht den deinen.«

»Macht wohl nichts, wenn Sie ihn kennen. Ich heiße Ethan.«

»Wo gehen wir hin, Ethan?«

»Wenn wir da sind, werden Sie's schon sehen.«

»Sie sind ohne Zwischenfall hier angekommen«, sagte Clements, der mit Präsidentin March und Mark Rousseau in dem nun von hellem Lichtschein erfüllten Garten stand. Er blickte auf die Anzeige seines Scanners, eines Handgeräts, das in etwa die Abmessungen eines Starfleet-Tricorders aufwies. »Das wissen wir immerhin. Und die *Enterprise* hat keinerlei Transporterprobleme gemeldet.«

Ein Dutzend empyreanische Justizermittler waren damit beschäftigt, den Garten zu durchkämmen und die Pfade sowie die umliegenden Wiesen und Haine abzusuchen. Sie hielten nach Anzeichen von Indizien Ausschau, die ihnen helfen konnten festzustellen, was mit McCoy passiert war.

Elizabeth nickte. »Und ich weiß *genau,* daß wir alle hier angekommen sind. Wir hatten nur keine Gelegenheit, etwas zu sagen, bevor wie betäubt wurden. Aber ich stand in der Mitte und habe aus den Augenwinkeln gesehen, daß Mark und Leonard rechts und links von mir standen.«

»Die Reststrahlungsabdrücke der Transportermaterialisationen bestätigen dies mit neunundneuzigprozentiger Wahrscheinlichkeit. Sie zeigen genau die Charakteristika, die sie zeigen müssen, wenn drei Personen mit Hilfe von Geräten aus der Föderation hier angekommen sind«, sagte Clements. »Und Sie wissen genau, daß sie nur ein, zwei Sekunden nach der Ankunft betäubt wurden?«

Rousseau und Elizabeth tauschten einen übereinstimmenden Blick. »Wir sind ganz sicher«, sagte Rousseau.

Clements grunzte. »Tja, es ist ziemlich eindeutig, daß jemand auf Sie gewartet hat, um Sie mit einer empyreanischen Energiewaffe zu lähmen. Da Ihnen nichts geschehen ist, sieht es so aus, als hätte man Dr. McCoy als Geisel genommen.«

»Als Geisel?!« Elizabeth schüttelte den Kopf. Sie war verblüfft und entsetzt zugleich. »Das ist doch unmöglich. So was passiert doch nicht bei uns!«

»Vielleicht ist es bisher nicht passiert«, sagte Mark grimmig, »aber offenbar hat sich hier etwas geändert. Mr. Clements, hatten Sie Glück bei Ihren Bemühungen, in Erfahrung zu bringen, in welche Richtung sich diese Leute mit Dr. McCoy bewegt haben?«

Clements bedachte Rousseau mit der Geringschätzung eines Profis, der einen Amateur unterrichtet. »Glück, Herr Botschafter? Glück hat mit Ermittlungsarbeit nichts zu tun. Und Sie haben von *Leuten* gesprochen. Sie glauben also, daß an diesem Zwischenfall mehr als ein Übeltäter beteiligt war?«

»Sie glauben nicht, daß es mehrere Personen waren?«

»Es ist nicht meine Aufgabe, Schlüsse zu ziehen, die nicht von Indizien untermauert werden. Bisher deutet das *Nichtvorhandensein* gegenteiliger Indizien tatsächlich darauf hin, daß es sich um einen Einzeltäter gehandelt hat. Jedenfalls nach meiner Meinung.«

»Wie kommen Sie darauf?« fragte Rousseau.

»Je mehr Personen beteiligt sind, desto größer ist die Wahrscheinlichkeit, daß man Fehler macht, die schädliche Rückschlüsse zulassen. Freilich müssen wir diese Indizien erst noch finden.«

Rousseau stieß frustriert die Luft aus. »Also einer. Warum sollte ein einzelner Empyreaner McCoy entführen wollen?«

»Hebelwirkung, Doktor.«

McCoy schnaubte in mildem Spott. »Ich glaube, du überschätzt meine Wichtigkeit, Ethan.« Er war noch immer ein Stück Fracht mit verbundenen Augen und bewegte sich mit dem Schlitten voran. Ethans Stimme war noch immer die einzige, die er hörte, und das gleiche galt für seine Schritte. McCoy war ziemlich klar, daß sie auf dem Ausflug ins Unbekannte allein waren.

Kurz darauf erreichten sie ihr Ziel. McCoy spürte, daß der Schlitten anhielt, dann nahm Ethan ihm die Augenbinde ab. McCoy setzte sich hin und stellte fest, daß sie sich in einer Grotte befanden, die etwa sieben Meter hoch war und zehn Meter durchmaß. Es war eindeutig ihr geplanter Bestimmungsort, denn er war auf ihre Ankunft vorbereitet.

McCoy schaute sich um und bemerkte Lampen, die blaßgelbes Licht abgaben, einen freistehenden Heizkörper, der der feuchten Luft die Kälte nahm, vier aufgestellte Kojen, mehrere Behälter mit Überlebensrationen und verpackte Nahrung sowie einige kochbereite Feldnahrungserhitzer. Außerdem waren an den Wänden mindestens zwanzig große Kisten aufgestapelt. Sie waren versiegelt, und er hatte keine Ahnung, was sie enthielten.

McCoy sah Ethan nun zum ersten Mal. *Ein stämmiger, gutaussehender Bursche. Er hat mit Sicherheit ein Ziel... Irgend etwas, das ihm eine Menge bedeutet. Ist es ein egoistisches Ziel? Oder ein idealistisches?* »Alle Annehmlichkeiten eines Heims?«

Ethan zuckte die Achseln. »Manche Leute glauben, körperliche Leiden erhöhen die Reinheit der Revolution. Ich gehöre nicht dazu.«

»Dann bist du also ein Revolutionär, was?«

»Sozusagen«, erwiderte Ethan ausweichend, zog eine Plane beiseite und enthüllte eine hochentwickelte Feldkommunikationsausrüstung.

»Falls du nichts dagegen hast, daß ich frage: Wie passe ich in deine Revolution?« fragte McCoy, als Ethan sich vorbeugte und die Verbindungsketten an seinen

Hand- und Fußgelenken lockerte, ohne sie jedoch abzunehmen.

»Sie passen gar nicht rein. Ich habe den Beschluß gefaßt, daß manche Dinge wichtiger sind als die Revolution im gesellschaftlichen Sinn.«

McCoy prüfte seine beschränkte Freiheit. Er konnte die Hände nun etwas besser bewegen und möglicherweise auch umherschlurfen, aber nicht schnell genug, um Ethan anzugreifen oder zu fliehen. »Persönliche Dinge?«

»Könnte man sagen.«

»Ah! Dann nehme ich mal an, es hat etwas mit Anna March zu tun.«

Ethan schaute abrupt auf. »Anna? Wieso mit Anna?«

»Sag *du* es mir, Ethan. Du bist in ihrem Alter. Und du bist klug.«

»Auf Empyrea sind alle klug.«

»Ich hoffe, du bist klug genug, um zu wissen, daß es dich nicht dorthin bringt, wo du hinwillst, wenn du mich als Geisel festhältst – wohin auch immer du willst.«

Ethan bedachte ihn mit einem hohlen Lächeln. »Diese Frage ist noch offen, Doktor.« Er wandte sich um und begann zwei Behälter mit Eintopf zu erhitzen.

»Sie ist *nicht* offen, mein Sohn. Die Flotte läßt sich nicht durch eine Geiselnahme erpressen, egal von wem. Das ist eine Regel, an die Captain Kirk sich halten wird.«

»Regeln kann man brechen. Haben Sie Hunger?«

»Ich könnte etwas essen.«

Kurz darauf piepste der Nahrungserhitzer und signalisierte dadurch, daß das Gericht die richtige Temperatur hatte. Ethan öffnete die Klappe, nahm die Behälter heraus und reichte einen davon mit einen Löffel seinem Gefangenen.

McCoy nahm das Päckchen dankbar an. Er war viel hungriger, als er zugeben wollte. »Nicht übel für

Feldrationen«, sagte er, als er den ersten Mundvoll schluckte.

»Danke.«

»Man wird natürlich nach mir suchen«, sagte McCoy.

»Tja, man wird auch schwer frustriert sein.«

»Ich rede nicht über empyreanische Suchgruppen.«

»Ich auch nicht, Doktor«, sagte Ethan mit freundlicher Zuversicht.

»Die *Enterprise* kann den ganzen Planeten abtasten – von innen und von außen.«

»Das weiß ich. Ich weiß aber auch, daß diese Grotten in einer geologischen Formation liegen, die so viele Geisterbilder wirft, daß niemand wissen wird, was er *wirklich* sieht. Niemand wird in der Lage sein herauszukriegen, wo Sie sind.«

McCoy runzelte die Stirn. Es ärgerte ihn, daß der junge Bursche so verdammt blasiert reagierte, aber er weigerte sich, dies Ethan gegenüber einzugestehen. »Du glaubst, du hast an alles gedacht, was?«

»Hab' ich. Man wird Sie nur aufspüren, wenn ich es will.«

»Hm. Na schön. Gehen wir einfach mal davon aus, es wäre so. Für wen tust du das alles?«

Ethan füllte zwei Becher mit Wasser aus einer Feldflasche. »Sie hatten recht.«

»Womit?«

»Es geht um Anna. Ich möchte, daß die *Enterprise* ihr, mir und allen anderen jungen Empyreanern, die unseren Planeten verlassen wollen, freies Geleit gibt.«

»Ich enttäusche dich wirklich nur ungern, mein Sohn, aber Anna *will* gar nicht von hier fort. Sie wird in diesem Augenblick auf der *Enterprise* behandelt. Sie hat darauf bestanden ...«

Ethan winkte ab. »Ich weiß alles über die Behandlung. Sie wird ihr nicht das Leben schenken, das sie führen will. Sie dient nur dazu, daß sie weiterhin mit einer Lüge leben kann – der Lüge *ihrer Mutter.* Außerdem glaube ich nicht, daß Ihre Behandlungsmethode etwas nützt. Ich hoffe nur – und bete darum –, daß sie Anna nicht umbringt.«

McCoy empfand dies als beleidigend. »Seit wann bist *du* denn Arzt, Bursche?«

»Bin ich nicht. Aber ich bin Empyreaner.«

McCoy verdrehte die Augen. Er hatte das überlegene Getue der Einheimischen satt und wünschte sich einen ordentlichen Denkzettel für den ganzen verdammten Planeten. In einem weicheren Winkel seines Herzens hoffte er aber auch, daß Ethan so lange lebte, um eine Lehre aus dem Ganzen zu ziehen und sie, wenn alles vorbei war, sinnvoll anwandte.

»Es geht nicht nur um mich«, fuhr Ethan fort. »Bei uns wächst eine ganze Bewegung heran. Es gibt viele junge Leute, die nicht noch eine Generation totaler Isolation über sich ergehen lassen wollen. Wir müssen der Galaxis etwas beweisen und haben ihr ebensoviel anzubieten.«

»Ich dachte, ihr hättet Pläne, die Dinge friedlich zu verändern, indem ihr euch in politische Ämter wählen laßt.«

»Wollten wir auch, aber einige von uns glauben, daß es so nicht funktioniert. Wir haben andere Pläne.« Ethan deutete auf die neutralen Vorratskisten. »In den Kisten da sind Waffen.«

»Ihr wollt einen Bürgerkrieg anfangen?« McCoy runzelte überrascht die Stirn.

»Manchmal ist Gewalt die einzige Möglichkeit, Veränderungen herbeizuführen.«

»Das ist aber nicht die empyreanische Methode.«

»War es bisher nicht, könnte sie aber werden.«

»Auf der Erde hat die Menschheit die letzten dreihundert Jahre damit verbracht, sich von diesem Verhalten zu lösen«, sagte McCoy mit einem spöttischen Schnauben der Mißbilligung. »Wenn ihr darauf aus seid, den gesamten Fortschritt aufzugeben, seid ihr Empyreaner genetisch vollkommener, als ihr glaubt.«

Ethan löffelte schweigend und nachdenklich seine Mahlzeit. »Tja, ich war nie sehr glücklich über die Rückkehr zur Gewalt. Ich mach's ja auch anders.«

»Statt einer revolutionären Ballerei setzt du mich als Fahrkarte ins politische Asyl ein.«

»Stimmt.«

»Stimmt *nicht.* Dazu wird es nie kommen, Ethan. Und je länger du mich hier festhältst, desto schlimmer wird es für dich, wenn man uns aufspürt.«

Ethan blieb ungerührt. »Wir werden sehen, Doktor.«

»Warum tust du das?« fragte McCoy mit leisem Nachdruck und kniff die Augen zusammen.

»Hab' ich doch gesagt.«

»Einen Dreck hast du gesagt. Hier geht's weder um Politik noch um Asyl und auch nicht darum, den Planeten zu verlassen. Das ist nicht das, was dich antreibt.«

»Na schön. Sagen Sie's mir, Doktor. *Was* ist es?«

»Liebe«, sagte McCoy knapp.

Das Flackern in Ethans Blick dauerte nur den Bruchteil einer Sekunde. Hätte McCoy nicht darauf gewartet, wäre es ihm zweifellos entgangen.

»Du liebst Anna«, fuhr er fort, »und du glaubst, es gibt keine andere Möglichkeit, sie zu retten.«

Ethan wich seinem Blick zum ersten Mal aus.

Ha! dachte McCoy, und ein triumphierendes Lächeln erhellte sein Gesicht. *Jetzt kommen wir weiter!* »Ich habe es von Anfang an gewußt.«

Ethan zerrte eine Waffe aus dem unter seiner Jacke verborgenen Holster. Es war keine moderne Impulswaffe, sondern ein altmodischer Revolver, der nun genau auf die Stelle zwischen McCoys Augen zielte. »Ich würde an Ihrer Stelle nicht lachen, Doktor.«

McCoy zuckte mit keiner Wimper. »Ich lache dich nicht *aus,* mein Sohn. Tja, vielleicht doch, aber nicht dich *allein.* Ich lache über dich, mich und jeden anderen Mann, der von der Liebe in einen zeitweisen Wahnsinn getrieben wird.«

Als er spürte, daß Ethan leisen Zweifel empfand, nahm er sich vor, eine weitere Probe aufs Exempel zu machen. Es war vielleicht, wenn man an die Kanone in Ethans Hand dachte, nicht der klügste Kurs, aber ein Risiko, von dem er längst wußte, daß er sich ihm früher oder später würde stellen müssen. »Weißt du, Geiselnahme funktioniert nur, wenn man bereit ist, bis zum Ende zu gehen.«

»Bereit, Sie zu töten?« sagte Ethan ohne das geringste Zögern und mit kalter Fassung.

»Genau«, sagte McCoy, fest entschlossen, die eigene Lässigkeit aufrechtzuerhalten. »Bist du dazu bereit?«

Ethans Blick war ein starrer Eiszapfen. »Ich kenne die Antwort, Doktor. Wollen wir um Ihrer Gesundheit willen hoffen, daß Sie es nicht herausfinden müssen.«

19

Ramon Ortega trat aus der dampfenden Duschkabine, trocknete sich ab und musterte sein Abbild in dem beschlagenen Spiegel. War es Eitelkeit, wenn er sich im Spiegel betrachtete und sich für eine aus dem Dunst der Zeit tretende griechische Gottheit hielt? Er lachte leise vor sich hin. Vielleicht trug er *doch* etwas zu dick auf.

Nach menschlicher Norm hatte er die Idealfigur: perfekte Proportionen; biegsame, wie gemeißelte Gliedmaßen und straffe Muskeln ohne irgendwelche hervorquellenden Beulen. Sein Gesicht war stattlich und makellos und wies Grübchen auf, die seinem Lächeln eine jungenhafte Art verliehen.

Die simple Wahrheit bestand darin, daß körperliche Eigenschaften wie die seinen auf Nova Empyrea keine Besonderheit waren. Die anderen waren nicht *anders.* Er hatte eigentlich nie sonderlich über sein Aussehen und seinen Intellekt nachgedacht – es hatte erst mit der Ankunft der Außenweltler begonnen, mit ihren ewigen Vergleichen, bloßen Empfindlichkeiten und ihrer Verletzlichkeit, speziell bei diesem Scott.

»Ray, bist du noch im Bad?«

Die melodische Stimme seiner Gattin drang aus dem Korridor.

»Ja, Kat«, erwiderte er.

Die Tür ging auf, sie kam barfuß hinein und begrüßte ihn mit einem leichten Kuß auf den Mund. Unter dem flauschigen Gewand war Katrina körperlich so vollkommen wie er. Und sie war als Neurochirurgin ebenso perfekt wie er als Physiker und Ingenieur. Anders ausgedrückt, sie entsprachen der empyreanischen Norm. Er fragte sich, was die Menschen aus der Föderation von ihr halten würden. Ob sie sie ebensowenig mochten wie ihn, bloß weil auch sie so war, wie sie war? Er seufzte. *Wahrscheinlich.*

»Du wirst dich verspäten«, sagte sie.

»Ich verspäte mich nie.«

»Arbeitest du heute wieder mit den Außenweltlern zusammen?«

Er nickte und schlang das Handtuch um seine Taille. »Wenn nichts schiefgeht, dürfte es heute zum letzten Mal sein.«

»Schaltet ihr den Reaktorkern endlich ab?«

Er antwortete mit einem geistesabwesenden Nicken.

»Gut«, sagte Katrina. »Wenn alles hinter dir liegt, schläfst du vielleicht besser als gestern nacht.«

Ortega zuckte zusammen. »Ich habe dich doch nicht vom Schlafen abgehalten, oder?«

»Du kennst mich doch. Mich kann man im Schlaf wegtragen. Aber mir ist aufgefallen, daß du dich ständig hin und her gewälzt hast.«

»Tja, so war es wohl. Tut mir leid, Kat.«

»Dir ging wohl ständig die Gerätepanne durch den Kopf, was?«

Er nickte verlegen.

»Es war doch nicht deine Schuld, Ray.«

»Ich weiß. Aber *ihre* Schuld auch nicht, obwohl ich's ihnen vorgeworfen habe. Das heißt, ihrer Ausrüstung ...« Seine Stimme erlahmte, er schüttelte den Kopf. Die Erinnerung ließ ihn schon wieder erröten. »Es war ziemlich peinlich zu erkennen, daß wir in einer Sache, in der wir uns für gut hielten, hinter ihnen zurück sind. Ich war gekränkt und habe mich den beiden Offizieren wohl nicht gerade von meiner besten Seite gezeigt.«

»Du sprichst nicht oft über sie.«

»Was gibt's da schon zu sagen?« Er zuckte die Achseln.

»Magst du sie?«

»Was für eine eigenartige Frage, Kat. Ich brauche sie doch nicht zu mögen.«

»Mögen sie dich?«

»Das glaube ich nicht.«

»Hmmm. Ich mag dich.« Sie schmiegte sich von hinten an ihn, als er vor dem Spiegel stand und sein dichtes schwarzes Haar kämmte. »Warum sollten sie dich nicht mögen?«

»Ich weiß nicht, ehrlich. Aber sie haben offenbar ihre Gründe. Sie sind sehr unsicher. Es ist, als müßten sie ständig beweisen, daß die Empyreaner ihnen nicht überlegen sind.«

»Aber sie sind doch *keine* Empyreaner; dafür können sie doch nichts.«

»Ich weiß es, aber sie offenbar nicht.«

Sie glitt aus dem hellroten Gewand, hängte es an einen Haken und trat in die Duschkabine. Sie drehte das heiße Wasser auf und justierte die Düse zu einem weichen Strahl. »Ich frage mich, warum sie so viele Schwierigkeiten haben, das in sich zu sehen, was sie sind.«

»Ich weiß nicht, Kat. Vielleicht kann man sich leichter akzeptieren, wenn man nicht so viele Mängel hat, über die man ständig hinwegsehen muß.«

»Ich frage mich, wie ich reagieren würde, wenn die Situation umgekehrt wäre – wenn ich als Außenweltlerin zu uns käme und mich mit uns vergleichen müßte.«

»Du würdest wahrscheinlich nicht anders reagieren als sie.«

»Defensiv.«

»Ja.«

Sie erhöhte den Wasserdruck und summte leise vor sich hin. Als Ramon ihr lauschte, versuchte er etwas, das er noch nie in seinem Leben getan hatte – sich so zu sehen, wie ihn eventuell ein Außenweltler sah. Es war eine ebenso schwierige Perspektive wie die Vorstellung, ein Empyreaner könne dem Energiesystem des Stützpunktes einen so bösartigen Schaden zufügen. Da er zur Geheimhaltung verpflichtet war, solange die Ermittlungen dauerten, konnte er Katrina nicht erzählen, wie sehr dies zu seiner schlaflosen Nacht beigetragen hatte.

Verwirrung gehörte nicht zu den Emotionen, denen Ramon Ortega im Leben oft begegnet war. Doch nun stand er da und sinnierte: Wenn Clements Ermittler feststellten, daß ein Empyreaner für die Schwierigkeiten der Stationscomputer verantwortlich war, stellte dies seinen Glauben an die empyreanische Technik zwar wieder her, aber sein Glaube an die Integrität seines Volkes würde schlimmen Schaden nehmen. Falls sich jedoch herausstellte, daß der Sabotageverdacht grundlos war, mußte er die schreckliche Kröte schlukken, daß es mit der Unfehlbarkeit der empyreanischen Technik nicht allzu weit her war.

So oder so, Empyrea würde entehrt sein. Und er hatte keine Ahnung, welches Ergebnis schlimmer für ihn wäre.

Jim Kirk drehte den Kommandosessel zur wissenschaftlichen Station herum. »Mr. Chekov?«

Der Russe schaute langsam auf, als wäre es ihm lieber, dem Blick des Captains völlig auszuweichen. Er wußte, was Kirk fragen wollte. »Tut mir leid, Sir. Noch immer nichts in Sachen Dr. McCoy.«

Kirks Lippen wurden zu einem frustrierten Strich. »Können wir die Sensorenergie erhöhen und trotzdem an der empyreanischen Ortung vorbeischnüffeln?«

Chekov seufzte. »Das kann man unmöglich sagen, Sir. Wir kennen die genauen Fähigkeiten der empyreanischen Ortung nicht. Wir können nur Schätzungen vornehmen. Wenn wir ein bestimmtes Maß an Energie überschreiten, gehen wir das Risiko ein, daß wir unseren möglichen Fehlerspielraum verlieren.«

»McCoy hat vielleicht keinen Spielraum dieser Art«, sagte Kirk mit stummem Nachdruck. »Ich glaube, es wird Zeit, daß wir das Risiko eingehen. Die Empyreaner können mir allmählich den Buckel runterrutschen.«

Uhura wandte sich an der Funkanlage abrupt zu Kirk um. »Wir werden vom Planeten aus kontaktiert, Captain.«

Sulus Miene hellte sich auf. »Vielleicht haben sie Dr. McCoy gefunden.«

»Das Signal kommt nicht auf einer offiziellen Frequenz«, sagte Uhura.

Kirk nickte. »Dann wollen wir mal wissen, wer es ist.«

»*Enterprise,* bitte melden«, sagte die großspurige Stimme eines jungen Mannes über die Brückenlautsprecher.

Kirk trat ins Zentrum der Brücke. »Hier ist die *Enterprise.* Identifizieren Sie sich.«

»Ich werde nur mit Captain Kirk sprechen.«

»Sie sprechen mit Captain Kirk.«

»Hier ist die Empyreanische Befreiungsfront.«

Kirk hob skeptisch eine Braue und warf einen Blick in die Runde der Brückenoffiziere, die nicht weniger verwirrt dreinschauten. Ihm fiel auf, daß Uhura bereits flink an der Analyse des eingehenden Signals arbeitete. »Was, zum Teufel, ist die Empyreanische Befreiungsfront?«

»Sie brauchen nichts über uns zu wissen, Captain. Nur eins: daß sich Dr. McCoy in unserer Gewalt befindet.«

»Wenn Sie erwarten, daß ich Ihnen das ohne weiteres abnehme ...«

Ethan saß in der Funknische seines Höhlenverstecks und richtete einen empyreanischen Lähmer auf den

Brustkorb des einen knappen Meter von ihm entfernt sitzenden Dr. McCoy. Beide lauschten Kirks Stimme, und jeder interpretierte sie auf seine Weise.

»... muß ich Sie enttäuschen. Wenn Sie ihn haben, will ich mit ihm sprechen.«

»Wir können diese Bitte erfüllen. Bleiben Sie dran, Captain.« Ethan schaltete das Mikrofon aus und musterte McCoy mit ernstem Blick. »Sie können ihm sagen, daß es Ihnen gutgeht. Wenn Sie einen Versuch machen, ihm irgend etwas über diesen Ort oder mich zu erzählen, betäube ich Sie.«

McCoy zuckte die Achseln. »Ich streite mich nie mit geladenen Knarren. Das heißt, *fast* nie.«

»Dann verstehen wir uns.« Ethan öffnete den Kanal wieder. »Hier ist er, Captain. – Sprechen Sie, Doktor.«

»Jim ...«

»Pille?«

»Ja. Er sagt, ich soll dir sagen, daß es mir gutgeht.«

»Stimmt das?«

»Mehr oder weniger.«

»Wo bist du? Was ist die Empyreanische Befreiungsfront?«

Ethan drückte die Waffe, den Finger am Abzug, gegen McCoys Brustkorb.

»Ähm ... Ich fürchte, solche Fragen sind nicht erwünscht, Jim.«

»Maul halten, Doktor«, befahl Ethan. »Und jetzt, Captain, hören Sie gut zu ...«

»Nein, *Sie* hören zu«, sagte Kirk scharf. »Die Flotte verhandelt nicht mit Geiselnehmern. Sie lassen Dr. McCoy auf der Stelle frei; dann reden wir.«

»Beleidigen Sie nicht unsere Intelligenz, Captain. Wenn ich Dr. McCoy freilasse, sagen Sie mir nicht mal mehr die Uhrzeit.«

»Wenn Sie ihn *nicht* freilassen«, konterte Kirk, »stöbern wir Sie auf und befreien ihn – mit Konsequenzen, die Ihnen nicht gefallen werden.«

»Sparen Sie sich Ihre Drohungen, Captain. Wir haben ausführliche und wirkungsvolle Maßnahmen ergriffen, die dafür sorgen, daß Sie uns nicht aufstöbern *können.* Ich weiß genau, daß Sie es versucht haben, und ich weiß auch, daß es erfolglos war.«

Chekovs Kopf zuckte von der Konsole hoch, und in seinen Augen blitzte Zorn auf. Kirk unterdrückte ein Lächeln. *Wir haben es auch nicht gern, wenn man unsere Intelligenz beleidigt.* Wenn es eine Möglichkeit gab, diesem arroganten Schweinehund auf die Spur zu kommen, würde seine Mannschaft sie finden.

»Sie sind sich Ihrer Sache sehr sicher, was?« sagte Kirk lässig. »Na schön, tun wir mal so als ob. Was wollen Sie im Austausch für McCoy?«

Die Antwort kam spontan und für Kirk völlig unerwartet. »Politisches Asyl an Bord Ihres Schiffes und sicheres Geleit von Nova Empyrea für alle empyreanischen Bürger, die den Planeten verlassen möchten.«

»Das ist unmöglich. Wir sind nicht hier, um die lokalen Gesetze zu verletzen.«

»Geben Sie unsere Forderungen an Präsidentin March weiter, Captain. Sie werden feststellen, daß man Gesetze auch ändern kann.«

»Melden Sie sich, wenn Sie bereit sind, sich zu ergeben. – Kirk, Ende.«

»Ich weise nicht gern darauf hin, daß ich es dir schon gesagt habe«, bemerkte McCoy. »Aber ich hab's gesagt.«

Eine nachdenkliche Falte furchte Ethans Stirn. »Ich habe nicht mit sofortiger Zustimmung gerechnet, Doktor. Aber eins kann ich Ihnen sagen: Im Moment wimmelt es auf der Brücke der *Enterprise* von frustrierten Offizieren.«

»Was macht dich so sicher?«

»Ich weiß, daß ihre Sensoren dieses Gestein nicht mit

absoluter Exaktheit durchdringen können, und ich weiß, wie wirkungsvoll meine Signalquelle verborgen ist.«

»Mag sein«, sagte McCoy völlig unbekümmert. »Aber du kennst Commander Uhura und Commander Chekov nicht. Unsere Leute mögen zwar nicht genetisch vollkommen sein, aber sie haben eine Erfahrung, von der du nicht mal träumst. Die legen ein Problem nämlich erst dann zu den Akten, wenn sie es gelöst haben.«

Kirk musterte Uhura. »Commander, Sie werden doch wenigstens *einen* Hinweis haben.«

»Tut mir leid, Captain.« Sie schüttelte den Kopf. »Das Signal war so verzerrt, daß es von überall auf dem Planeten hätte kommen können.«

»Wenn es zerhackt war, muß es auch eine Möglichkeit geben, es zu *entzerren.*«

»Denke ich auch, Sir. Aber es wird eine Zeit dauern.«

»Dann fangen Sie und Chekov sofort damit an. Ich möchte eine Gesamtanalyse des Signals. Und wenn die Empyreanische Befreiungsfront sich das nächste Mal meldet, sollten wir in der Lage sein, sie *aufzuspüren.*«

Ortega hatte den wissenschaftlichen Komplex einige Minuten zu früh erreicht und wartete in der Empfangshalle, als Spock und Scott von der *Enterprise* gebeamt wurden. Im Steuerzentrum schaute er zu, wie sie die Computersimulation der Abschaltroutine noch einmal durchspielten. Sie baten ihn nicht, daran teilzunehmen, und er meldete sich nicht freiwillig, was beiden Seiten recht zu sein schien. Seine Rolle war die des Überwachers.

Sie hatten sich seine anfängliche politische Erklärung offenbar zu Herzen genommen, daß dies eine Einrichtung der Föderation war und mithin sie selbst für die Instandhaltung, die Reparaturen und die Demontage zuständig waren. Die Entdeckung, daß ein empyreanisches System versagt hatte, änderte daran nichts. Ortega wurde sogar den Eindruck nicht los, daß Mr. Scott sich in der Rolle des Retters sonnte; immerhin hatte er die Empyreaner vor ihrer fehlgeleiteten Einbildung bewahrt.

Ich glaube, wenn ich versuche, ihnen zu helfen, dachte Ortega, *stürzt Scott sich auf mich und nagelte mich auf den Boden, um mich daran zu hindern.*

Was Spock anging ... Nun, er war ein anderer Fall. Nach der ersten Begegnung mit dem Wissenschaftsoffizier der *Enterprise* hatte Ortega es für nützlich gehalten, alle ihm zugänglichen Quellen über die Vulkanier zu studieren. Immerhin hatte Spock als erster seinen Fuß auf diesen Planeten gesetzt. Zuerst hatte Ortega in den empyreanische Datenbanken alle Informationen über die Vulkanier gesucht und gelesen. Danach hatte er um die Unterlagen im Bibliothekscomputer der *Enterprise* gebeten und diese auch erhalten.

Die genetische Überlegenheit der Empyreaner über die Erdenmenschen schien für Commander Spock kein Problem darzustellen, ebensowenig Ortegas ursprüngliche negative Bewertung von Spocks gemischtrassiger Abstammung. Ortega respektierte Spocks eindeutig unerschütterliche Natur und seine Fähigkeit, sich auf aktuelle Probleme zu konzentrieren. Die empfindliche Emotionalität Scotts, die dieser von Zeit zu Zeit zur Schau stellte, war ihm fremd.

Ortega sah im Verhalten des erregbaren Ingenieurs oft eine signifikante Ähnlichkeit mit dem von Vögeln und anderen Tieren, die ihr Gefieder oder ihr Fell aufplusterten, um potentielle Rivalen aus ihrem Territorium zu verscheuchen, damit sie sich nicht an ihre Gefährtinnen heranmachten. Insgesamt ziemlich primitiv und sinnlos, da Scott kein Tier war und Ortega in keinem Fall sein Rivale.

An diesem Morgen schien Scott glücklicherweise

nicht an dieser Zurschaustellung angeblicher Dominanz interessiert zu sein. Ortega nahm dies als Hinweis, daß der *Enterprise*-Ingenieur darauf bedacht war, mit seiner Aufgabe fertig zu werden, wie er auch selbst daran interessiert war, die beiden Flottenoffiziere wieder an Bord ihres Schiffes zu sehen.

Doch trotz ihrer Mängel hatten sie viel, was Ortega an ihnen bewunderte. Spock hatte einen scharfen Geist und ein breites Wissen. Er mußte zugeben, daß es ebenso beeindruckend war wie das zahlreicher Empyreaner. Und Scott war trotz all seiner Impulsivität als Ingenieur eindeutig hochtalentiert und zeigte mehr analytisches Geschick, als Ortega je gesehen hatte.

»Tja, das wär's, Mr. Spock«, sagte Scott. »Sämtliche Anzeigen befinden sich im grünen Bereich. Wir können das Abschaltverfahren in Angriff nehmen.«

»Sehr gut, Mr. Scott. Gehen Sie nach eigenem Ermessen vor.«

»Initiiere, Sir. Hoffen wir, daß derjenige, der mit uns spielt, uns nicht in falsche Sicherheit gewiegt hat ...«

Scotts Satz wurde ohne Warnung von den aufblitzenden roten Lampen und der schrillen Sirene des Notalarmsystems abgeschnitten. Der Ingenieur fluchte leise. »Was, um alles in der Welt ...«

Spock glitt sofort auf den Sitz des Nachbarbildschirms. Ortega stand nur hinter den beiden; sein Blick huschte von einem Monitor zum nächsten.

»Hmmm«, machte Spock und überflog die Daten schneller, als menschliche Augen ihnen folgen konnten. »Die Phasenumwandler reagieren nicht mehr auf Befehlseingaben.«

»Schalte auf Handsteuerung«, sagte Scott kurz angebunden und aktivierte die Ersatzsysteme. Er wartete einen Moment auf ihre Reaktion.

»Handsteuerung ausgefallen«, gab der Computer mit gestelzter Stimme bekannt. Seine metallische Stimme gab keinen Hinweis auf die heikle Situation.

Scott warf Spock einen besorgten Blick zu. »Wir müssen irgendwie Kontrolle über die Umwandler erlangen, Sir.«

»Einverstanden. Wenn es uns nicht gelingt, werden die Transferspulen überlastet.«

Scott spürte zwar, daß sich jemand hinter ihm bewegte, aber er drehte sich nicht um. »Gucken Sie mir nicht nur über die Schulter, Junge. Falls Sie's noch nicht gemerkt haben – wir können Hilfe brauchen.«

Ortega schwang spontan ein Bein über die Lehne des leeren Stuhls zwischen den beiden *Enterprise*-Offizieren und nahm vor dem aktivierten Terminal Platz.

20

LOGBUCH DES CAPTAINS, NACHTRAG

> **Warten auf Nachricht von Mr. Scott und Mr. Spock bezüglich der Abschaltung des instabilen Reaktorkerns der Beobachtungsstation. Bisher keine weitere Verbindung mit der geheimnisvollen Empyreanischen Befreiungsfront. Wissen noch immer nicht, ob sie bereit ist, McCoy freizulassen, und konnten den Ursprung des ersten Funksignals bisher nicht ausfindig machen.**

»Tut mir leid, Captain.« Präsidentin March saß hinter ihrem Büroschreibtisch. Sie wirkte durcheinander. Clements, der Chefermittler, stand neben ihr und musterte die grimmigen Mienen von Captain Kirk und Botschafter Rousseau auf dem Kommunikatorbildschirm. »Wir haben noch nie von einer Empyreanischen Befreiungsfront gehört. – Clements, kennst du irgendeine subversive Gruppierung, die für diese Tat verantwortlich sein könnte?«

»Als solche nicht«, erwiderte Clements.

Kirk, der im Kommandosessel der *Enterprise* saß, bemühte sich, die ausdruckslose Miene Clements zu durchschauen. »Als solche nicht?« wiederholte er. »Heißt das nun ja oder nein?«

»Es gibt seit der Existenz dieser Kolonie keine Aufzeichnungen über eine geheime politische Opposition.«

»Es gibt immer ein erstes Mal«, murmelte Chekov, der an Spocks Konsole saß, aber er sprach so leise, daß man ihn außerhalb der Brücke nicht hörte.

Kirk warf dem russischen Sicherheitschef einen kurzen, verständnisvollen Blick zu, dann richtete er die Aufmerksamkeit wieder auf das Abbild der Empyreaner auf dem Hauptbildschirm. »Wie ein bedingungsloses Nein kommt mir Ihre Antwort aber nicht vor, Mr. Clements.«

»Ich kann versichern, daß wir von einer Dissidentengruppe, die sich Empyreanische Befreiungsfront nennt, zum erstenmal erfahren haben, als Sie uns ihren Namen nannten, Captain Kirk.«

Kirk nickte. Er dachte über die äußerst sorgfältige Wortwahl des empyreanischen Ermittlers nach. »Verstehe. Doch nun, da Sie sie kennen – was haben Sie vor, gegen sie zu unternehmen?«

»Wir werden das tun, was wir angesichts jeder Bedrohung tun würden, ob sie nun von innen oder außen kommt: Wir ermitteln. Und falls wir die Existenz dieser Gruppierung bestätigen können, formulieren wir eine Strategie, um sie zu bekämpfen.«

»Mehr *können* wir nicht tun, Captain«, fügte Elizabeth March hinzu. »Wir wissen, daß die Erde mehr Erfahrungen mit derlei Dingen hat. Aber wenn Sie uns besser kennen würden, wüßten Sie, wie untypisch es für Empyreaner ist, eine solche Untergrundbewegung zu gründen – egal, woran sie glaubt und in welcher Hinsicht sie die Regierungspolitik ablehnt.«

»Das stimmt, Captain«, wandte Rousseau ein. »Sie mögen zwar wenig begeistert sein, Außenweltler willkommen zu heißen, aber sie haben der Diskussion abweichender Meinungen stets Raum gegeben. Zumindest war es früher so.«

»Vielleicht sind einige Empyreaner der Meinung, daß Diskussionen nicht ausreichen«, sagte Kirk. »Wenn ihre Ansichten keine Auswirkungen auf die Politik haben, sind sie vielleicht zu der Meinung gelangt, radikale Schritte seien ihre einzige Möglichkeit.«

»Sie beziehen sich in Ihren Worten fortwährend auf eine Gruppe, Captain«, sagte Elizabeth.

»Was sollte es wohl sonst sein?«

»Es könnte auch ein unzufriedener einzelner sein«, erwiderte sie.

Kirk runzelte ungläubig die Stirn. »Eine Ein-Mann-Revolte?«

»Captain Kirk«, sagte Clements, »die sogenannte Befreiungsfront hat nicht behauptet, irgend etwas getan zu haben, was nicht auch ein einzelner getan haben könnte.«

»Dann dürfte es der *Gesamtheit* der Empyreaner gewiß auch nicht schwerfallen, ihn aufzuspüren«, sagte Kirk. Obwohl Clements Gesichtsausdruck neutral blieb, flackerte kurz Irritation in seinem Blick. Kirk registrierte es mit Freude: Gut. Sein Spott hat einen Nerv getroffen.

»Es gibt mehrere Spuren«, sagte Clements zu Elizabeth, »die ich sofort verfolgen muß.«

»In Ordnung.«

Clements nickte Kirk und Rousseau kurz zu, dann ging er zur Tür.

»Nun denn«, sagte Kirk zu Elizabeth. »Ich möchte gern regelmäßig über alles unterrichtet werden. Und wir lassen es Sie natürlich wissen, wenn wir wieder von ihnen – oder *ihm* – hören. Wenn das alles ist…«

»Ähm, Captain«, sagte Elizabeth, »bleiben Sie doch bitte noch einen Moment dran.«

Clements blieb kurz im Türrahmen stehen, dann ging er hinaus. Die Tür schloß sich hinter ihm.

Obwohl Elizabeth wußte, daß sie allein im Büro war, wartete sie aus Sicherheitsgründen einige Sekunden ab, bevor sie in einem vertraulichen Tonfall weitersprach. »Wie geht es Anna?«

»Keine Zustandsveränderung, Präsidentin. Soweit ich weiß, gibt es keine Probleme.«

Sie entspannte sich kaum merklich. »Danke.« Dann seufzte sie. »Mir wäre wirklich viel wohler, wenn Leonard bei ihr wäre. Ich hätte ihn und Mark nie mit auf den Planeten nehmen sollen.«

»Elizabeth«, sagte Rousseau, »du hast doch keine

Schuld daran. Du hast es doch selbst gesagt: Es gibt keinerlei Aufzeichnungen über Terrorismus auf Empyrea. Und wir hatten keinen Grund anzunehmen, daß sich gerade jetzt etwas zusammenbraut.«

»Vielleicht gab es *doch* einen Grund, und ich habe ihn nur nicht erkannt. Vielleicht habe ich mich so sehr von meinem eigenen Volk entfernt, daß ...«

»Selbst der beste Führer kann nicht *alles* wissen«, sagte Rousseau.

Doch sie hörte ihm kaum zu. »Vielleicht ist die öffentliche Meinung über die Vertragserneuerung viel explosiver, als ich annahm. Angenommen, ich habe selbst zu einer Eskalation beigetragen, indem ich dich deinen Vorschlag machen ließ?«

»Es war nicht so. Doch selbst wenn, es ist noch nicht vorbei. Und ein verrückter Empyreaner – oder auch eine ganze Bande –, tja, sie werden ohne Kampf nicht siegen.«

»Ohne Kampf? Mark, nicht mal *ich* weiß, auf welcher Seite ich jetzt stehe.«

Rousseau schob sich vor Kirk und füllte Elizabeths Bildschirm nun ganz aus. »Dann sag ich's dir. Du kämpfst um das Leben deiner Tochter und für Fairness und Gerechtigkeit. Und mehr kann auch kein *anderer* tun.«

Elizabeth schüttelte den Kopf. »Was ist mit Leonard?«

Rousseau zwang sich ein Lächeln ab. »Wer ihn auch hat – ich wette, Leonard kämpft ebenfalls. Und zwar auf seine Weise.«

»Es *gibt* doch gar keine Empyreanische Befreiungsfront, oder?« McCoy trank den letzten Schluck der leckeren Brühe und musterte Ethan über den Rand des Bechers hinweg. »Das heißt, sie besteht nur aus dir.«

»Bloß weil Sie sie nicht gesehen haben, bedeutet es nicht, daß es keine gibt«, sagte Ethan stur. »Die Waffen hier, die Basis, das habe ich mir doch nicht nur ausgedacht.«

»So habe ich es auch nicht gemeint«, sagte McCoy in einem Versuch, Ethan zu beschwichtigen. »Ich frage mich nur, ob du nicht abgewichen bist, um deinen persönlichen Kreuzzug zu starten.«

»Auf dieser Welt existiert eine Menge Unzufriedenheit. Sie und alle anderen, die dies unterschätzen, werden einen hohen Preis dafür bezahlen.«

McCoy schüttelte den Kopf, staunte über Ethan. »Als die Sache anfing, dachte ich, du hättest Zweifel an dem, was du machst.«

»Und jetzt?«

»Jetzt bin ich mir nicht mehr so sicher«, sagte McCoy und lachte leise.

»Was ist denn so komisch?«

»Mir ist gerade eingefallen, wieviel leichter das Leben ist, wenn man jung ist.«

Ethan musterte ihn mit tadelndem Blick. »Am Jungsein ist *nichts* leicht, Doktor. Wenn Sie das glauben, haben Sie ein lausiges Erinnerungsvermögen.«

»Nein, mein Sohn, hab' ich nicht. Du brauchst ja nicht mit mir einer Meinung zu sein, aber als *ich* jung war, kannte ich alle Antworten. Beziehungsweise ich wußte, daß es sie gab; daß sie nur darauf warteten, gefunden zu werden, falls man sich nur *angestrengt* genug umschaute, um sie zu finden. Je älter ich wurde, desto seltener wurden die Antworten – und umso zahlreicher die Fragen. Irgendwann hat man nur noch Fragen und kriegt *keine* Antworten mehr. *Deswegen* ist das Jungsein so einfach.«

Elizabeth March keuchte auf, als sie sich umdrehte und Clements unerwartet im Türrahmen des Büros stehen sah. »Clements! Ich dachte, du wolltest ...«

»... Spuren verfolgen?« erwiderte er und beendete den angefangenen Satz. »Hab' ich.« Er zeigte ihr einen kleinen Recorder und ließ die Aufzeichnung abspielen. Er hörte leidenschaftslos zu und beobachtete sie dabei.

Elizabeth riß die Augen auf, als sie ihre Stimme hörte. Es war das ganze Gespräch, das sie gerade mit Captain Kirk und Botschafter Rousseau geführt hatte – das Gespräch, das sie für privat gehalten hatte. Als es zu Ende war, wurde aus ihrer Überraschung finsterer Zorn. »Wie kannst du es wagen, meine Privatgespräche zu belauschen!«

»Ich hatte einen Verdacht. Und es ist mein Beruf, ihn zu überprüfen.«

»Verdacht! Du hast die Unantastbarkeit des Präsidentenbüros verletzt ...«

»... und die Präsidentin hat allem Anschein nach ein empyreanisches Gesetz gebrochen.«

»*Welches* Gesetz denn?« rief sie so laut, daß er für einen Augenblick aus dem Gleichgewicht geriet.

»Das weiß ich – noch – nicht«, sagte er mit sorgfältigem Nachdruck. »Aber ich habe vor, es in Erfahrung zu bringen. Es sieht so aus, als unterzöge sich Anna an Bord der *Enterprise* einer medizinischen Behandlung. Du könntest mir davon erzählen ...«

»Da gibt es nichts zu erzählen.«

»Ich könnte auch eine viel ausgedehntere, *öffentliche* Ermittlung in die Wege leiten.«

»Seit wann ist es deine Aufgabe, die Position der Präsidentin zu untergraben?«

Clements schob das Aufzeichnungsgerät in die Tasche. »Das gleiche könnte ich dich fragen.«

»Clements, es ist untypisch für dich, daß du etwas aus eigenem Antrieb unternimmst.«

»Du hast recht, Elizabeth. Ist es. Ich wurde von anderen Regierungsmitgliedern angesprochen, die absolut gegen eine Vertragsverlängerung ...«

»Und ich wette, sie haben dich beauftragt, mich um jeden Preis in die Pfanne zu hauen.«

Er schüttelte den Kopf. »Nein. Ich soll nur dein offensichtliches Wohlwollen in Sachen Föderation untersuchen. Und ich muß gestehen, ich habe nicht viel gefunden, was deine Politik erklärt. Es gibt eine klare Mehrheit gegen jede weitere Zusammenarbeit mit den Außenweltlern. Aber du hast wohl die Absicht, dich dieser Mehrheit zu widersetzen.«

»Auch Mehrheiten können irren, Clements«, erwiderte sie trocken und gewann ein gewisses Maß an Sicherheit zurück. »Ich will nur dafür sorgen, daß auch die oppositionellen Ansichten gebührend in Betracht gezogen werden. Und was deine Spitzelei anbetrifft, so hätte ich dich für klüger gehalten.«

»Ich mich auch«, sagte er mit dem Anflug eines Lächelns. »Ich würde es auch nicht als Spitzelei bezeichnen. Das Wort hat einen so *negativen* Beigeschmack. Sag doch einfach gerechtfertigte Überwachung.«

Ihr Zorn flammte wieder auf. »Gerechtfertigt? Wem gegenüber?«

»Den anderen Regierungsangehörigen. Ich arbeite doch nicht für dich persönlich. Ich arbeite für den Ministerrat. Und im Moment dürfte es dir schwerfallen, in deinem eigenen Kabinett viele Verbündete zu finden.«

»Ich bin nicht die erste Präsidentin, die an eine unpopuläre Politik glaubt, und ich werde nicht die letzte sein.«

»Stimmt. Aber eins sage ich dir: Wenn ich erfahre, was hier vorgeht – und ich *werde* es erfahren –, wirst du nicht mehr lange Präsidentin sein.«

Sie spannte die Wangenmuskeln an. »Mach weiter. Ermittle alles, was du willst. Aber erwarte keine Kooperation von mir. Und sei nicht überrascht, wenn ich dich von deinem Posten entferne.«

Clements Lippen verzogen sich zu einem kalten Lächeln. »Ich habe mich schon gefragt, ob du überhaupt noch zum Kämpfen fähig bist, Elizabeth.«

»Bin ich.«

Clements verließ mit einem respektvollen Nicken ihr Büro. Sie sank in den Schreibtischsessel zurück. Dann fing sie an zu zittern.

21

Captain Kirk saß in seinem Kommandosessel auf der *Enterprise* im virtuellen Herzen des Schiffes. Trotz der Aktivitäten und der vertrauten Mischung der ihn umgebenden Hintergrundgeräusche ertappte er sich dabei, daß er fortwährend wie hypnotisiert auf den Hauptbildschirm starrte, auf dem der Planet irreführend friedlich rotierte.

In den meisten Jahrtausenden, seit Menschen und andere Intelligenzen den Kosmos beobachtet hatten, waren ihnen planetare und stellare Bewegungen wie stabile Vorbilder erschienen. Ihre Gleichmäßigkeit und Unerschütterlichkeit hatten sie zur Grundlage von Kalendern und Kulturen gemacht, wo immer sich bewußtes Leben entwickelte.

Ihre Unveränderlichkeit hatte primitiven Völkern etwas gegeben, an das sie glauben konnten, wenn sie mit den Mysterien eines Universums rangen, das ihr Begriffsvermögen weit überstieg, und wenn sie sich den üblichen Gefahren stellten, die ihren täglichen Überlebenskampf ausmachten. Welches Tier sie an diesem Tag auch hatte fressen wollen oder welche feindlichen Stämme sie angegriffen hatten, wie viel oder wenig Nahrung sie fanden: Sonne, Mond und Sterne behielten ihre Bahn stets bei. Die Konstellationen kamen und gingen mit Tagen, Nächten und Jahreszeiten. *Etwas, an das man glauben kann.*

Im Lauf der Zeit hatte sich freilich die moderne Wissenschaft entwickelt. Man hatte Fragen gestellt, Theorien formuliert und Instrumente erfunden, um die neuen Ideen auszuprobieren. Nach und nach hatte man die universellen Konstanten neu untersucht, aus sich ständig erweiternden Perspektiven erforscht und schließlich herausgefunden, daß sie Teile irgendeines riesigen himmlischen Kaleidoskops waren. *Alles andere* als konstant.

In Wirklichkeit war Veränderung die einzig *wirkliche* Konstante.

Das zum Thema kosmische Stabilität, dachte Kirk. Als er an Spock und Scotty im wissenschaftlichen Außenposten, den in Geiselhaft befindlichen McCoy und die in der Krankenstation liegende Anna March dachte, kam er nicht um die Frage herum, um wie vieles es wohl leichter gewesen war, mit den Unbilden des irdischen Daseins fertig zu werden, als die Menschen noch an ein Uhrwerk-Universum und dessen schützenden, sicheren Aufbau geglaubt hatten.

»Captain«, sagte Uhura und unterbrach sein Sinnieren, »die Empyreanische Befreiungsfront meldet sich wieder.«

Kirk richtete sich schlagartig auf und musterte Chekov an der wissenschaftlichen Konsole.

»Diesmal lokalisieren wir sie, Captain«, sagte Chekov mit eiserner Entschlossenheit.

»Ich halte sie so lange wie möglich hin. Uhura, stellen Sie die Verbindung her.«

»Captain Kirk«, sagte Ethans Stimme durch die Lautsprecher, »hier ist die Empyreanische Befreiungsfront. Wir haben Ihr Gespräch mit der Regierung abgehört.«

»Ach?«

»Überrascht, Captain? Brauchen Sie nicht zu sein. Ich habe doch gesagt, daß wir eine Macht sind, mit der man rechnen muß. Wir wissen, daß Sie über uns gesprochen haben, und können Ihnen versichern, daß die Regierung uns ebensowenig finden wird, wie Sie. Falls Sie sich darauf verlassen, daß die hiesigen Behörden

Dr. McCoy ausfindig machen, werden Sie eine Enttäuschung erleben.«

»Falls Sie sich nur gemeldet haben, um herumzuprahlen …«

»Wir prahlen nicht, Captain Kirk. Wir geben Ihnen nur einen Rat und erinnern Sie daran, daß wir einen Gast haben, den Sie gern zurück hätten.«

»Einen *Gast?*«

»Wir halten dieses Wort für weniger provokativ als *Geisel;* für weniger bedrohlich. Eins wollen wir klarstellen: Wir haben nicht die Absicht, Dr. McCoy oder irgendeinen anderen zu verletzen.«

»Wie beruhigend. Dann lassen Sie ihn doch gehen.«

»Wir würden nichts lieber tun – sobald Sie und die empyreanische Regierung unsere doch nun wirklich nicht übertriebenen Forderungen erfüllen.«

»Übertrieben? Kommt auf den Standpunkt an«, sagte Kirk knapp. »Auch ich möchte eines absolut klarstellen: *Jede* noch so harmlose Forderung ist übertrieben, solange Sie einen Flottenoffizier gegen seinen Willen festhalten.«

»Tut uns leid, daß Sie es so empfinden, Captain Kirk. Wir hoffen, Sie überlegen es sich noch mal. Die Zeit arbeitet für uns. – Befreiungsfront, Ende.«

Kirk schaute Uhura an, die signalisierte, daß die Verbindung abgebrochen war. Dann stand sie auf und trat neben die wissenschaftliche Station. »Nun, Mr. Chekov? War er lange genug dran, um ihn einzukreisen?«

»Analyse läuft noch …« Chekovs Hand flog über die Tastatur und blätterte in den über den Bildschirm laufenden Daten. Dann erschien ein Gitternetz auf dem Schirm, und anschließend wurde eine dreidimensionale Darstellung des nach Westen rotierenden empyreanischen Globus sichtbar. Der Computer wählte rasch ein Netzquadrat aus, markierte es grün und vergrößerte es. Kirk musterte mit zunehmendem Interesse die Darstellung. Lokalisationskreise tauchten auf und blinkten, als der Computer einen Gebirgsabschnitt fokussierte. Er lag in der Mitte des Kontinents, weit entfernt von der planetaren Hauptstadt.

Chekov wandte sich mit geballter Faust und einem kurzen Lächeln um. »Wir haben ihn, Captain.«

»Die Quelle des Funksignals?«

»Aye, Sir.«

»Sind Sie sicher?«

»Siebenundneunzig Prozent Wahrscheinlichkeit. Initiiere jetzt fokussierte Sensorabtastung des entsprechenden Gebiets.« Als Chekov die Fundstelle studierte, runzelte er langsam die Stirn. »Verdammt.«

»Was ist denn?«

»Wir haben sie zwar lokalisiert, aber wir können Dr. McCoy weder raus-, noch eine Rettungsmannschaft reinbeamen.«

»Warum nicht?« Kirk trat neben die Konsole und beugte sich über Chekovs Schulter, um die Lage selbst in Augenschein zu nehmen.

»Sie halten sich zwei- bis dreihundert Meter unter der planetaren Oberfläche auf. Ein weit verzweigtes Höhlennetz. Die Art der Mineralablagerungen würde die Transporterfunktion stören. Wir können keinen sicheren Transport garantieren.«

Kirk setzte eine saure Miene auf. »Dann müssen wir eben heimlich eine Rettungseinheit auf den Planeten beamen, reingehen und sie hoppnehmen.«

»Dazu«, sagte Chekov, »fällt mir noch was ein, Sir.«

»Eine echte Option, Commander?«

»Aye, Sir. Es gibt vielleicht eine Möglichkeit, den Transporter so zu rekonfigurieren, daß er durch die geologische Interferenz stoßen kann.«

»Und wie?«

»Indem wir den Phasenübertragungsspulen mehr Energie zuführen und die Auflösung der Hauptbildtaster verdichten.«

Kirk kniff die Augen zusammen. »Und das schaffen Sie ohne Scotty?«

»Captain«, sagte Chekov und schaute leicht beleidigt drein, »ich habe ein paar Dinge von ihm gelernt.«

»Na schön, Mr. Chekov, schauen Sie mal, was Sie tun können«, sagte Kirk mit einem schiefen Lächeln. Dann verblaßte es. »Aber lassen Sie für den Fall des Falles eine schwerbewaffnete zwanzigköpfige Rettungseinheit antreten, die runterbeamt und durch den Haupteingang reingeht.«

»Aye, Sir«, sagte Chekov, sprang von seinem Sitz auf und eilte zum Turbolift.

Ramon Ortega schlug mit der flachen Hand auf die Konsole. »*Verdammt!*«

Der Krach zog sofort die Aufmerksamkeit Scotts und Spocks auf sich, die noch immer an den Terminals im Steuerzentrum der Beobachtungsstation arbeiteten.

Als Ortega sich auf dem Stuhl nach hinten warf, kam Scott zu ihm herüber. »Was ist denn, mein Junge?«

Ortega deutete mit einer Geste der Resignation auf seinen Monitor. Die großen gelben Buchstaben meldeten: FERNSTEUERUNGSSYSTEME ABGESCHALTET. Scott musterte die Worte ungläubig. »Schauen Sie sich das an, Mr. Spock«, sagte er mit vor Entsetzen hohler Stimme.

Spock war schon da. »Faszinierend«, murmelte er.

Scott fuhr zu ihm herum. »Es ist nicht faszinierend, Sir – es ist eine *Katastrophe!* Die Logikkontrolle hat versagt – die Konsolen nützen uns nichts mehr! Ohne sie haben wir keinen Zugriff mehr auf die versagenden Systeme im Inneren des Dämpfermoduls.«

»Indirekt nicht, das stimmt«, sagte Spock. Seine typisch vulkanische Unvoreingenommenheit war unerschüttert.

Scott glaubte seinen Ohren nicht zu trauen. »Sind Sie übergeschnappt, Mann? Da kann doch niemand *reingehen!* Die Plasmaisolierung ist kaputt. Die Impulsinjektoren müssen inzwischen längst geschmolzen sein!«

»Commander Spock«, sagte Ortega, »die Strahlungshöhe im Inneren des Dämpfermoduls ist innerhalb kurzer Zeit tödlich.«

»Ich will mich ja nicht lange da drin aufhalten.«

»Sir«, sagte Scott mit einem verständnislosen Kopfschütteln, »Sie *können* nicht da reingehen.«

»Mit einem Schutzanzug von der *Enterprise* kann man sich der Strahlung für eine begrenzte Zeit aussetzen und sie auch überleben.« Spocks Blick wanderte von Ortega zu Scott. Die beiden musterten ihn, als sei *seine* Logiksteuerung durchgebrannt. Er sprach schnell und präzise. »Wir haben keine andere Wahl, meine Herren. Wir befinden uns in einer Situation willkürlicher, folgenschwerer Systemsabotage. Soweit wir wissen, hat der ... beziehungsweise haben jene, die dafür verantwortlich sind, auch das Dämmfeld sabotiert ...«

Ortega dachte einen Schritt weiter. »Wenn das Dämmfeld sich auflöst, könnte die Strahlung Tausende von Empyreanern umbringen.«

»Deswegen haben wir keine Zeit mehr für Debatten. Es sei denn, einem von Ihnen fällt eine wirksamere Problemlösung ein ...«

»Wir müssen Verbindung zum Captain aufnehmen«, sagte Scotty beharrlich.

»Einverstanden«, sagte Spock; sie begaben sich zur Kommunikationskonsole. »Aber seien Sie schnell, Mr. Scott.«

Als Kirk sich Spocks Kurzbericht anhörte, kamen ihm die Lage und die Schlüsse des Wissenschaftsoffiziers gleichermaßen düster vor.

»Scotty?« Er hoffte, der Chefingenieur hatte eine andere Meinung, die ihm besser gefiel. Aber auch diese Hoffnung wurde enttäuscht.

»Ich fürchte, Mr. Spock hat recht, Sir. Wir haben keine andere Wahl.«

»Rekapitulieren wir noch mal«, sagte Kirk mit skeptischem Blick. »Die Systeme kippen um wie Dominosteine ...«

»Und zwar in willkürlicher Reihenfolge«, sagte Scott.

»... und die Dämmstruktur enthält genug Strahlung, um die halbe Hauptstadt zu entvölkern, falls sie entweicht. Und irgend jemand *muß* dort rein?«

»Aye, Sir«, sagte Scott mit einem ernsten Nicken. »Aber selbst unsere besten Strahlenschutzanzüge können ihn nur kurzfristig schützen.«

»*Wie* lange?« Je mehr Kirk hörte, desto weniger Illusionen hatte er hinsichtlich der Situation, die ihm nicht im geringsten schmeckte.

»Kann man nicht genau sagen, Sir. Da die Fernsteuerung versagt, wissen wir nicht, was da drin genau kaputt ist.«

»Und wie lange wird die Schadensinspektion dauern?«

»Ist ebenfalls momentan unbekannt, Captain«, sagte Spock.

»Das erfahren wir erst, wenn wir drin sind«, fügte Scott hinzu.

»Wir?« Kirk runzelte die Stirn. »Soll das heißen, Sie müssen beide dort rein?«

»Nein, Sir«, sagte Scott. »Einer von uns dürfte eigentlich reichen. Ich melde mich freiwillig.«

Spock musterte ihn mit einem scharfen Blick. »Bei allem gebührenden Respekt vor Mr. Scotts überlegenen Fähigkeiten als Ingenieur, Captain – aber als Vulkanier kann ich Strahlendosen dieser Höhe viel besser verkraften.«

»Das Kind ist schon in den Brunnen gefallen, Captain«, sagte Scott protestierend, »und Mr. Spock wird das gleiche passieren. Der Erste Offizier kann doch nicht ...«

»Ungeachtet Ihrer farbigen Metaphern, Mr. Scott«, fiel Spock ihm ins Wort, »besteht für mich eine zwingendere Rechtfertigung, derjenige zu sein, der im Inneren des Dämmkerns arbeitet. Sollte mein Versuch erfolglos sein, machen Ihr größeres Wissen über Systeme dieser Art und Ihr technisches Improvisationstalent Sie weniger entbehrlich.«

»Er hat recht, Scotty. Wenn er dort drin gebraten wird, sind Sie der beste Mann, der in letzter Sekunde mit einer Alternative kommen kann.«

»In letzter Sekunde?« sagte Scott grimmig. »Wie wahr.«

»Ich nehme an, Sie haben schon einen Plan?«

»Haben wir«, sagte Spock.

»Und wenn Sie fertig sind, beamen wir Sie sofort raus und in die Entgiftung?«

»Das ist vielleicht nicht möglich, Captain. Die Strahlung könnte die Molekülreintegration des Transporters stören ...«

»Das kann ich aber ausgleichen, Sir«, sagte Scott und warf Spock einen tadelnden Blick zu. »Wenn er fertig ist, hole ich ihn raus. Ich hab' 'n paar Ideen, wie ich es machen kann.«

Kirk preßte seine Lippen zusammen und atmete langsam aus. Es paßte ihm nicht im geringsten, Spock oder irgendeinen anderen Offizier einem Risiko auszusetzen, dessen Ursache ein Schlamassel war, den die maßlose Einbildung der Empyreaner und irgendein noch unbekannter Saboteur hervorgerufen hatten.

»Wir müssen jetzt *sofort* handeln, Captain«, sagte Spock.

»In Ordnung. Holen Sie sich alles, was Sie brauchen, aus dem Schiff. Und melden Sie sich, bevor Sie reingehen, Spock. Das ist ein Befehl.«

»Dr. Chapel!«

Die Stimme von Lieutenant Liftig, des Pflegers, der sich um Anna March kümmerte, dröhnte aus der Station nebenan in McCoys Büro hinein. Christine Chapels Kopf ruckte hoch, und ihr wurde klar, daß sie über dem Studium von Annas Daten am Schreibtisch eingedöst war.

Wie lange war sie weg gewesen? Sie hatte keine Ahnung.

Seit McCoys Verschwinden wohnte sie praktisch in der Krankenstation und blieb, so gut sie konnte, rund um die Uhr wach, um Annas Zustand zu überwachen. Sie machte höchstens mal ein kurzes Nickerchen in einem freien Diagnosebett. Sie wußte, daß sie es sich nie verzeihen würde, falls Anna während McCoys Abwesenheit etwas zustieß, auch dann nicht, wenn er ihr verzieh.

Sie eilte auf die Station, und noch bevor sie den Diagnosemonitor über dem Bett sah, wußte sie, daß irgend etwas schrecklich schiefgegangen war. Liftig beugte sich über den Anna umhüllenden Thorax-Lebenserhaltungsapparat.

»Nierenversagen«, murmelte er und wischte sich eine dunkle Locke aus der Stirn. »Kompensiere.«

»Oh, mein Gott«, sagte Chapel leise. »Das Aussetzen von Organfunktionen ist das erste Anzeichen dafür, daß die Behandlung fehlschlägt.«

»Was sollen wir machen, Doktor?«

»Wir nehmen eine Nierendiagnose vor, bewerten den Schaden und stellen fest, ob es eine mögliche andere Ursache gibt.«

Liftig nickte und griff nach dem Diagnose-Tricorder. »Sofort.«

Chapel spürte, daß ihr der kalte Schweiß ausbrach. Abgesehen von der Testreihe wußte sie nicht, *was* sie für Anna tun konnte. Vielleicht lag es nicht an der Behandlung, vielleicht wurde ihr Nierenversagen von etwas anderem hervorgerufen. Vielleicht war der Schaden minimal und reparabel.

Vielleicht war es auch Zeit für ein Wunder.

»Ein schlauer Umbau, Mr. Scott«, sagte Spock mit echter Wertschätzung. Er schaute zu, als der Chefingenieur ein spielkartengroßes Kommunikationsmodul in einen freien Steckplatz der Werkzeugbox seines silbergrauen Schutzanzugs schob. »Und der Energieausstoß dieses Subraum-Senders ist zweihundertsiebenundvierzigmal höher als der eines normalen Kommunikators?«

»So ungefähr.«

»Wird es die Ortung nicht überlasten?«

»Ich habe sie frisiert und vier Überschußspeicher eingebaut. Zwar wird die kleine Bestie nur ein paar Stunden arbeiten, bevor sie ausbrennt«, sagte Scott und schaltete das Gerät ein, »aber länger werden Sie *ohnehin* nicht drin sein. Solange es arbeitet, wird es wie ein Peilsender funktionieren und müßte in der Lage sein, die Umgebungsstrahlung zu durchdringen und den Transporter auf Sie einzuklinken.«

»Äußerst erfindungsreich.«

Scotts Leute hatten alle nötigen Ausrüstungsgegenstände auf den Planeten gebeamt. Während Ramon Ortega zuschaute, wie Spock sich auf die gefährliche Arbeit vorbereitete, die ihn im Inneren der Dämmstruktur erwartete, ertappte er sich bei dem Gedanken, die beiden Föderationsoffiziere falsch eingeschätzt zu haben.

Scott sicherte Spocks Helmverschluß, dann beugte er sich über eine Computerkonsole, um zu bestätigen, daß die Sensorentelemetrie des Schutzanzugs richtig registriert wurde, und zwar hier und an Bord der den Planeten umkreisen *Enterprise.* Zufrieden, daß die Senderverbindung funktionierte, nickte der Ingenieur. »Sie können jetzt rein, Mr. Spock.«

»Danke, Mr. Scott«, sagte Spock. Seine Stimme klang durch die Kommunikationseinrichtung des Anzuges gedämpft.

Scott schnippte seinen Kommunikator auf. »Scott an *Enterprise.*«

»Hier ist Kirk«, kam die Antwort. »Legen Sie los, Scotty.«

»Wir nehmen jetzt das Schadenskontrollverfahren in Angriff, Captain.«

»In Ordnung.« Kirk atmete schwer aus. »Viel Glück. Spock, seien Sie vorsichtig da drin.«

»Das ist ganz meine Absicht, Captain.«

»Kirk, Ende.«

Damit trat Spock in die Isolationskammer, die einen sicheren Puffer zwischen dem Kontrollraum und der Dämmstruktur bildete. Die wuchtige Tür glitt hinter ihm zu, die Isoliersiegel glitten an Ort und Stelle. Er stand an der Hauptschaltung, die Tür und Sicherheitssysteme manuell bediente. Als ein grünes Licht aufblitzte, drückte er den Knopf, der die innere Tür entriegelte. Sie öffnete sich, und er ging hinein. Die Tür schloß sich hinter ihm, und Spock war weg.

Während Pfleger Liftig weiterhin Prüfungen vornahm, zog sich Chapel ins Büro zurück und aktivierte den Bildschirm auf dem Schreibtisch. »Chapel an Captain Kirk.«

Kurz darauf war Kirks Abbild auf dem Schirm zu sehen. »Was ist denn, Doktor?«

»Haben wir Dr. McCoy noch immer nicht aufgespürt, Sir?«

»Wir sind etwas dichter an ihm dran. Warum?«

»Anna March hatte gerade ein Nierenversagen.«

Kirk versteifte sich. »Wegen der genetischen Behandlung?«

»Ich weiß es noch nicht genau, Captain. Aber ich glaube schon. Und wenn es so ist, könnte es das erste einer ganzen Reihe von Organausfällen sein.«

»Können Sie irgend etwas für sie tun?«

Chapel schüttelte frustriert den Kopf. »Ich weiß nicht, Captain. Ich kann es versuchen, aber es könnte die Sache auch verschlimmern. Ich habe mir Dr. McCoys

Notizen angeschaut. So etwas hat noch niemand gemacht. Nicht mal er weiß genau, wie man sämtlichen möglichen Komplikationen entgegentreten kann.«

»Er hat sich genau die richtige Zeit zum Improvisieren ausgesucht«, sagte Kirk seufzend.

»Falls eine Möglichkeit besteht, Dr. McCoy an Bord zu holen...«

»... wäre jetzt die beste Zeit dazu«, sagte Kirk, der genau wußte, was sie sagen wollte, denn er dachte nicht anders. »Ich weiß. Tun Sie, was Sie können, Christine. Wir machen das gleiche. – Kirk, Ende.«

Chapel bemühte sich, den Kloß in ihrer Kehle herunterzuschlucken. Es gab nicht viel, das sie tun konnte.

Kirk drehte sich auf der Brücke zur Funkanlage um. »Uhura, versuchen Sie, Kontakt mit der Befreiungsfront herzustellen.«

Uhuras Nicken bestätigte die Ernsthaftigkeit der Lage. »Aye, Sir.«

Kirk stand auf und trat ans Geländer der wissenschaftlichen Station, an die Chekov zurückgekehrt war, um sich um die Transporterkonfiguration zu kümmern. »Kommen Sie weiter, Mr. Chekov?«

Der Ausdruck auf Chekovs Gesicht machte ihm klar, daß er ihm nur allzu gern eine positive Antwort gegeben hätte. Aber er konnte es nicht. »Wir sind zwar nah dran, aber noch nicht drin, Sir.«

»Dann steht uns keine Option mehr offen. Mr. Chekov, melden Sie sich mit der Rettungsgruppe im Transporterraum. Halten Sie sich bereit, auf meinen Befehl hin auf den Planeten zu beamen.«

Chekov stand auf und nickte. »Aye, Sir.«

22

Das kühl-grüne gespenstische Schimmern der Notbeleuchtung tief im Inneren des Sternn-Fusionskerns stand in einem ironischen Widerspruch zu dem Explosionspotential, das sich rings um Spock sammelte. Die Höhe der Strahlung stieg in dem praktisch außer Kontrolle geratenen Reaktor fortwährend an.

Er stand, einen Tricorder in der einen und ein Magnetwerkzeug in der anderen Hand, vor mehreren Zugangsklappen, die drei Meter lang und zwei hoch waren.

Das Innenleben des computerisierten Herzens des Kraftwerks lag offen vor ihm und bestand aus einer Unmenge von Schaltkreisen und Stromkabeln, deren Sinn er irgendwie verstehen mußte, bevor es zu spät war. Irgendwelche Indikatorenlämpchen blinkten unheildrohend, andere hingegen waren erloschen.

»Der Saboteur war ziemlich gründlich«, sagte er vor sich hin, denn er wußte, daß Scott, der zur *Enterprise* hochgebeamt war, und Ortega im Stationskontrollzentrum ihn ständig überwachten. Sie konnten ihn hören, sie konnten ihm sogar Ratschläge erteilen, aber ansonsten waren sie nur hilflose Zuschauer.

»Weisen die Fehlfunktionen ein Muster auf?« fragte Ortega, der vor seiner nutzlosen Konsole hockte.

»Keins, das mir auffällt«, sagte Spock mit typisch objektiver Gelassenheit. »Das macht es leider schwierig vorauszuberechnen, in welcher Reihenfolge wir womit rechnen müssen. Was wiederum die Möglichkeit einschränkt, die Ausfallkurve vorherzuberechnen und zu unterbrechen.«

»Mr. Spock«, sagte Scott am Computerterminal im Transporterraum, »ich glaube, ich habe eine Möglichkeit, mehr Zeit für Sie herauszuholen.«

Spock schaute auf den Tricorder, dann schob er den Magnetstylus behutsam in einen Unterprozessorknoten. »Ich bin für Vorschläge immer zu haben, Mr. Scott.«

»Wenn wir einen Teil der aufgestauten Energie nicht absaugen, explodiert die Kiste, aber ich glaube, wir können es hinkriegen, indem wir einen Teil des Energieüberschusses auf die Orbitalplattform und das Satellitennetz ableiten.«

»Sie meinen, daß wir sie als Sicherheitsventile verwenden sollen?«

»Aye, Sir.«

»Eine faszinierende Vorstellung«, sagte Spock, »aber die daraus resultierende Überlastung wird sie beschädigen oder vernichten.«

»Das ist möglicherweise richtig«, sagte Ortega, »aber Explosionen kleiner Anlagen in einer hohen Kreisbahn sind für den Planeten eine weitaus geringere Gefahr als eine Katastrophe im Reaktorkern. Und wenn die Opferung der orbitalen Anlagen Ihnen eine größere Chance gibt, den Reaktor abzuschalten, bin ich voll und ganz dafür.«

»Ich auch«, sagte Scott.

»Dann stimme ich ebenfalls zu«, sagte Spock. »Hoffen wir, daß das entsprechende Operationssystem noch nicht ausgefallen ist.« Er nahm sich einen Moment Zeit, um das Innenleben des Steuercomputermoduls zu analysieren, und lokalisierte die nötigen Schaltungen. Er schwang sein Instrument mit chirurgischer Präzision. »Ich freue mich, Ihnen sagen zu können, daß es noch funktioniert. Ich werde jetzt die Emissionsreihe aktivieren ... Jetzt.«

Ortega biß sich auf die Lippe, als er seinen Computer auf einen Kanal schaltete, der die Verbindungen zwischen dem Energiekern am Boden, den Satelliten und der Orbitalstation überwachte. Beide zeigten plötzliche Sprünge im Energieempfang. Die externen Sensoren, die auf den Sternn-Kern gerichtet waren, zeigten einen entsprechenden Abfall. »Es funktioniert«, sagte er und hob die geballte Faust. »Emissionsreihe und Empfangsgerät funktionieren bestens.«

»Danke, meine Herren«, sagte Spock. »Ich werde mich bemühen, aus der gewonnenen Zeit das Beste zu machen.«

Als McCoy Jim Kirks Stimme über Ethans Kommunikationssystem hörte, reagierte er auf zweierlei Weise: Er war erleichtert, hatte aber auch eine ungute Vorahnung.

Obwohl er wußte, daß er sich nicht in unmittelbarer Gefahr befand, war es nicht gerade ein Vergnügen, gefangen zu sein. Wenn die *Enterprise* mit Ethan Kontakt suchte, statt darauf zu warten, daß die »Empyreanische Befreiungsfront« den nächsten Schritt unternahm, waren seine Kameraden bereit, eine Rettungsaktion durchzuführen. Vielleicht war Kirks Geduldsfaden jetzt endlich gerissen.

Vielleicht war aber auch etwas mit Annas Behandlung schiefgegangen, und man brauchte ihn dringend, um ihr Leben zu retten. *Warum bin ich nur so verdammt pessimistisch? Guter Gott, bloß das nicht. Wenn ich noch länger hier herumhänge …*

»Sie sind also bereit, unsere Bedingungen anzunehmen, Captain«, sagte Ethan, und in seiner Stimme schwang nicht die geringste Unterwürfigkeit mit. Er richtete sein altmodisches Schießeisen auf McCoys Brustkorb, was nur bedeuten konnte, daß er nicht eingeladen war, an dieser Konversation teilzunehmen.

»Nein, offen gesagt, nicht. Es ist uns trotz Ihrer Bemühungen gelungen herauszukriegen, wo Sie sind.«

»Sie bluffen doch, Captain.«

»Was macht Sie da so sicher?«

»Wenn Sie wüßten, wo wir sind, hätten Sie doch längst ein Einsatzkommando hergeschickt und den Vorteil der Überraschung genutzt.«

»Woher wissen Sie, daß wir *kein* Einsatzkommando auf den Planeten gebeamt haben? Vielleicht ist unser kleines Gespräch nur ein Ablenkungsmanöver.«

»Gut gemeint ist nicht gut *gemacht*, Captain. Erstens: Ihr Transporter kann die Mineralablagerungen zwischen hier und der Oberfläche nicht durchdringen. Zweitens: Ich habe die Umgebung überwacht, und es hat kein Anzeichen für Transporteraktivitäten gegeben.«

»Sind Sie bereit, Ihr Leben darauf zu verwetten?«

»Darum geht es mir doch gerade.«

Stille. »Wie wär's mit dem Leben einer anderen jungen Empyreanerin?«

McCoy hatte befürchtet, diese Worte zu hören. Die auf sein Herz gerichtete Kanone interessierte ihn nicht mehr, und er sprach, bevor Ethan reagieren oder etwas erwidern konnte. »Jim, geht es um Anna?«

»Maul halten, Doktor!« Ethan sprang auf und machte einen drohenden Schritt auf seinen Gefangenen zu. Sie waren drei Meter voneinander entfernt, als sein Finger sich um den Abzug des Revolvers legte.

McCoy ignorierte die Bedrohung. »Jim, antworte!«

»Sie leidet unter multiplem Organversagen, Pille. Chapel tut, was sie ...«

Mit einer hastigen Bewegung der linken Hand schaltete Ethan die Verbindung ab und schaute McCoy wütend an. »Verdammt noch mal! Ich hab' gesagt, Sie sollen die Klappe halten!«

Als die Verbindung unterbrochen wurde, versuchte Uhura sofort, erneut Kontakt mit der Befreiungsfront herzustellen. »Sie antworten nicht, Captain«, sagte sie schließlich.

Kirk nickte. Die diplomatischen Empfindlichkeiten der Empyreaner und die verschwommenen Begrenzungen der Föderationsvorschriften kümmerten ihn nicht mehr. McCoy und Anna waren ihm wichtiger. Wenn er einen diplomatischen Zwischenfall provozieren mußte, dann eben jetzt. Er drückte den Interkomknopf in der Lehne des Kommandosessels. »Kirk an Transporterraum. Mr. Chekov?«

»Aye, Sir.«

»Bringen Sie das Einsatzkommando runter. Seien Sie wachsam; wir wissen nicht, wie viele Leute es sind, und wir kennen ihre Bewaffnung nicht. Phaser auf starke Betäubung.«

»Aye, Captain. Wir werden Dr. McCoy finden. Und wir bringen ihn zurück.«

Chekov trug einen Kampfanzug, als er das zwanzigköpfige Einsatzkommando in die empyreanische Wüste führte. Sie materialisierten in der Nähe des Eingangs zu dem Höhlenlabyrinth, von dem man wußte, daß es McCoys Entführer beherbergte. So wie die geologische Beschaffenheit des unterirdischen Gesteins die Versuche störte, einen Transport unter die Erde durchzuführen, so machten sie auch jede diesbezügliche Tricorderanalyse fehlerhaft.

Chekov musterte stirnrunzelnd das in seiner Hand befindliche Gerät, dann schaute er auf und wandte sich an seine Leute. »Wie zu erwarten war, nehmen wir in den Höhlen zwar Lebensformen wahr, aber wir können nicht sagen, wie viele es sind und wo sie sich genau aufhalten. Wir teilen uns in vier Gruppen zu je fünf Personen auf und gehen durch die vier Haupttunnels. Je weiter wir unter die Erde kommen, desto besser müßten die Tricorder funktionieren.« *Hoffe ich wenigstens,* dachte er.

»Phaser auf starke Betäubung einstellen«, fuhr er fort. »Wir müssen davon ausgehen, daß die Angehörigen der Empyreanischen Befreiungsfront bewaffnet und gefährlich sind. Vergessen Sie nicht: Unsere Hauptaufgabe besteht darin, Dr. McCoy zu befreien und zu beschützen. Wir sind nicht auf einen Kampf aus. Wir wissen nicht, ob die Überraschung auf unserer Seite ist; seien Sie also darauf vorbereitet, als erste zu schießen, wenn es nötig ist, um unser Ziel zu erreichen. Noch irgendwelche Fragen?«

Niemand hatte welche.

»Na schön. Dann gehen wir jetzt rein.«

»Ethan«, fauchte McCoy, »*verstehst* du denn nicht? Anna *stirbt* ...«

»Warum sollte ich Ihnen glauben ...«

»... und ich bin der einzige, der sie retten kann!«

»Warum sollte ich Ihnen glauben?« Ethans Schrei hallte von den Höhlenwänden wider.

McCoy holte tief Luft und versuchte, seine eigene Wut im Zaum zu halten. Das Risiko wurde immer größer. Seine Nerven lagen blank. Er war noch immer an Händen und Füßen gefesselt. Ethan zeigte nun endlich Nerven, denn ihm wurde klar, daß die so sorgfältig vorbereitete Situation außer Kontrolle geraten konnte. Außerdem war Ethan derjenige mit der geladenen Waffe. McCoy mußte *äußerst* vorsichtig zu Werke gehen.

»Es ist dir doch am wichtigsten, Annas Leben zu retten, mein Sohn, oder etwa nicht? Deswegen hast du den ganzen Zirkus doch überhaupt veranstaltet.« McCoy sprach leise, aber er stellte keine Fragen. Er war sich ziemlich sicher, daß er die Antworten kannte. Aber er mußte sie von Ethan hören, wenn er weiterkommen, wenn er hier herauskommen und an Bord der *Enterprise* gelangen wollte, bevor es zu spät war.

Ethan schluckte schwer. »Die können Sie von hier nicht einfach raufbeamen.«

»Damit hast du recht, glaube ich.«

»Dann habe ich vielleicht auch recht, was Anna angeht. Vielleicht lügt Captain Kirk auch in dieser Hinsicht.«

»Er lügt nicht, Ethan. Es ist *nicht* irgendein Trick.«

»Woher soll ich das wissen?«

»Na schön, verdammt noch mal!« McCoy wußte zwar, daß ihm der Kragen platzte, und er hätte sich deswegen am liebsten in den Hintern getreten, aber er konnte nicht mehr anders. »Mal angenommen, es ist wirklich ein dämlicher Trick? Was ist das Schlimmste, was dann passieren kann? Dann ist die ›Befreiungsfront‹-Sache zu Ende, und du erfährst, daß es Anna gut geht. Aber wenn du dich *irrst* und es *kein* Trick ist, wird Anna nicht mehr da sein, um sich deine Entschuldigung anzuhören.«

Zum ersten Mal, seit diese Tortur angefangen hatte, sah McCoy Angst in Ethans Blick. Keine Furcht vor dem Tod oder einer Verwundung, sondern die Furcht, etwas Falsches getan zu haben. Angst vor der Bürde der Schuld. McCoy stocherte weiter.

»Bist du darauf vorbereitet, den Rest deines Lebens mit dem *Wissen* zu verbringen, daß du mich daran gehindert hast, Annas Leben zu retten?«

Ethan biß sich auf die Lippe. Aber er konnte sich noch immer nicht überwinden, zu antworten oder etwas zu tun.

»Hör zu, verdammt, wenn du mich nicht gehen läßt, gehe ich ohne deine Erlaubnis«, sagte McCoy. Er machte sich nicht mehr die Mühe, seine Empörung zu verbergen. Mit einem Blick auf das noch immer auf ihn gerichtete Schießeisen drehte er sich um, schlurfte zum Höhlenausgang zu und bemühte sich, das nervöse Klappern seiner Zähne zu verbergen.

»Sie finden den Ausgang an die Oberfläche nie.«

»Dann bring mich rauf«, sagte McCoy, ohne sich umzudrehen. »Wenn ich mich verlaufe und Anna stirbt, wie wirst du dich dann fühlen?«

»Bleiben Sie sofort stehen, Doktor.«

McCoy schlurfte weiter. Der Ausgang war nur noch ein paar Schritte entfernt.

»Wenn ich jetzt schieße, sind Sie nicht gelähmt, sondern tot.«

»Ich weiß, was Schießeisen sind, mein Sohn.«

»Dann zwingen Sie mich nicht …«

»Wenn du mich umbringst, bringst du auch Anna um. Ich glaube nicht, daß du das schaffst.«

»Dr. McCoy«, sagte Ethan mit verzweifelter Stimme, »bleiben Sie *stehen!*«

McCoy zwang seine Beine zu einem weiteren schmerzhaften Schritt. Dann hörte er das metallische Klicken eines Abzugs. Sein Herz setzte einen Schlag aus, und er hörte das betäubende Krachen eines Schusses. Er erstarrte, erwartete eine sich in seinen Körper bohrende Kugel …

… dann hörte er das Jaulen eines Querschlägers, der über ihm von der Felswand abprallte. Er sah, daß sich die Kugel in den Schlick des Grottenbodens bohrte.

Sein Herz schlug weiter. Er ging weiter auf die Öffnung zu, die hier herausführte. Dann spürte er, daß ihn etwas Hartes, Schweres, Spitzes zwischen den Schulterblättern traf. Er schnappte instinktiv nach Luft, dann wurde ihm klar, daß es keine Kugel gewesen war. Der Gegenstand landete auf dem Boden, und er schaute nach unten. Er war klein, nicht größer als sein Daumen. Es war der elektronische Schlüssel für die Schlösser der Hand- und Beinfesseln.

»Woher haben Sie gewußt, daß ich Sie nicht erschießen würde?« fragte Ethan, als McCoy sich befreite.

McCoy schaute mit einem matten Lächeln auf und fragte sich, ob sein Gesicht schon wieder Farbe hatte. »Wußte ich nicht.«

»Ich auch nicht«, sagte Ethan verlegen.

»Ach. Tja, dann sagen wir mal, ich bin davon ausgegangen, daß genetisch vervollkommnete Menschen bessere Dinge zu tun haben, als schwachsinnigen Ärzten in den Rücken zu schießen. Und jetzt bring mich so schnell wie möglich an die Oberfläche.«

Ethan fegte an ihm vorbei. »Kommen Sie, ich kenne eine Abkürzung.«

Auf der Brücke der *Enterprise* drehte Uhura sich auf ihrem Sitz um. »Captain!« Auf ihrem Gesicht zeigte sich ein erleichtertes Lächeln. »Es ist Chekov. Sie haben Dr. McCoy gefunden. Es geht ihm gut. Sie kommen jetzt an Bord.«

»Gut«, sagte Kirk. Auch er mußte grinsen. »Geben Sie in der Krankenstation Bescheid. Sagen Sie Dr. Chapel, die Kavallerie ist im Anmarsch.«

»Aye, Sir.«

»Ach, Commander ...«

Uhura schaute Kirk an. »Ja, Sir?«

»Hat Chekov gesagt, von wie vielen empyreanischen Befreiern Dr. McCoy festgehalten wurde?«

»Von einem, Sir.«

Kirk riß die Augen auf. *»Von einem?«*

Uhura nickte. »Von einem.«

»Also jetzt«, sagte Kirk und fragte sich nach der Identität des Mannes, dem es gelungen war, so viel Chaos anzurichten, »soll mich doch der Teufel holen.«

23

McCoy und Ethan beamten, von Chekov und zwei angestaubten Wachen eskortiert, vor dem Rest des Einsatzkommandos an Bord der *Enterprise.* Kirk, Elizabeth March und Mark Rousseau erwarteten sie im Transporterraum, um sie in Empfang zu nehmen. Doch McCoy war kaum auf der Plattform materialisiert, als er auch schon die Beine in die Hand nahm und zur Tür rannte. »Keine Zeit für Geschwafel«, rief er, und schon war er weg.

»Keine Angst«, sagte Kirk zu den anderen, als sie zur Krankenstation eilten. »Wenn es jemanden gibt, der ihr helfen kann, ist es McCoy.«

Elizabeth musterte Ethan mit einem finsteren Blick. »Wie konntest du das nur tun?«

»Ich habe gedacht, es sei des Beste für Anna«, sagte Ethan in einem verdrießlichen Tonfall, »und für alle, die nicht damit einverstanden sind, in Zwangsisolation zu leben.«

»Ethan, du wirst es vielleicht nicht glauben, aber ich kann diese Isolationspolitik ebensowenig ausstehen wie du.«

»Wie soll ich *so was* glauben können? Sie sind doch die Chefin der Regierung, die diese Politik durchsetzt!«

»Darum geht es doch bei der Vertragserneuerung.«

»Eine Erneuerung, die Sie mit diesem ganzen Quatsch beinahe zum Tode verurteilt hätten«, grollte Rousseau Ethan an. »Befreiungsfront, Entführung … Was haben Sie sich bloß dabei *gedacht?*«

Kirk empfand fast Mitleid mit Ethan. Fast. Obwohl

der Junge von allen Seiten nur von Feindseligkeit umgeben war, gelang es ihm, seine Würde zu bewahren – was unter diesen Umständen keine geringe Leistung war. Kirk bewunderte diese Art Gleichmut unter Beschuß, aber nicht so sehr, um das zu verzeihen, was Ethan angerichtet hatte. Wenn der Junge nur nicht so stur gewesen wäre.

Draußen im Weltraum, auf einer Kreisbahn, 28 000 Kilometer über der Oberfläche Nova Empyreas, explodierte ein Satellit aus der Kette der Föderationsbeobachter. Scott, der im Transporterraum die Stellung hielt, sah den Ausbruch funkelnder Metallfetzen auf dem Bildschirm an der Wand.

Der erste Satellit, der der Energieüberlastung zum Opfer fiel, die aus dem planetaren Reaktor strömte, war nur ein Vorbote größerer Kalamitäten, falls Spocks Schadenskontrollarbeit nicht *bald* Erfolg zeigte.

Als Scotty auf Spocks Meldung wartete, wäre er am liebsten auf und ab gegangen. Aber er wagte es nicht, den Blick von den Monitoren abzuwenden, die ihm Daten über die Höhe der Strahlung lieferten, der Spock ausgesetzt war, und über den kritischen Zustand des Sternn-Reaktors selbst.

Manche Menschen wurden mit zunehmendem Alter geduldiger. Aber nicht Montgomery Scott. Je älter er wurde, desto quengeliger wurde er. *Wenn ich nicht aufpasse, werde ich noch so wie McCoy,* hatte er in letzter Zeit des öfteren gedacht. Doch nichts stellte seine Geduld mehr auf die Probe als Warterei dieser Art – wenn man am Rande einer Katastrophe die Zeit totschlagen mußte und nicht in der Lage war, persönlich einzugreifen.

Falls überhaupt jemand die junge Anna March retten konnte, dann Dr. McCoy. Und wenn jemand die Katastrophe in der Beobachtungsstation auf Nova Empyrea abwenden konnte, dann Spock. Scotty hatte im Lauf der Jahre gesehen, daß die beiden die bedrohlichsten

Katastrophen mit bemerkenswerter Regelmäßigkeit vereitelten. Obwohl er es nie aussprach, hielt er sie für fähige Mitglieder des Wundertier-Clubs der *Enterprise*, jener ausgewählten Gruppe von Offizieren, zu denen auch er gehörte und auf die Kirk sich mit absolutem Vertrauen verlassen konnte.

Aber Wunder hatten es nun mal an sich, daß sie nicht jeden Tag vorkamen. Manchmal kamen sie nicht mal dann vor, wenn man sie am dringendsten brauchte.

Scotty überprüfte die Meßwerte, die ihm aber nur Schreckliches mitteilten. Der außer Kontrolle geratene Energieausstoß des Reaktors nahm nicht ab, und Spock näherte sich der Grenze dessen, was er in der tödlichen Atmosphäre im Inneren des Dämm-Moduls ertragen konnte. Dann zeigten die Monitoren ohne Warnung etwas Neues: Der Strom der gefährlichen überschüssigen Energie, die sie auf die Satelliten und die Plattform in der Kreisbahn ableiteten, zeigte einen steilen Abfall bis fast auf Null.

Doch bevor Scott herausbekam, was diese Entwicklung bedeutete, hörte er Ramon Ortegas Stimme über die Kommunikationsverbindung zum Hauptbeobachtungskomplex, einer Frequenz, die sie während der Notsituation offen gelassen hatten.

»Die Emissionsreihe hier hat sich gerade abgeschaltet«, sagte Ortega.

Scott stieß ächzend die Luft aus. »Das zum Thema Notventil.«

McCoy trat im Lazarett von Annas Bett zurück und schaute zu, als ihr Brustkorb sich in einem schwachen, aber regelmäßigen Rhythmus hob und senkte. Er lauschte dem Pulsieren des Respirators, der ihr beim Atmen half, denn sie war ohne Bewußtsein, gefangen in der medizinischen Unterwelt zwischen Leben und Tod. Dann schaute er die mit blassem Gesicht neben ihm stehende Christine Chapel an. Ihre Schultern waren herabgesackt.

»Tja, das hätten wir«, sagte er in dem Bemühen, nicht so untröstlich zu klingen, wie sie auf ihn wirkte. »Wir haben getan, was wir konnten. Der Rest liegt nun an Anna und Gott, falls es einen gibt.«

»Haben wir auch bestimmt nichts übersehen?« fragte Christine Chapel.

»Natürlich nicht«, sagte McCoy mit einem finsteren Blick und in einem so scharfen Tonfall, daß er ihn gleich bedauerte. Er rieb sich die Augen. »Verzeihung, Christine. Ich wollte Sie nicht anfauchen. Es war ein langer Tag.« Er musterte das Digitalchronometer der Bioscananzeige. »Das heißt, *zwei* lange Tage. In der Höhle bin ich so gut wie nicht zur Ruhe gekommen.«

»Ich weiß.«

McCoy musterte sie von der Seite, nahm ihren Arm und führte sie zu den an der Wand stehenden Stühlen. »Was rede ich denn? Ich habe gehört, daß Sie während meiner Abwesenheit auch nicht viel Schlaf bekommen haben. Das war aber nicht sehr klug.«

Sie setzte sich und zwang sich zu einem Lächeln. »Ich habe von Ihnen gelernt.«

»Ja, aber niemand weiß, daß ich nicht immer das beste Vorbild bin«, sagte er wehmütig, »sondern *Sie*. Ich hätte hier sein müssen, als Sie mich brauchten. Tut mir leid.«

»Ich habe Sie doch überredet, von Bord zu gehen. Ich hätte bei der Beobachtung Annas einfach besser sein müssen.«

»Wer, zum Henker, sagt denn *so was?*«

Sie blickte auf Anna. »Das braucht mir niemand zu sagen.«

McCoy maß sie mit einem finsteren Blick, dem sie auswich, indem sie zu Boden schaute. Er legte eine Hand unter ihr Kinn und hob ihren Kopf an, so daß sie weder seinem Blick noch seinen leisen heiseren Worten ausweichen konnte. »Jetzt hören Sie mal zu, Christine. Ich habe mir diese verrückte Behandlung für Anna ausgedacht – und ich habe allen erzählt, daß ich weiß, was ich da tue. *Ich* habe mir nicht die Zeit genommen, Sie auf alles hinzuweisen, was geschehen kann. *Ich* habe gedacht, ich wäre gleich wieder da. Wenn man also jemanden für die Komplikationen verantwortlich machen muß, dann *mich.*«

»Aber ich war während Ihrer Abwesenheit für sie verantwortlich.«

»Und Sie haben *alles* für sie getan, was Sie konnten. Ich hätte auch nicht mehr tun können. Wir wußten doch, daß es ein Risiko ist. Falls Anna stirbt, wird ein Teil meines Ichs mich bis zum Tag *meines* Todes hassen. Aber ein anderer Teil meines Ichs weiß auch, daß das Risiko mit Zustimmung akzeptiert wurde und wir unser Bestes getan haben.«

Christine schüttelte den Kopf, suchte etwas Beruhigung bei einem Menschen, dessen medizinische Erfahrung ihre eigene weit übertraf – eines Menschen, den sie trotz oder wegen seiner menschlichen Schwächen bewunderte. »Muß man sich nicht fragen, ob wir irgend *etwas* hätten tun sollen; etwas, an das wir nicht gedacht haben?«

McCoy zuckte mit keiner Wimper. »Muß man nicht.«

Wer sich mit Vulkaniern auskannte, der wußte, daß sie weitaus komplexer waren, als ihr stoisches Benehmen vielleicht andeutete. In längst vergangenen Zeiten waren sie Krieger gewesen und hatten sich von den gleichen wilden Leidenschaften treiben lassen wie alle anderen Lebewesen der Galaxis. Noch heute schlug trotz aller Jahrtausende, die sie damit verbracht hatten, die Logik zu kultivieren und ihre Gefühle zu beherrschen, in jedem Vulkanier das Herz eines uralten Kriegers. Die Leidenschaften der alten Zeiten waren nicht ausgerottet, sondern lediglich umgeleitet worden. Es lag nicht im stolzen Charakter eines Vulkaniers, die Waffen zu strecken.

Andererseits befahl der vulkanische Intellekt auch nicht, man solle sinnlos gegen objektiv unüberwindbare Hindernisse kämpfen. Heutzutage, im Kampf zwischen sturer Emotion und unerbittlicher Logik, machte ein hart errungener philosophischer Mittelweg es den Vulkaniern möglich, mit sich selbst im Frieden zu leben.

Ein Mensch dachte möglicherweise so: Kämpfe wie der Teufel, aber habe die Würde zu wissen, wann der Kampf verloren ist.

Spock wußte es. Die Zeit war um. Die Strahlungsanzeige sagte ihm, daß er das Ende des Sicherheitsspielraums im Inneren des beschädigten Reaktors erreicht hatte. Es war ihm nicht gelungen, den noch immer unkontrolliert glosenden Hochofen abzuschalten. Ob aus finsterer Absicht oder reinem Glück, der geheimnisvolle Saboteur hatte Spock in ein eskalierendes Spiel verwickelt, das zwar so aussah, als liefe es nach festen Regeln ab, aber nun zeigte sich, daß es doch keine hatte.

Spock hätte Menschen – nicht mal seinen besten Freunden gegenüber – nie eingestanden, daß die streng logische Handlungsweise, die sein Volk favorisierte, ihre Grenzen hatte. Aber bei seltenen Gelegenheiten gestand er es sich ein. Dies war eine solche Gelegenheit. Die Logik führte ihn gewohnheitsmäßig dazu, an Probleme heranzugehen wie an ein Puzzle, das man analysierte und geistig löste. Der Saboteur hatte ihn erfolgreich glauben lassen, er sei nur einen kurzen Schritt davon entfernt, das System der geplanten Fehlfunktionen zu durchschauen.

Ihm fiel eine ironische Redewendung der Menschen ein, die treffend beschrieb, was er tatsächlich getan hatte: *Ich bin einem Phantom nachgejagt.*

Die Zeit war um. Und doch …

»Mr. Spock.« Scotts Stimme ertönte im Inneren seines Helms. »Ich muß Sie jetzt da rausholen.«

»Nein. Warten Sie.«

»Was soll das heißen, *warten?* Sie sind über die Zeit ...«

»Ich muß einen letzten Versuch machen.«

»Um *was* zu tun?«

Vielleicht war noch Zeit für eine späte unlogische Improvisation. »Um zu tun, womit der Saboteur nicht gerechnet hat: die Brennstoffhülse entfernen.«

»Aye«, sagte Scott mit Vorbehalt. »Das zieht zwar den Stecker raus, aber ...«

»Das ist unmöglich, Commander Spock!« Ortega mischte sich nun von der Konsole im Kontrollraum in ihr Gespräch ein. »Die Strahlung muß in diesem Teil des Dämpfermoduls am schlimmsten sein. Die Brennstoffhülse kann nicht entfernt werden, während sie im Gebrauch ist. Selbst wenn Sie in den Tank hineinkämen – die elektromagnetischen Dämmfelder würden Sie töten, sobald sie ihn öffnen. Und selbst wenn Sie es überleben – die Hülsenmatrix ist zu groß und zu schwer, als daß ein einzelner sie tragen könnte.«

»Ich habe nicht die Absicht, sie zu tragen, Dr. Ortega. Falls meine Idee durchführbar ist, ist es nicht nötig, den Tank zu öffnen und mich der Strahlung auszusetzen.«

»Verzeihen Sie, Mr. Spock«, sagte Scott, »aber was, zum Henker, haben Sie *vor?*«

»Ich werde das Transporterpeilgerät am Gehäuse der Brennstoffhülse befestigen, und Sie werden sie mitsamt der Brennstoffkügelchen in den Weltraum beamen.«

»Ich weiß nicht, inwiefern die Strahlung den Transporter beeinflußt, Sir«, sagte Scott. »Und wenn Sie das Peilgerät nicht mehr haben, kann ich *Sie* vielleicht nicht mehr dort rausholen.«

»Ich werde während des Transports dicht an der Hülse bleiben. Die Höhe der Umgebungsstrahlung müßte sofort nach Entfernen der Hülse um einen beträchtlichen Prozentsatz sinken ...«

»Aber es gibt keine Garantie, daß sie so weit sinkt,

daß der Transporter die ganze Strahlung durchdringen kann, die sich dann noch dort befindet«, nörgelte Scott.

»Und außerdem«, sagte Ortega, »haut es vielleicht sowieso nicht hin. Soweit ich Ihr Transportersystem kenne, wandelt es feste Materie in einen subatomar zerlegten Materiestrom um und sendet ihn im Inneren eines ringförmig eingegrenzten Strahls.«

»Das stimmt, Doktor«, sagte Spock.

»Nun, die Brennstoffkügelchen im Inneren der Hülse werden durch den Transport destabilisiert«, sagte Ortega. »Ihre Unbeständigkeit macht sie überhaupt erst zu Brennstoff. Eine Destabilisierung könnte reichen, um eine explosive Kettenreaktion zu starten. Und wenn das passiert – ob hier oder an Bord Ihres Schiffes –, kommt es zu einer Katastrophe.«

»Mr. Scott«, sagte Spock ohne das geringste Zögern, »wenn Sie die Durchlaufintervalle im Transporterpuffer komprimieren und die Energie der Phasenübergangsspulen erhöhen, müßte dies die Reihenfolge beschleunigen und die Festigkeit des Materiestrahls verstärken. Das Risiko einer Kettenreaktion dürfte dann minimal sein.«

Scotty, allein im Transporterraum, nickte und verlor sich für den Bruchteil einer Sekunde in einer rein technischen Betrachtung. »Aye. Ich glaube, Sie haben recht.« Dann hielt er abrupt inne und schüttelte den Kopf, damit er wieder frei wurde. »Mr. Spock, wir reden hier über eine Sache, die unser Schiff vernichten könnte! So was können wir ohne den Befehl des Captains nicht machen ...«

»Wir haben keine Zeit für Diskussionen, Mr. Scott«, sagte Spock. »Ich befehlige dieses Unternehmen.«

»Wenn's nicht funktioniert«, sagte Scott, »kann uns ohnehin keiner mehr verknacken.«

»Wir müssen das Risiko eingehen. Ich trage die alleinige Verantwortung, und die Tatsachen sind unwiderlegbar: Ich kann mich der Strahlung nicht mehr lange aussetzen. Dies ist das einzige Mittel, mit dem wir den Reaktor abschalten können, bevor er höchstwahrscheinlich explodiert. Reprogrammieren Sie die Transportersteuerungsreihenfolge so, wie wir es besprochen haben. Ich gehe nun zum Brennstofftank. Haben Sie mich noch in der Peilung?«

»Mr. Spock!« sagte Scott protestierend.

»Peilung beibehalten«, befahl Spock in einem Tonfall, der keinen Widerspruch duldete.

»Aye, Sir«, sagte Scott unglücklich. »Programmiere um… Behalte Peilung bei…«

Die Lichter an Bord der *Enterprise* flackerten kurz, dann strahlten sie wieder mit normaler Helligkeit.

Kirk richtete sich in seinem Sessel auf. »Was war das, verdammt noch mal?«

Sulu warf einen Blick auf die Indikatoren der Steuerkonsole. »Energieabfall im Hauptmaschinenraum, Captain.«

»Ursache?«

»Es ist die Transporteranlage, Sir«, sagte Chekov an der wissenschaftlichen Station.

»Was macht Scotty da, verdammt?« fragte Kirk laut. Er drückte den Interkomknopf in der Armlehne. »Kirk an Transporterraum.« Er wartete eine Weile, aber niemand meldete sich. »Kirk an Transporterraum. Mr. Scott, sind Sie da unten?«

»Aye«, murmelte Scott vor sich hin. »Ich bin hier. Aber vielleicht nicht mehr lange.«

Er wußte, daß man die Energieableitung in den Transporterraum auf der Brücke registrieren würde. Aber er schaltete das Interkom nicht ein. Er mußte das Risiko der Insubordination eingehen, also hatte er sich vorgenommen, sich nicht zu melden. Er hatte keine Zeit für Erklärungen, und er konnte auch nicht mehr zurück. Er konnte es sich nicht leisten, seine Aufmerksamkeit zwischen der vor ihm stehenden Aufgabe und dem Captain aufzuteilen.

Scott beobachtete mit festem Blick die Monitore auf der Transporterkonsole und wartete darauf, daß Spock sich meldete. Auf seiner Stirn bildeten sich dicke Schweißperlen, aber seine Hände waren ruhig und sicher.

Spock fand die dicke Metalltür, die die Kammer mit dem Brennstofftank versiegelte. Er bediente die Tasten, die Tür glitt auf und machte ihm Platz. Die Luft knisterte rings um ihn, als er den Peilsender von seinem Strahlenschutzanzug löste und an dem vertikalen rechteckigen Tank befestigte, der die Hülse enthielt.

»Spock an Mr. Scott. Der Sender ist befestigt. Anpeilen – und Energie!«

Scott aktivierte den Transporter mit einer Hand. Mit der anderen modulierte er die zusätzliche Energie, die durch die Einheit brauste. Präzise, wie er war, traute er dem Computer nicht zu, sich der Sache anzunehmen. Er mußte sich auf seine Intuition verlassen. »Na, komm schon, komm schon«, murmelte er leise wie ein ungeduldiger Vater. »Schnapp dir das Ding da unten ...«

Spock stand einen Meter vom Dämmtank entfernt und richtete seinen Tricorder in die Richtung, von der er wußte, daß dort der Brennstoffbehälter des Reaktors befestigt war. Wenn der Transporter funktionierte, hätte er sich in ein, zwei Sekunden auf ihn einpeilen müssen. Aber der Tricorder meldete, daß die Hülse noch im Inneren des Tanks war, fest in ihrer Halterung. Irgend etwas war schiefgegangen.

»Haben Sie Energie gegeben, Mr. Scott?«

»Aye, Sir!« kam die aufgeregte Antwort. »Es gibt zu viele Störungen für eine positive Peilung. Die Schaltung weist die automatische Reihenfolge ab ...«

»Sicherheitsprotokoll abschalten, rekalibrieren, neue Energie.«

»Was glauben Sie, das ich hier *mache?* Dudelsack spielen? Wenn die Taster die Auflösung nicht halten, kriegen wir die Brennstoffhülse nicht raus. Wir werden sie nur destabilisieren, und dann fliegt sie Ihnen um die Ohren.« Scott verfiel für einige Sekunden in Schweigen, dann grunzte er. »Na, bitte. Ich hab' sie, aber wer weiß, wie lange. Aktiviere *jetzt!*«

Er schaltete erneut den Transporter ein. Währenddessen schauten er, Spock und Ortega aus ihren Positionen zu. Der Unterschied bestand darin, daß die beiden nur Beobachter waren. Es waren Scottys Hände, die nun das Schicksal lenkten.

Während alle drei den Atem anhielten, erfuhren sie von ihren aufeinander abgestimmten Instrumenten, daß der Transporter sein Ziel gefunden hatte. Sie zeichneten den Start der methodischen Molekulardesintegration der Brennstoffhülse auf. Niemand wußte genau, was als nächstes passieren würde.

Vom Standpunkt des Technikers aus wußte Scott, was hätte passieren *müssen.* Er wußte ebenso, daß er nichts dagegen tun konnte. Entweder funktionierte es – oder nicht. Es würde innerhalb einer Zeitspanne von weniger als fünf Sekunden passieren. Und ein paar Millisekunden in der Mitte der Autosequenz würden entscheiden, ob sie Erfolg hatten oder starben.

Die Lichter wurden matter, als die Stromversorgung des Transporters und der Phasenübergangsspulen das Dreifache ihres normalen Energiebedarfs aus den gewaltigen Warp-Triebwerken der *Enterprise* absaugten. In einer Zeit, in der man nicht mal blinzeln konnte, fegte der Materiestrom durch den Puffer – ohne daß das Schiff explodierte. Noch nicht.

Die zielnehmenden Taster waren bereits auf maximale Reichweite und Streuung geschaltet. Die Emissionsanlagen des Transporters taten ihre Arbeit. Die

Moleküle, die einst die nun versetzte Brennstoffhülse gebildet hatten, rematerialisierten als funkelnde Plasmawolke vierzigtausend Kilometer entfernt im All.

Scott erlaubte sich endlich wieder Luft zu holen.

»Gut gemacht, Mr. Scott«, sagte Spock.

Scotts Antwort ließ einige Sekunden auf sich warten, doch er klang erleichtert. »Danke, Mr. Spock.« Dann riß er die Augen auf. *Spock! Mein Gott, ich habe Spock vergessen!* Seine Hände flogen über die Transporterkonsole und gaben den nächsten Befehl ein. »Mr. Spock! Ich hol Sie sofort da raus! Bereithalten ... Gebe Energie.«

Der Transporter fing an zu summen. Scott kannte seine Geräusche besser als den eigenen Herzschlag, deswegen hörte er sofort, daß er nicht *richtig* klang. Dann stieß die Anlage ein elektronisches Stottern aus, zapfte weitere Reserven der Raumschiffenergie an und unternahm einen neuen Versuch.

Scotty knirschte mit den Zähnen und betete darum, daß der Transporter durch die noch immer zerstörerische Strahlung griff, die in der Dämmstruktur des Reaktors gefangen war. Er schaute zu, als Spock endlich in der flackernden Kammer zu materialisieren begann. Zwei Sekunden später stand der Erste Offizier vor ihm.

Er blieb auf der Plattform stehen und hatte den Helm noch auf. »Dekontamination einleiten, Mr. Scott.«

»Aye, Sir.« Scott berührte die Kontrolltaste, und das Entgiftungsfeld erfüllte die Transporterkammer mit einem blitzend grünlichen Leuchten. Der Ingenieur behielt den Blick auf der Sensorenanzeige, die Spocks Zustand meldete. Einige Sekunden später war das Verfahren beendet, und die Lichtstärke wurde wieder normal. »Die Biosensoren sagen, daß Sie sauber sind, Mr. Spock. Reststrahlung in akzeptabler Höhe. Also ab in die Krankenstation mit Ihnen.«

»Das wird nicht nötig sein«, sagte Spock, als er die Stufen herunterkam.

Scott stemmte die Arme in die Seiten und verstellte

ihm den Weg. »Vorschrift, Sir. Ob Sie nun Erster Offizier sind oder nicht.«

Spock gab mit einem willfährigen Nicken nach. »Verstanden, Mr. Scott.« Er ging zur Tür und bemerkte, daß Scott ihm folgte.

»Nur um sicherzugehen, daß Sie *wirklich* hingehen, Sir.«

24

»Sie sind in Ordnung, Mr. Spock«, sagte Christine Chapel und drehte den kleinen Biotaster in der Hand. Die Bildschirmanzeige bestätigte, daß keine Reststrahlung an ihm zurückgeblieben war.

»Genau das habe ich auch zu Mr. Scott gesagt«, erwiderte Spock und schwang die Beine über den Rand des Diagnosebettes.

»Tut aber nicht weh, es nachzuprüfen«, sagte Scotty. »Wäre mir nicht recht, wenn Sie plötzlich im Dunkeln anfingen zu leuchten.«

Die Tür zum Untersuchungsraum glitt auf. Ramon Ortega trat mit einem zurückhaltenden Nicken ein. »Meine Herren?«

Scotts Brauen rutschten nach oben. »Dr. Ortega! Sie hätte ich auf der *Enterprise* am wenigsten erwartet.«

»Ich ... ähm ... habe mir Sorgen um Commander Spocks Zustand gemacht.«

»Er ist in einem ausgezeichneten Zustand«, sagte Christine Chapel. »Aber wenn Sie mich jetzt entschuldigen wollen ... Ich habe noch einiges zu erledigen.«

»Danke für Ihre Mithilfe, Doktor«, sagte Spock.

»Gern geschehen, Mr. Spock.« Chapel ging lächelnd hinaus.

Die Tür schloß sich hinter ihr. Ortega blieb mit Scott und Spock allein zurück. Der Empyreaner wirkte ziemlich kleinlaut. Nichts an ihm wies auf die hochmütige Arroganz hin, mit der er den beiden noch vor wenigen Tagen begegnet war. Er wirkte sogar eindeutig zerknirscht. »Freut mich, daß Sie gesund sind, Commander.«

»Ich weiß Ihre Sorge sehr zu schätzen, Dr. Ortega«, sagte Spock. »In welchem Zustand ist die Station?«

»Wir haben die Dekontamination eingeleitet und machen alles sauber.«

Scott musterte ihn scharf. »Wirklich? Mit Ihren eigenen Leuten? Ich dachte ...«

»Ich weiß, was ich bei unserer ersten Begegnung gesagt habe, Mr. Scott. Man sieht, seither hat sich eine Menge verändert. Wir Empyreaner kümmern uns um unsere Pflichten.«

»Hab' ich das je bestritten?«

»Offen gesagt, Mr. Scott«, sagte Spock, »haben Sie angedeutet ...«

Um Scott nicht in peinliche Verlegenheit zu bringen, warf Ortega hastig und diplomatisch ein: »Wer hat nicht schon mal etwas gesagt, von dem er sich später wünschte, er könnte es ungeschehen machen?« Dann holte er tief Luft, als bereite er sich auf einen Sprung in fremdes Terrain vor. »Wenn wir die Politik und philosophischen Diskussionen mal außer acht lassen, ist unsere Welt Ihnen zu sehr großem Dank verpflichtet. Als uns das Ausmaß des Reaktorproblems klar wurde, hätten Sie doch sagen können, es sei *unser* Problem. Sie hätten einfach fortgehen können.«

»Hätten wir«, sagte Scotty. »Konnten wir aber nicht. Wir sind nun mal nicht so, Doktor.«

»Das weiß ich jetzt auch. Sie haben Ihr Leben für uns aufs Spiel gesetzt, für ein Volk, daß Sie nicht gerade mit offenen Armen willkommen geheißen hat. Ich möchte Ihnen sagen, daß diese mutige Tat nicht unbemerkt geblieben ist.«

»Wie 'ne Entschuldigung klang das aber nicht«, sagte Scotty in einem provozierenden Tonfall.

»Wie bitte?« fragte Ortega mit einem arglosen Blinzeln.

»Mr. Scott«, setzte Spock an, um den Versuch machen, einen neuen Konflikt im Keim zu ersticken.

Doch Scotty ging über die Unterbrechung hinweg und schaute Ortega offen an. »Aye, Doktor, eine Entschuldigung. Oder glauben Sie nicht, Sie sind uns eine schuldig?«

»Wofür?«

Scotty musterte ihn ungläubig. »Wo*für?* Dafür, daß Sie uns von dem Moment an für minderwertig gehalten haben, in dem Sie bestimmten, daß wir nicht ins empyreanische Klischee passen.«

»Aber genetisch gesehen sind Sie *wirklich* minderwertig«, sagte Ortega mit todernstem Gesicht. Und bevor Scott ihm antworten konnte, fuhr er fort: »Wenn auch allem Anschein nach nicht so, wie wir dachten.«

Ortega zuckte mit keiner Wimper, als er Scottys finsteren Blick sah. Er begegnete ihm mit einem ernsthaften Ausdruck, der sich plötzlich zu einem listigen Lächeln aufweichte. »Es war witzig gemeint, Mr. Scott.«

»Ich wußte nicht, daß Sie auch Sinn für Humor haben«, erwiderte Scott und setzte ebenfalls zu einem Lächeln an.

»Es gibt vieles, was wir nicht voneinander wissen.«

»Ist vielleicht an der Zeit, es zu ändern.«

Ortega nickte. »Kann schon sein.«

Scott gab sich keine Mühe, seine Überraschung über Ortegas Eingeständnis zu verbergen. »Tja, mein Sohn, das gefällt mir schon besser! Haben Sie irgendwas Besonderes im Sinn?«

Ortega zuckte in echter Unsicherheit die Achseln. »Ich weiß es wirklich noch nicht genau. Es ist nicht einfach, wenn alles, woran man bis jetzt geglaubt hat, innerhalb weniger Tage einfach so über den Haufen geworfen wird.«

In diesem Moment ging die Korridortür auf, und Captain Kirk kam herein. »Ich hoffe, Sie kriegen unten wieder alles auf die Reihe, Dr. Ortega.«

»Kriegen wir, Captain. Aber ohne diese beiden Offiziere hätten wir keine Chance gehabt. Ich möchte Ihnen sagen, daß sie viel mehr getan haben als ihre Pflicht.«

»*Das* weiß ich jetzt auch«, sagte Kirk knapp und schenkte Spock und Scott einen tadelnden Blick.

Ortega verstand den Hinweis. »Tja, ich sehe, Sie haben etwas zu besprechen. Ich mache mich lieber wieder an die Aufräumarbeiten in der Station.«

»Wollen Sie die Demontage weiter vorantreiben?« fragte Scott.

»Vielleicht entscheidet sich der Rat auch anders«, sagte Ortega mit gemischten Gefühlen. Dann ging er.

Kirk schaute ihm mit einem fragenden Blick hinterher. »Was hat er wohl damit gemeint? Daß er die Station gern behalten möchte, oder daß er eine Vertragsverlängerung *befürchtet?*«

»Schwer zu sagen, Captain«, sagte Spock. »Aber es ist auch offensichtlich, daß unsere Bemühungen während der Krise Dr. Ortega und anderen Empyreanern etwas zum Nachdenken gegeben haben.«

»Da wir gerade von Bemühungen sprechen ...« Kirk wandte sich zu den beiden Offizieren um und verschränkte die Arme vor der Brust. »Mit dem, was Sie getan haben, hätten Sie das Schiff auch vernichten können.«

»Aber wir haben es nicht getan, Captain«, sagte Spock mit Unschuldsmiene.

»Es wäre vielleicht ganz ... *nett* gewesen«, sagte Kirk mit übertriebener Freundlichkeit, »wenn Sie Ihren Kommandanten konsultiert hätten, bevor Sie eine Entscheidung mit solch potentiell ... *explosiven* Auswirkungen trafen.«

»Ehrlich gesagt«, erwiderte Spock, »wollte Mr. Scott genau das tun ...«

»Wollte ich *nicht*«, entfuhr es Scott, doch er bedauerte es auf der Stelle. Er hatte Spock einfach nur den Rücken stärken wollen. Doch statt dessen lieferte er dem Zorn des Captains nur neue Nahrung.

Kirk warf ihm einen wütenden Blick zu. »Sie wollten es *nicht?*«

»Nun, Sir, damit meine ich nicht, daß ich es nicht wollte«, sagte Scott, nun völlig verstört und wissend, daß er sich mit jedem weiteren Wort nur um Kopf und Kragen reden konnte. »Ich meinte … Ich dachte … Ich meine, ich hätte nicht *gedacht* …« Seine Stimme versagte, und er seufzte, als er die Erklärung aufgab.

Spock, der Scotts Versuch, ihm beizustehen, zu schätzen wußte, schritt zur verbalen Rettung des stotternden Ingenieurs. »Captain, Mr. Scott wollte, glaube ich, sagen …«

»Ahh«, sagte Kirk, »die Übersetzung!«

»… daß man uns mit einem Auftrag betraut hatte. Wir waren über alle relevanten technischen Fakten im Bilde und kamen in professioneller Beurteilung zu dem Ergebnis, daß die nötige Zeit – um die einzig mögliche Entscheidung zu treffen –, Sie in Kenntnis zu setzen, unsere Chancen für eine erfolgreiche Plandurchführung ernsthaft gefährdet hätte.«

Kirk drehte sich um und sagte vorwurfsvoll: »Wollten Sie das sagen, Mr. Scott?«

»Ähmmm …« Scott schluckte. »Es lag mir so auf der Zunge.«

Kirk spitzte die Lippen und schaute von einem zum anderen. »Der Zweck heiligt die Mittel? Ist das der Schluß, den ich ziehen soll?«

Scott breitete in einer respektvollen Geste die Arme aus. »Falls Sie nichts dagegen haben, Sir?«

»Na schön, vergessen wir das Kriegsgericht diesmal.« Kirk drohte ihm mit dem Finger. »Aber beim *nächsten* Mal …« Er schüttelte den Kopf, kam aber nicht umhin zu grinsen.

Kirk schaute hinter ihnen her, als sie die Krankenstation verließen, dann drehte er sich um und ging in den

Behandlungsraum. Hinter der Tür stieß er auf McCoy. Auf der anderen Seite des matt erhellten Raumes lag Anna. Sie war noch immer an Apparate angeschlossen. Ihre Mutter saß neben ihr und hielt ihre Hand.

»Irgendeine Veränderung?« sagte Kirk leise.

McCoy schüttelte den Kopf. »Unverändert.«

»Na, das ist doch auch etwas.«

McCoy wandte sich mit einem unheilvollen Blick um, der Kirk klarmachte, daß er mit seinem Versuch, ihn aufzurichten, wenig anfangen konnte. Kirk hakte sich bei McCoy ein und zog ihn nach nebenan.

»Wie lange willst du dir noch selbst in den Hintern treten?« fragte er, als die Tür hinter ihnen geschlossen war.

»Geht das nicht nur mich was an?«

»Nicht, solange ich dein Vorgesetzter ...«

McCoy versteifte sich. »Ach, Ihr Wunsch ist mir Befehl, *Sir*«, sagte er mit vor Sarkasmus triefender Stimme.

»Du hast mich nicht ausreden lassen. Ich wollte sagen: ›Nicht, solange ich dein Vorgesetzter und Freund bin.‹«

McCoy gab ihm mit einer Geste zu verstehen, er solle weiterreden.

»Verdammt, Pille, du hast doch alles getan, was du konntest.«

McCoy ließ sich auf einen Stuhl fallen. »Weiß ich. Und warum fühle ich mich dann so *unheimlich gut?*«

»Weil du ein Idiot bist?« sagte Kirk mit einem freundlichen Lächeln.

»Der Kandidat hat hundert Punkte.« McCoy reckte sich und rieb mit beiden Händen seinen Hals.

Kirk empfand Frustration über sein Unvermögen, den Schmerz seines Freundes zu lindern. *McCoy hat recht, ich bin nun mal kein Psychiater.* Er schüttelte den Kopf und wollte gehen, doch dann blieb er im offenen Türrahmen stehen und wandte sich um. »Pille?«

McCoy schaute auf. »Ja?«

»Auch wenn sie dein Fleisch und Blut wäre – mehr könntest du nicht für sie tun.«

»Ich könnte mich neben ihr Bett setzen und ihre andere Hand halten.«

»Hast recht. Könntest du. Dann mach's doch.«

»Elizabeth möchte mit ihr allein sein. Das Vorrecht einer Mutter.«

Kirk nickte verständnisvoll. Er wußte, wie sehr es McCoy schmerzen mußte, Elizabeths Bitte um Intimsphäre nachzugeben, und indem er nachgegeben hatte, war ihm die besondere Bindung zwischen Mutter und Kind klar geworden. Es war eine Bindung, der McCoy bei der eigenen Tochter entflohen war, eine Bindung, von der er nun wußte, daß sie zwischen Anna und ihm nie bestehen würde.

Kirk war sich einer Tatsache bewußt: Alles, was Elizabeth getan hatte, hatte sie nur für die Gesundheit und Sicherheit ihres Kindes getan. Es wäre ihm lieber gewesen, sie hätte es getan, ohne McCoy unverdient emotionalen Wechselbädern auszusetzen.

»Wieso ist Rousseau nicht bei ihnen?«

McCoy, in seine eigenen Gedanken und sein Bedauern vertieft, schaute zu Kirk auf. »Was? Ach ... Er sucht Ethan, die Ein-Mann-Befreiungsfront.«

Ethan lehnte sich an das kühle Glas des Aussichtsfensters im ansonsten leeren Salon und blickte an den eleganten Triebwerksgondeln des Raumschiffes vorbei auf seine Welt. Er war noch nie im Weltraum gewesen. Er kannte Empyrea als Globus nur von Bildern her und war bisher der Meinung gewesen, er könne den Planeten aufgrund der Abbildungen und Beschreibungen erfassen. Doch nun, an Bord der *Enterprise,* wußte er, daß Fotografien und kluge Worte niemanden auf die Realität vorbereiten konnten, den Globus, der einfach dort im Weltraum hing, in seiner Gesamtheit zu sehen.

Wie zerbrechlich er aussah. Die ihn einhüllende lebenspendende Atmosphäreschicht wirkte so dünn, so dürftig; wie eine Wolke, die man mit einem Hauch fortblasen konnte.

Er hatte jahrhundertealte Berichte darüber gelesen, wie die frühen Astronauten auf den ersten Anblick der Erde reagiert hatten; daß sich ihre Einstellung zu Koexistenz und Konflikt durch den verblüffenden Anblick einer Welt – ihrer eigenen – ohne künstliche Grenzen grundlegend geändert hatte.

»Es ist ein großer Unterschied«, sagte eine tiefe Stimme hinter ihm.

Ethan war dermaßen überrascht, daß er abrupt herumfuhr und beinahe das Gleichgewicht verlor. Er hatte das Zischen der aufgehenden Tür nicht gehört. Nun war Mark Rousseau da und kam auf ihn zu. »Was denn?«

»Wenn man die Welt von außen sieht.«

Ethan nickte, dann wandte er sich wieder dem Fenster zu. »Erleben es alle so, die zum ersten Mal im All sind?«

»Ich glaube schon. Bei mir war es jedenfalls so.« Rousseau baute sich neben ihm auf.

»Auf wie vielen Planeten waren Sie schon?«

Rousseau runzelte kurz die Stirn. »Weiß ich wirklich nicht. Irgendwann habe ich nicht mehr mitgezählt.«

»Schätzen Sie mal.«

»So um die hundert etwa.«

Ethan pfiff überrascht. »Das kann ich mir nicht mal vorstellen. Ich kenne nur die Welt da draußen.«

»Sie waren aber ziemlich entschlossen, sie zu verlassen.«

»War ich wohl.«

»Wollen Sie es noch immer?«

Ethan zögerte. »Ich weiß nicht. Ich weiß nicht, was ich will.«

»Vielleicht wollten Sie nur die Wahlmöglichkeit haben.«

»Habe ich nach dem, was ich angerichtet habe, noch eine Wahlmöglichkeit verdient?« fragte er mit einem reuigen Kopfschütteln. »Anna bedeutet mir mehr als alles andere... Sie hätte sterben können, wenn ich Dr. McCoy weiter festgehalten hätte, als sie ihn hier brauchte.«

»Sie konnten es nicht wissen. Außerdem tun wir alle schon mal etwas, das wir bedauern, besonders wenn wir jung sind.« Ein ironisches Lächeln huschte über Rousseaus Gesicht. »Einige von uns tun dies sogar, wenn sie *nicht* mehr jung sind. Aber wenn wir Glück haben, kriegen wir eine Chance, es später wettzumachen.«

Irgendwann besiegt die Erschöpfung die Anspannung. Der Schlaf, ist er auch ruhelos, verdrängt das Adrenalin oder welches natürliche oder unnatürliche Stimulans Körper und Geist auch gerade über die Grenzen der Widerstandskraft hinaustreibt. Es war spät an Bord der *Enterprise.* In den Korridoren und Gemeinschaftseinrichtungen war die Beleuchtung gedämpft.

Mark Rousseau war endlich im Bett sitzend eingeschlafen. Der Datenblock ragte vor seiner Brust auf, er zeigte die x-te Fassung seines *letzten* Vertragsvorschlags.

Ethan hatte McCoys Einladung angenommen, an Bord zu bleiben, bis man mehr über Annas Zustand wußte. Er schlief friedlich in seinem Gästequartier.

In seiner mit Artefakten aus seiner Heimat gefüllten Kabine ruhte Spock im bernsteinfarbenen Glanz einer Weihrauchlampe, wobei ein gespenstisches vulkanisches Glockenspiel leise erklang.

Auch Scotty schlief. Auf dem Bildschirm neben seinem Bett war noch immer das Technikjournal geöffnet.

Vielleicht am überraschendsten, wenn man das Gewicht der auf seinen Schultern ruhenden Verantwortung bedachte: Selbst Captain Kirk schlief. Tief und fest. Vor Jahren, zu Anfang seines ersten Kommandos, hatte er oft die Schlacht gegen die Schlaflosigkeit verloren. Er hatte zwar einige Zeit gebraucht, aber irgendwann hatte er es gelernt, die Mühen des Tages aus seinem Geist zu verbannen, wenn die Schlafenszeit kam. Es war nur ein Punkt auf der langen Liste der Überlebensfähigkeiten, die an der Starfleet-Akademie *nicht* gelehrt wurden.

Unten im Lazarett hatte McCoy insistiert, Elizabeth March solle sich in eine ruhige Kabine mit einem echten Bett zurückziehen. Er wußte, daß sie sich morgen dem empyreanischen Parlament zur letzten Debatte und Abstimmung über die Frage stellen mußte, was mit dem Föderationsvertrag geschehen sollte. Aber sie hatte sich geweigert, Anna allein zu lassen, deswegen hatte er einen Polstersessel neben das Bett ihrer Tochter gestellt.

Danach war es ihm gelungen, Beth zu überreden, ein leichtes Beruhigungsmittel einzunehmen. Er hatte eine Weile neben ihr gesessen und sich mit ihr unterhalten, hauptsächlich über die Erleichterung, daß es Scotty und Spock gelungen war, die Katastrophe in der Beobachtungsstation abzuwenden. Doch so müde McCoy auch war, er verstand genug von Psychologie, um zu wissen, worüber sie nach *Möglichkeit* nicht sprechen wollte: über Anna. Nach einer Weile war Beth schläfrig geworden und eingeschlafen, aber sie hielt noch immer die Hand ihrer Tochter.

Der einzige, der trotz seiner Zerschlagenheit kein Auge zumachte, war McCoy selbst. Natürlich hatte er es versucht. Er hatte seinen Schlafanzug angezogen und sich eine Tasse warme Milch aus dem Nahrungsautomaten geholt. Er hatte sogar das Licht ausgemacht und war unter die Bettdecke gekrochen, um den hypnotischen Klängen der rollenden Brecher zu lauschen, die aus dem Kabinenlautsprecher kamen. Er hatte *wirklich* schlafen wollen. Er *brauchte* seinen Schlaf.

Aber er konnte nicht schlafen. Irgendwelche Dämonen ließen sich auch nicht von warmer Milch bannen. Also zog er den bequemen Starfleet-Trainingsanzug an und schlenderte eine Weile durch die verwaisten Schiffskorridore. Er hielt mit erzwungener Nonchalance vor dem Arboretum an, um einen Spaziergang durchs Grüne zu machen, dann ging er für ein Nickerchen in den Aussichtssalon. Er ging sogar in den Maschinenraum, da er hoffte, auf den hellwachen Scotty zu stoßen, um ihn zu überreden, eine Runde mit ihm Karten zu spielen.

Aber Scotty war nicht da. *Er schläft tief,* dachte McCoy, *und genau das sollte ich jetzt auch tun …*

Er verließ den Maschinenraum, blieb in einem stillen Gang stehen und widersetzte sich dem Zerren, das ihn in eine bestimmte Richtung zog.

Elizabeth blinzelte, als sie erwachte. Ihre gesamten Sinne waren sofort hellwach. Sie blickte auf das Chronometer und erkannte, daß es mitten in der Nacht war.

Sie hatte damit gerechnet, mit einem steifen Hals oder einem verspannten Rücken aufzuwachen; schließlich lag sie nicht im Bett. Doch sie fühlte sich überraschend gut. Der Sessel war viel bequemer als angenommen. Sie lächelte, als ihr auffiel, daß in der Nacht jemand eine leichte Decke über sie gelegt hatte. *Wahrscheinlich McCoy.*

Und sie freute sich, weil Annas Hand noch immer in der ihren lag. Sie fragte sich, wie dies möglich war. *Ich muß mich doch irgendwann bewegt haben. Wahrscheinlich ist es eins der Wunder, die selbst wir Mütter nicht begreifen können.*

Doch ihre Finger fühlten sich verkrampft an. Sie bewegte sie vorsichtig, um den Kontakt mit Annas Hand nicht zu verlieren. Solange sie Annas warme Haut an der ihren spürte, konnte sie ihren Glauben am Leben erhalten.

Dann spürte sie etwas anderes, Unerwartetes. Und Beth fragte sich, ob sie möglicherweise noch schlief und träumte.

Annas Finger bewegten sich, lösten sich aus der komatösen Verkrampfung.

Elizabeth riß die Augen auf. Ihr kamen sofort die Tränen. Sie stand auf und musterte das ernste Gesicht ihrer Tochter. Sie schien noch immer besinnungslos zu sein.

Vielleicht ist es nur ein Reflex, dachte sie und bemühte sich, ihre Hoffnungen zu zügeln, bevor sie von ihnen überwältigt wurde.

Annas Finger rührten sich erneut und mit mehr Kraft. Elizabeth drückte die Hand ihrer Tochter. Anna erwiderte den Händedruck!

Dann gingen ihre Augen flatternd auf. Ihr Blick klärte sich langsam. Ihre Lippen teilten sich, ihre Stimme ertönte – ein müdes Flüstern, wie bei einem Kind, das aus einem langen Mittagsschlaf erwacht. »Hallo, Mutter.«

Elizabeth beugte sich über sie und küßte ihre Stirn. »Hallo, Kleine«, erwiderte sie ebenso leise.

Im offenen Türrahmen am anderen Ende der abgedunkelten Station beobachtete McCoy die Szene und schluckte den Kloß in seiner Kehle hinunter. Er sah keinen Grund, sich jetzt aufzudrängen. Er wollte in ein paar Minuten ganz lässig hereinmarschieren und so tun, als wäre es an der Zeit, Anna routinemäßig zu überprüfen. Es brauchte doch niemand zu wissen, daß er seit Stunden wie ein Gespenst an Bord umherirrte. Er wischte sich eine Träne ab, bevor sie über seine Wange lief, und zog sich ungesehen zurück.

25

LOGBUCH DES CAPTAINS, STERNZEIT 7598.5

Dr. McCoy meldet, daß Anna March vollständig genesen ist. Noch wichtiger: Die risikoreiche Behandlung hat allem Anschein nach zu dem ersehnten Ergebnis geführt. Die in Annas Organismus eingeführten simulierten genetischen Male haben sich bis in alle Körperzellen ausgebreitet. Doch bleibt die Frage offen, ob sie in der Lage ist, die medizinische Prüfung der Empyreaner zu bestehen.

Die freudige Nachricht über Annas Gesundheitszustand versetzte Präsidentin March in die Lage, der anstehenden Abstimmung über die Vertragserneuerung mit der Föderation ihre gesamte Aufmerksamkeit zu widmen. Als die einhundert Mitglieder des empyreanischen Parlaments an diesem Morgen in ihre Büros kamen, fand jeder von ihnen ein Exemplar der letzten Fassung des von Botschafter Rousseau verfaßten Vertragsentwurfs vor.

Sie hatten den ganzen Vormittag Zeit, um sich mit ihren Assistenten zu beraten, über ihre persönlichen Ansichten nachzudenken und ihre Vorbereitungen zu treffen. Am Nachmittag wollte das Parlament zu einer öffentlichen Sitzung zusammentreten, um letzte Kommentare abzugeben, kurz zu diskutieren und zur endgültigen Abstimmung zu schreiten.

Die Nachricht über den bedeutungsvollen Termin

des heutigen Tages wurde von den Medien in den Morgennachrichten verbreitet. Kurz nach Sonnenaufgang standen die ersten Bürger Empyreas schon vor der Säulenhalle des Parlaments um die wenigen hundert Zuschauersitze an.

Am Fenster des Präsidentenbüros in der obersten Etage des fünfstöckigen Gebäudes beobachtete Mark Rousseau die Menschenschlange, die sich über die Marmorstufen neben dem von Bäumen umsäumten Boulevard voranbewegte. »Wie es auch ausgeht, sie wollen dabeisein, wenn Geschichte gemacht wird.«

McCoy stand neben ihm. »Wer kann's ihnen verdenken?«

»Wenn Sie gewinnen, wird Empyrea sich von Grund auf verändern.« Clements hatte diese Worte gesprochen; er kam durch die offene Tür ins Büro. Er wußte, daß Präsidentin March Rousseau und McCoy eingeladen hatte, an der öffentlichen Sitzung teilzunehmen, da sie der Meinung war, sie könnten noch offene Fragen beantworten. Aber er wirkte eindeutig unerfreut, sie schon jetzt hier zu sehen.

»Wie es auch ausgeht, es wird *nie* wieder so sein wie jetzt«, sagte Elizabeth und besprühte die blühenden Gewächse, die in Körben in einer anderen Fensternische hingen. »Früher oder später ändern sich die Menschen – ob wir es nun wollen oder nicht. Und Gesellschaften ebenso.« Sie kehrte an ihren Schreibtisch zurück und füllte drei Teetassen aus einer asiatisch gemusterten Kanne auf einem einfachen Silbertablett.

»Ich habe die Ermittlungen hinsichtlich der Sabotage im Kraftwerk abgeschlossen«, sagte Clements mit einem mißbilligenden Blick in Richtung McCoy und Rousseau.

»Das dachte ich mir schon«, sagte Elizabeth und reichte ihren Gästen, die nun auf einem geblümten Sofa am Fenster Platz genommen hatten, ihre Getränke. »Du solltest nichts dagegen haben, daß Sie hier sind, Clements. Sie haben den gleichen Anspruch, deinen Bericht zu hören, wie ich. Ich kann dir sogar sagen, *welchen* Schluß du gezogen hast: keinen.«

Clements schaute leicht überrascht auf. »Rätst du nur?«

»Eigentlich nicht«, sagte sie und nahm hinter dem Schreibtisch Platz. »Du wirkst einfach nicht wie jemand, der das gefunden hat, hinter dem er her war.«

Clements schenkte sich ebenfalls eine Tasse Tee ein und nahm vor ihr Platz. »Ich glaube, wir können ausschließen, daß Leute aus der Föderation daran beteiligt waren.«

»Tausend Dank«, murmelte McCoy.

»Was bedeutet«, sagte Elizabeth mit einem vielsagenden Achselzucken, »daß es einer von uns war.«

Und das, so wußte sie, war der Grund, warum das Leben auf ihrer Welt nie wieder so verlaufen würde wie vor der Krise. Wenn das Parlament beschloß, den Vertrag mit der Föderation zu erneuern – mit den strengen Begrenzungen in Sachen Interaktion mit Außenweltlern –, würde dies ein stillschweigendes Signal für die gesamte empyreanische Gesellschaft sein. Sie war sicher, daß Schritte in Richtung auf eine größere Öffnung hin unweigerlich folgen und in der ungehinderten Freiheit interplanetarischer Begegnungen münden würden.

Doch selbst wenn das Parlament den Vertrag ablehnte und die Demontage des Föderationsaußenpostens anordnete, die Empyreaner würden mit dem Wissen leben, daß einer der ihren die Station absichtlich beschädigt, seine Mitbürger in ernste Gefahr gebracht und die gesellschaftlichen Regeln über Bord geworfen hatte, nach denen man seit über eineinhalb Jahrhunderten lebte. Ein unbekannter Mitbürger – oder einige wenige – hatten eine eklatante verbrecherische Untat begangen.

Ich natürlich auch, gestand Elizabeth sich ein. Doch ihre Gesetzesverletzungen hatten außer dem Leben

Annas und ihres eigenen niemanden in direkte Gefahr gebracht. Wer den Reaktor sabotiert hatte, hatte mutwillig seine Mißachtung für Hunderttausende von Menschen demonstriert. Wenn ein Empyreaner dazu fähig war, waren es vielleicht auch andere. *Wir werden nie wieder so sicher sein wie früher …*

Elizabeth hatte das Gefühl, daß es besser war, wenn Clements den für die Beinahe-Katastrophe im Reaktor verantwortlichen Saboteur nicht aufspürte. Das begangene Verbrechen war so beunruhigend, daß jeder Prozeß gegen ihn gefährlich wäre und vielleicht Auswirkungen hätte, die potentiell noch zersetzender und gefährlicher waren als die Ursprungstat.

Andererseits bedauerte sie freilich das Versagen der Ermittler. Die wichtige Frage, die in ihrem Kopf kreiste, befaßte sich nicht damit, *wer* es getan hatte, sondern *warum.* Hatte die Sabotage wirklich nur das Ziel gehabt, die Vertragserneuerung zu hintertreiben?

Oder, fragte sie sich, *ist dies zu einfach gedacht?*

Vielleicht waren die Missetäter in Wirklichkeit für den Vertrag. Vielleicht hatten sie nur Alarm schlagen wollen, um eine Generation selbstzufriedener Empyreaner aufzuwecken, die so blind auf ihre absolute Überlegenheit vertrauten, daß sie nicht nur alle Antworten zu kennen glaubten, sondern nicht einmal mehr bereit waren, sich die Fragen anzuhören.

Sind wir wirklich die besten aller möglichen Menschen? Wollten sie, daß wir uns das fragen? Wie viele Empyreaner stellen sich diese Frage? Ist jemand mutig genug, sich die ehrlichen Antworten anzuhören?

Elizabeth wußte es wirklich nicht. Doch diese Antwort war einfach nicht gut genug, nicht dann, wenn sie hoffte, einen Weg zu finden, der den Planeten durch seine turbulente Phase führte.

»Ja«, sagte Clements seufzend. »Ich bin sicher, daß es einer von uns war.« Dann warf er Rousseau und McCoy einen Seitenblick zu. »Was wiederum bedeutet, daß es sehr *unwahrscheinlich* ist, daß wir ihn je erwischen.« Er konnte, so abartig es vielleicht auch war, dem destruktiven und verbrecherisches Verhalten Respekt zu zollen, dieser letzten spöttischen Bemerkung nicht widerstehen.

Clements meldete der Präsidentin, daß sie seinen vollständigen Bericht am nächsten Tag erhalten werde, dann ging er hinaus. Als Elizabeth ihre Notizen für die Parlamentssitzung ordnete, zückte McCoy seinen Kommunikator.

»McCoy an *Enterprise.*«

»*Enterprise*«, erwiderte Uhura.

»Können Sie Scotty aufstöbern, Uhura?«

»Kein Problem, Doktor.«

Kurz darauf vernahm McCoy das vertraute Schnurren von Scottys schottischem Akzent. »Aye, McCoy. Scott hier. Was liegt an?«

»Scotty, ich wollte Sie nur wissen lassen, daß Clements seine Ermittlungen im Reaktor-Sabotageakt abgeschlossen hat.«

»Und zu welchem Ergebnis ist er gekommen?«

»Zu keinem besonderen: daß es ein Empyreaner gewesen sein muß.«

»Welch eine Überraschung! Und welche Prognose stellen Sie bezüglich der Abstimmung?«

McCoy runzelte die Stirn. »Na ja, noch sind wir nicht aus dem Rennen. Aber nach dem Hin und Her in den sogenannten Gängen der Macht zu urteilen, sieht es nicht so toll aus.«

»Tut mir leid, das zu hören.«

»Tja, man kann nie wissen. Hier unten treibt sich eine Menge verwirrter Leute herum.«

»Aye. Wann gehen Sie zu der großen Sitzung?«

»Jetzt gleich. Sagen Sie Jim, wir kommen zurück, sobald alles vorbei ist.«

»Wir schauen uns die Nachrichten an. Viel Glück, McCoy. – Scott, Ende.«

Ramon Ortega stand mitten im Kontrollraum der Beobachtungsstation und bescheinigte einem wartenden Techniker gerade eine vorgenommene Überprüfung, als er hinter sich das inzwischen vertraute Summen hörte. Er drehte sich um und sah die Materialisation der untersetzten Gestalt des Ingenieurs Scott. Daraufhin schickte er den Techniker fort und eilte zu ihm.

»Ingenieur! Niemand hat mir gesagt, daß man Ihnen erlaubt hat herunterzukommen.«

Scott zuckte die Achseln. »Weil ich keine Erlaubnis habe. Aber ich muß mit Ihnen reden, mein Junge.«

»Worüber?«

»Als Sie auf die *Enterprise* kamen, klangen Sie, als wären Sie gewaltig in sich gegangen.«

Ortegas Gesicht verbarg sein Unbehagen. »Und?«

»Tja, ich hab' mich gefragt, auf was Sie gestoßen sind.«

»Auf eine Menge Verwirrung.«

Scott lächelte verständnisvoll. »Tja, mein Junge, ich wette, Sie sind nicht der einzige, der so empfindet. Was sollte *Ihrer* Meinung nach geschehen?«

»Sie meinen, was die Vertragsverlängerung angeht? Ich weiß es wirklich nicht, Mr. Scott. Ich bin nur froh, daß ich nicht darüber abstimmen muß.«

»Aye, aber Sie werden mit dem Ergebnis leben müssen«, führte Scott aus. Dann führte er Ortega zu einem Computerterminal. »Kommen Sie mal her, Doktor.«

Ortega folgte ihm widerstandslos. »Warum?«

»Weil da draußen ein ganzes *Universum* liegt, das Sie noch nicht kennen. Was empfinden Sie dabei?«

»Frustration, schätze ich.«

»Das hab' ich mir gedacht. Wollen Sie das wirklich alles ignorieren? Oder möchten Sie lieber wissen, warum wir aufgehört haben, den Sternn-Reaktor zu verwenden oder wie unsere Transporter funktionieren?« Er reichte Ortega eine Datenkassette.

»Was ist das?« fragte Ortega.

Scotty deutete mit dem Kopf auf den Computer. »Schauen Sie es sich doch einfach mal an.«

Ortega führte die Kassette ein, und auf dem Monitor erschien eine technische Zeitschrift der Flotte. Er wandte sich mit einem fragenden Blick zu Scott um, doch der griff nur nach Ortegas Stuhl und drehte ihn so, daß er wieder auf den Bildschirm schaute. »*Lesen* Sie, mein Junge.«

Während Scott Ortega über die Schulter sah, durchblätterte der Empyreaner die Zeitschrift mit zunehmendem Tempo und Interesse, wie ein hungriger Mensch, der ein Menü von Köstlichkeiten verschlingt, von denen er zuvor nur zu träumen gewagt hat.

Nach einer Weile beugte Scotty sich zu Ortegas Ohr hinab. »Es ist alles da draußen«, sagte er, »es wartet auf Sie.«

Ortegas Finger gruben sich in die Armlehnen seines Sitzes. »Und was soll ich jetzt Ihrer Ansicht nach *tun?*«

»Erheben Sie die Stimme. Sie haben doch hier *einigen* Einfluß.«

»Ich ... schätze, ja.«

»Dann setzen sie ihn ein. Eine andere Chance kriegen Sie vielleicht *nie* wieder.«

Ortega blieb eine ganze Weile sitzen, als sei er von der wogenden Unsicherheit in seiner Magengrube gelähmt. Dann sprang er spontan auf und schob den Stuhl so abrupt zurück, daß er Scotty beinahe umgestoßen hätte. »Gehen wir.«

»Wohin?«

»Ins Parlament.« Er lief bereits dem Ausgang entgegen. Scott mußte fast rennen, um ihn einzuholen. »Falls es noch nicht zu spät ist, werde ich eine Aussage machen. Ich möchte, daß Sie dabei sind.«

Scott blieb stehen. »Ich darf mit? Ist es nicht gegen Ihre Gesetze?«

»Ich habe vor kurzem jemanden kennengelernt, der

mich gelehrt hat, daß es nicht so schrecklich ist, wenn man hin und wieder ein Gesetz *beugt.*«

»Es ist eine Kunstform, Junge«, sagte Scotty warnend. »Das kann nicht jeder.«

»Empyreaner lernen schnell. Ich werde die Chance nutzen. Aber wir sollten uns lieber beeilen.«

Scott schnippte seinen Kommunikator auf. »Ich kann helfen, falls Sie nichts dagegen haben, uns einen etwas unkonventionellen Auftritt zu verschaffen.«

»Schon wieder eine neue Erfahrung, Mr. Scott«, sagte Ortega mit einem schiefen Grinsen. »Versuchen wir's doch mal.«

Scott nickte. »Scott an *Enterprise.* Transporterraum ...«

Getöntes Sonnenlicht strömte durch pastellfarbene Oberlichter ins empyreanische Parlament. Mit der hellen Holztäfelung, den zahlreichen Fenstern und dem minimalen zeremoniellen Tand glich der Saal den meisten anderen, protzig aufgemachten gesetzgebenden Körperschaften, denen McCoy auf seinen Reisen begegnet war, nicht im geringsten.

Er war, ganz im Gegenteil, eine eigenartig erfreuliche Umgebung für das, was seiner Meinung nach die oftmals quälende Arbeit eines Parlaments war. Er hatte einfach nicht die Geduld für die endlosen verbalen Schlachten, die regierungsamtliche Geschäfte so oft begleiteten. Obwohl ihm nicht einfiel, wer es gesagt hatte, hatte er doch immer Weisheit in dem alten Spruch entdeckt: daß man bei der Herstellung zweier Dinge nie zuschauen sollte – bei der von Wurst und Gesetzen.

Wie gut, daß ich Arzt und kein Abgeordneter bin, dachte er.

Was ihre Anwesenheit bei der Sitzung anbetraf, so hatten Botschafter Rousseau und er inzwischen erkannt, daß sie eigentlich nur Zierrat waren. Man hatte keine einzige Frage an sie gerichtet, als hielten die Empyreaner sie für unwürdig, angesprochen zu werden, und als hätten sie der Debatte, die die Abgeordneten dem Anschein nach ziemlich informell unter sich austrugen, ohnehin nichts Nützliches hinzuzufügen.

Von ihren Sitzen auf der Zuschauergalerie über und hinter dem Präsidentenpodium schauten McCoy und Rousseau zu, als Elizabeth March mit einem Hammer auf das Rednerpult schlug. Das Gemurmel der hundert Stimmen erstarb, und die Abgeordneten, die überall umherwimmelten, in Grüppchen herumstanden und mit ihren Kollegen erhitzte Diskussionen führten, kehrten an die Tische zurück.

»Kollegen und Kolleginnen«, sagte sie, »falls keine weiteren Einwände und Kommentare anstehen, beantrage ich die Abstimmung der vorliegenden Sache.«

Während sie sprach, hörte McCoy hinter sich ein vertrautes Geräusch. Er drehte sich um und sah, daß Scotty und Ortega materialisierten. Das Funkeln des Transporterfeldes umgab sie und verblaßte.

»Ich habe einen Einwand«, rief Ortega, und seine Stimme warf Echos von der Galerie. »Und ich habe einen Kommentar abzugeben – oder zumindest eine Aussage zu machen.«

»Wie die meisten von Ihnen wissen«, sagte Elizabeth, »ist Dr. Ramon Ortega seit den letzten fünf Jahren unser Verbindungsmann zum Beobachtungsposten der Föderation und hat gerade eng mit dem Team vom Raumschiff *Enterprise* zusammengearbeitet, das eine Katastrophe verhindert hat. Ich glaube, seine Meinung könnte für den Beschluß, den wir fassen müssen, relevant sein.« Die Präsidentin deutete mit ausgestreckter Hand auf die Versammlung. »Hat jemand etwas dagegen, daß Dr. Ortega eine Aussage macht?«

Niemand hatte Einwände. Elizabeth schaute zu Ortega hinauf. »Sie können von dort aus sprechen oder zu uns herunterkommen, Doktor.«

»Ich bleibe hier, Präsidentin March. Ich werde Ihre

Zeit nicht lange beanspruchen. Ich komme direkt zur Sache.«

Kirk und seine Offiziere hatten die Direktübertragung aus dem empyreanischen Parlament auf der Brücke der *Enterprise* mit großem Interesse verfolgt – und dieses wurde noch größer, als ziemlich unerwartet Scotty und Ortega dort auftauchten.

Kirk machte sich mit einem langen, leidenden Seufzer eine weitere Notiz: Er mußte sich noch einmal mit Scotty über die Frage unterhalten, ob es nicht doch besser sei, den Captain zu informieren, bevor man unautorisierte Exkursionen unternahm. Dann richtete er seine Aufmerksamkeit wieder auf die Parlamentssitzung.

»Als das erste Föderationsschiff uns fand, war ich noch ein kleiner Junge«, sagte Ortega. Er sprach leise, als sei er es nicht gewöhnt, vor vielen Zuschauern zu sprechen. Trotzdem hörten ihm die Parlamentarier in respektvollem Schweigen zu. »Aber ich war alt genug, um die Wichtigkeit des Ereignisses zu erkennen. Meine Eltern waren gegen das Abkommen. Meine Großeltern ebenfalls. Also war ich wahrscheinlich *deswegen* auch dagegen. Es fällt jungen Leuten schwer, sich nicht von den Ansichten ihrer Eltern und Großeltern beeinflussen zu lassen.

Als ich älter wurde, glaubte ich weiterhin an das, was man mich zu glauben gelehrt hatte: daß wir Außenweltlern mißtrauen sollten und daß unsere Welt am besten in der Isolation erblühen würde ... wie eine exotische Blume, die in einem Treibhaus heranwächst, fern von allen anderen Blumen, frei von Unvorhersehbarkeiten und Korruption.

Ich bin davon ausgegangen, die Menschheit in ihrer Geschichte habe immer zwei Schritte vorwärts und einen Schritt zurück gemacht – und daß es auf Nova Empyrea ganz anders ist: eine Gesellschaft, die ohne das ganze Chaos auskommt, das menschliche Wesen daran hindert, ihr volles Potential zu entwickeln; ein Ort, an dem die Menschheit sich aufgrund von Planung statt Zufall entwickelt.

Das Observatorium auf dem Hügel war für mich eine Bedrohung für alles, woran ich glaubte.« Ortega hielt inne, um Luft zu holen, feuchtete seine Lippen an und nahm den schwierigen Teil dessen in Angriff, was er sagen wollte. »Aber ein Teil meines Ichs empfand auch Neugier hinsichtlich der dort arbeitenden Außenweltler und ihrer Herkunft. Ob sie etwa Dinge kannten, die *ich* nicht kannte, Dinge, die ich nicht wissen *sollte?* Wie Sie alle wissen, wurde meine Neugier nicht ermutigt, also behielt ich sie für mich. Und als ich erwachsen war, hatte ich fast vergessen, was ich mich in meiner Jugend alles gefragt hatte.

Als die Angehörigen dieses Rates erstmals in Erwägung zogen, den Beobachtungsposten der Föderation zu schließen, war ich voll dafür. In den fünf Jahren, in denen ich mit den Außenweltlern zu tun gehabt hatte, hatten sich meine Ansichten nicht im geringsten geändert. Ich kannte sie nicht, und ich wollte sie eigentlich auch nicht kennen.«

Er holte tief Luft, dann sprach er weiter. »Und dann kam es zu den Ereignissen der letzten Tage. Und ich habe gelernt, daß ich – und wir – *nicht* alle Antworten kennen. Dort draußen ist ein riesiges Universum, das wir seit vier Generationen nicht mehr erforscht haben. Es gibt ein Universum des Wissens, das wir kennen müßten. Wir und unsere menschlichen Vettern in der Föderation haben die gleichen Wurzeln. Wir haben beide Stärken und Schwächen, aber ich *weiß,* daß wir zusammen stärker sind, weil jeder dem anderen eine Menge zu bieten hat.

Wir haben eine Chance, diese Kombination Wirklichkeit werden zu lassen, und ich glaube, wir sollten die Chance schnellstens ergreifen – *jetzt,* bevor es zu spät ist. Ich bitte Sie, das Abkommen zu erneuern und *auszuweiten,* bevor wir solange isoliert sind, daß wir zu kosmischen Kuriositäten werden – vollkommene, doch nutzlose Blumen, unfähig zu Wettstreit und außerhalb unseres kleinen Treibhauses nicht überlebensfähig.«

Er war fertig, wußte aber nicht, was er als nächstes tun sollte. Nun errötete er, denn ihm wurde klar, wie konzentriert die Abgeordneten ihm zugehört hatten. »Danke«, murmelte er und nahm eilig Platz.

Scotty beugte sich lächelnd zu McCoy vor. »Ich habe gehofft, daß er das sagt«, bemerkte er leise.

Obwohl die Stille im Saal anhielt, schlug Präsidentin March mit dem Hammer auf den Tisch. »Nun, wenn keine weiteren Kommentare oder Aussagen anstehen, beantrage ich die Abstimmung über die Erneuerung des Vertrages zwischen Nova Empyrea und der Föderation. Sie können nun wählen.«

McCoy und Scotty beobachteten, daß einige Abgeordnete spontan die Abstimmknöpfe auf den Tischen betätigten. Andere lehnten sich zurück, und ihr Gesichtsausdruck zeigte deutlich, daß sie sich ihre Entscheidung nicht leicht machten.

Oben auf dem Podium überprüfte Elizabeth March den in das Rednerpult eingebauten elektronischen Bildschirm. Er zeigte drei Zahlenreihen. Bis zum Ende der Abstimmung wurde nur die Anzahl der abgegebenen Stimmen registriert. Das Ja-Nein-Verhältnis blieb selbst ihr so lange ein Geheimnis, bis alle Abgeordneten die Stimme abgegeben hatten.

Die Zahlen wurden simultan auch auf zwei Parlamentsbildschirmen gezeigt und in das Fernsehprogramm eingeblendet, das praktisch von sämtlichen planetaren Haushalten und an Bord der *Enterprise* empfangen wurde.

Kirk fiel auf, daß die Stimmen in unregelmäßigen Schüben abgegeben wurden; jene Abgeordneten, die am sichersten waren, wählten ohne großes Nachdenken. Er fragte sich, ob die entschlossensten Wähler für oder gegen den Vertrag waren.

Im Laufe der Prozedur verringerte sich zwischendurch auch die Zahl der abgegebenen Stimmen. Wie Kirk die Regeln verstand, hatten die Abgeordneten, solange das Wahlverfahren nicht offiziell abgeschlossen war, die Möglichkeit, es sich noch einmal zu überlegen und ihre Wahl rückgängig zu machen.

Nach zwanzig Minuten stand das Zählwerk auf siebzig, dann auf dreiundsiebzig, fünfundsiebzig, sechsundsiebzig, achtundsiebzig, neunundsiebzig, achtzig. Dann wurden die restlichen zwanzig Stimmen sehr rasch abgegeben. Nach der Abgabe der hundertsten Stimme, schlug Präsidentin March mit dem Hammer auf den Tisch, um die Aufmerksamkeit auf sich zu richten.

»Alle Stimmen wurden abgegeben. Ist das Parlament für das Endergebnis bereit?« Sie schaute sich im Saal um. Niemand hob eine Hand; niemand sagte etwas. »In Ordnung. Die Abstimmung ist beendet.« Sie schlug noch einmal auf das Podium, und alle Köpfe wandten sich der Anzeigetafel zu, die das Ergebnis bekanntgab:

JA: 51
NEIN: 49

Präsidentin March ließ den Hammer mit einem befriedigten Lächeln erneut aufs Podium knallen und gab zu Protokoll: »Der Vorschlag ist angenommen. Das Parlament von Empyrea stimmt für eine Erneuerung des Vertrages mit der Föderation der Vereinten Planeten.«

EPILOG

Es hat sich wirklich einiges geändert, dachte Kirk auf dem Weg zum Transporterraum. Erst vor wenigen Tagen hatte Elizabeth March ihn nach der Ankunft der *Enterprise* darüber informiert, daß nur eine äußerst begrenzte Anzahl von Besuchern aus der Föderation auf Nova Empyrea willkommen sei – und auch nur *begrenzt* willkommen.

Und jetzt, kaum eine Stunde nach dem knappen Sieg derjenigen, die für die Vertragserneuerung waren, hatte sie die *Enterprise* persönlich angefunkt und ihn, Spock und Scott eingeladen, sich zur informellen Paraphierung des Abkommens zu McCoy und Botschafter Rousseau zu gesellen.

Sie materialisierten im Garten vor dem Landhaus der Präsidentin. Auf dem zentralen Innenhof standen ein Rattantisch, zwei Stühle und ein Servierwagen mit Kristallkelchen und einer Flasche Wein. Als sie ankamen, stießen sie nur auf McCoy; er erfreute sich an den Blumen und dem herrlich warmen Nachmittag.

Kirk war froh, seinen Freund nach all dem, was er in letzter Zeit mitgemacht hatte, so entspannt zu sehen. »Wo sind Präsidentin March und Botschafter Rousseau, Pille?«

»Besprechen noch ein paar Einzelheiten. Kann auch sein, daß sie sich gegenseitig auf die Schulter klopfen oder, was wahrscheinlicher ist, sich gegenseitig piesacken. Ich weiß nicht, was sie machen, aber ich kann noch immer nicht glauben, daß alles so gut ausgegangen ist.«

»Wie geht's Anna?«

McCoy grinste. »Großartig, Jim. Und ich gehe jede Wette ein, daß sie die genetische Prüfung mit fliegenden Fahnen besteht.«

»Braucht sie vielleicht gar nicht mehr.« Mark Rousseaus dröhnende Stimme wurde hinter ihnen laut.

Kirk und die Offiziere drehten sich um. Der Botschafter näherte sich ihnen mit Elizabeth und Anna im Schlepptau.

»Was meinst du damit?« fragte McCoy.

»Tja, wir haben ein paar *neue* Übereinkünfte getroffen«, sagte Rousseau mit einem breiten Lächeln. Er strahlte vor Zufriedenheit. »Ich glaube, wir werden bald sehen, daß demnächst ein paar uralte Restriktionen aufgehoben werden.«

Kirk hob überrascht die Brauen. »Ach, ja? Na, das ist ja ermutigend.«

»Ja, wir sind Zeugen der Geburt einer echten Zusammenarbeit zwischen uns und den Empyreanern, und ich glaube, wir werden noch erleben, daß der Prozeß mit einem Eintritt Empyreas in die Föderation endet.«

»Also wirklich, Mark«, sagte Elizabeth tadelnd, »jetzt schießt du aber etwas über das Ziel hinaus. Doch wir haben einen echten, soliden Anfang gemacht. Alles, was passiert ist und den Rat zu einer Verlängerung bewogen hat… Tja, es war so, als hätte man eine Mauer niedergerissen und auf der anderen Seite den Sonnenschein gesehen. Das erste Abkommen – vom Hauptvertrag abgesehen –, ist fast unter Dach und Fach.«

»Und worum geht's dabei?« fragte Kirk.

»Um ein Austauschprogramm für Techniker, Naturwissenschaftler und Studenten dieser Richtungen«, sagte Rousseau.

»Und Anna gehört der ersten Gruppe an«, sagte Elizabeth stolz.

Anna war offenbar ebenso aufgeregt wie ihre Eltern. »Ich gehe für mindestens ein Jahr zur Erde, um zu reisen und zu studieren. Dann nehme ich mir etwas Zeit, um die Familie meines Vaters zu besuchen und sie ein wenig kennenzulernen.«

McCoy wirkte sprachlos. Er zwang sich zu einem schwachen Lächeln. »Nun … das … das ist großartig.«

Kirk erkannte den Schmerz der Enttäuschung in den Falten um McCoys Augen. Trotz der Zweifel über seine angebliche Vaterschaft hatte McCoy die Vorstellung, noch eine Tochter zu haben, vollständig akzeptiert – trotz aller gegenteiligen Erklärungen. Die Heftigkeit, mit der er um Annas Leben gekämpft hatte, war ein umfassender Beweis. Kirk brauchte kein Psychologe zu sein, um zu erkennen, wie sehr McCoy sich nun allein fühlte und wie entschlossen er war, niemandem die gute Laune zu vermiesen.

»Dann verläßt du deine alte Heimatwelt also zum ersten Mal«, sagte McCoy. »Ich wette, es wird sehr aufregend für dich sein.«

Anna trat zu ihm und hakte sich bei ihm ein. »Ja, das glaube ich auch, aber die Reise ist nicht komplett, wenn ich nicht etwas Zeit mit *dir* auf der *Enterprise* verbringe. Ich möchte meinen anderen Vater nämlich auch kennenlernen …« Sie warf Kirk einen raschen Blick zu. »Falls der Captain nichts dagegen hat.«

»Ich glaube, das könnte man arrangieren.«

Elizabeth schwenkte zwei Exemplare des auf amtlichem Pergament ausgedruckten Vertrages. »Dann schreiten wir mal zur Unterzeichnung.«

Rousseau und sie setzten sich an den Tisch und nahmen ihre Stifte. Nachdem sie die Dokumente unterzeichnet hatten, deutete Elizabeth auf den Servierwagen. »Kann sich mal jemand um den Wein kümmern? Was ist denn eine Amtshandlung ohne Trinkspruch?«

»Ich mache den Mundschenk«, sagte McCoy. Er füllte die Kelche für alle Anwesenden und verteilte sie.

Präsidentin March hob ihr Glas. »Thomas Jefferson hat einst gesagt, eine Generation kann keine andere an sich binden. Deswegen ...« Sie schenkte ihrer Tochter ein strahlendes Lächeln. »Auf eine ungebundene Zukunft.«

Die Kelche stießen aneinander, und alle tranken.

Kirk wandte sich an Rousseau. »Gratuliere, Herr Botschafter. Ich hätte nicht erwartet, daß dies einer Ihrer größten Erfolge werden würde.«

»Ehrlich gesagt, Captain, ich auch nicht. Ich weiß auch nicht, ob es *ohne* all das, was Sie und Ihre Offiziere dazu beigesteuert haben, je soweit gekommen wäre. Speziell *Ihr* Einsatz in letzter Sekunde, Mr. Scott. Ich weiß zwar nicht, wie Sie Dr. Ortega dazu gebracht haben, eine Rede zu halten, aber ich wette, auch Sie hätten als Diplomat eine tolle Zukunft.«

McCoy verschluckte sich beinahe an seinem Wein. Scotty erdolchte ihn mit einem Blick. Kirk unterdrückte ein ungläubiges Grinsen, während Spock einfach nur eine Braue hob.

Dann wandte sich Scotty, der die Reaktionen seiner Gefährten geflissentlich übersah, mit einem eleganten Nicken zu Rousseau um. »Ich danke Ihnen, Sir. Aber ich glaube, ich bleibe lieber bei der Truppe.«

»Gott sei Dank«, murmelte McCoy.

»Wenn Sie bereit sind, Herr Botschafter«, sagte Kirk, »kann die *Enterprise* jederzeit starten.«

»Nein, ich bleibe hier, Captain, damit wir die nächste Gesprächsrunde in Angriff nehmen können. Ich habe bereits mit der Föderation Botschaften ausgetauscht. Man stellt gerade ein komplettes Verhandlungsteam zusammen, das mich unterstützen soll, und in zwei Wochen wird ein anderes Schiff hier sein.«

»Na, in diesem Fall wünsche ich Ihnen viel Glück. Und auch Ihnen, Präsidentin March.«

Elizabeth schüttelte Kirk die Hand. »Danke für all Ihre Hilfe, Captain. Und für Ihre Geduld. Die *Enterprise* und ihre Mannschaft wird immer bei uns willkommen sein.«

»Es war uns eine Ehre.«

Kirk, Spock und Scotty traten zurück, um McCoy zu gestatten, eigene Abschiedsworte zu sprechen. Er drückte zuerst Mark Rousseaus Hand, dann nahm er Elizabeth und Anna in die Arme. Soweit Kirk es sah, wurde dabei kein Wort gewechselt. Nach allem, was seit der Ankunft der *Enterprise* in diesen Gefilden geschehen war, gab es zu viele Dinge zu sagen – und doch bestand eigentlich kein Grund, sie wirklich auszusprechen.

McCoy schloß sich seinen Kameraden an, als sie durch den Garten spazierten. Kirk warf den anderen einen unschlüssigen Blick zu.

»Hast du was, Jim?« fragte McCoy.

»Offen gesagt, ja. Dies war nicht gerade ein Unternehmen aus dem Lehrbuch, meine Herren.«

Spock reagierte mit einem unschuldigen Blinzeln. »Wie das, Captain?«

»Wie *das?* McCoy wird von einer Ein-Mann-Befreiungsfront entführt... *Sie,* Spock, setzen die Sicherheit der *Enterprise* aufs Spiel, ohne mir auch nur den geringsten *Hinweis* zu geben... Scotty beamt unautorisiert auf den Planeten, um jemanden in die Mangel zu nehmen und in eine Ratsversammlung einzudringen...« Kirks Stimme brach ab, er schüttelte verzweifelt den Kopf. »Alles in allem war es die *unorthodoxeste* diplomatische Mission, die ich je gesehen habe.«

»Aye, Sir«, sagte Scott. Er legte eine Pause ein. »Aber sie hat *geklappt.*«

»Stimmt, Jim«, sagte McCoy zustimmend. »Und wer Erfolg hat, hat auch recht.«

»Würdest du darauf wetten?« sagte Kirk, noch immer kopfschüttelnd. »In Zukunft hätte ich lieber etwas mehr *Zurückhaltung,* meine Herren, und etwas *weniger* zügellose Tapferkeit.«

Spock nickte geradezu amtlich. »Wie Sie wünschen, Captain.«

»Aye, Sir«, fügte Scotty hinzu.

»Zu Befehl, Jim«, sagte McCoy.

Kirk blieb stehen, drehte sich um und blickte sie an. Drei Köpfe neigten sich schuldbewußt, sie waren die pure Verkörperung der Reue. Mit einem spöttischen Glitzern in den Augen unterdrückte er das Lächeln, das sich anschickte, seine Mundwinkel hochzuziehen. »Wer's glaubt, wird selig«, knurrte er. Dann schnippte er seinen Kommunikator auf. »Kirk an *Enterprise.* – Vier Mann zum Hochbeamen.«

STAR TREK™

in der Reihe
HEYNE SCIENCE FICTION & FANTASY

STAR TREK: CLASSIC SERIE

Vonda N. McIntyre, Star Trek II: Der Zorn des Khan · 06/3971
Vonda N. McIntyre, Der Entropie-Effekt · 06/3988
Robert E. Vardeman, Das Klingonen-Gambit · 06/4035
Lee Correy, Hort des Lebens · 06/4083
Vonda N. McIntyre, Star Trek III: Auf der Suche nach Mr. Spock · 06/4181
S. M. Murdock, Das Netz der Romulaner · 06/4209
Sonni Cooper, Schwarzes Feuer · 06/4270
Robert E. Vardeman, Meuterei auf der Enterprise · 06/4285
Howard Weinstein, Die Macht der Krone · 06/4342
Sondra Marshak & Myrna Culbreath, Das Prometheus-Projekt · 06/4379
Sondra Marshak & Myrna Culbreath, Tödliches Dreieck · 06/4411
A. C. Crispin, Sohn der Vergangenheit · 06/4431
Diane Duane, Der verwundete Himmel · 06/4458
David Dvorkin, Die Trellisane-Konfrontation · 06/4474
Vonda N. McIntyre, Star Trek IV: Zurück in die Gegenwart · 06/4486
Greg Bear, Corona · 06/4499
John M. Ford, Der letzte Schachzug · 06/4528
Diane Duane, Der Feind – mein Verbündeter · 06/4535
Melinda Snodgrass, Die Tränen der Sänger · 06/4551
Jean Lorrah, Mord an der Vulkan Akademie · 06/4568
Janet Kagan, Uhuras Lied · 06/4605
Laurence Yep, Herr der Schatten · 06/4627
Barbara Hambly, Ishmael · 06/4662
J. M. Dillard, Star Trek V: Am Rande des Universums · 06/4682
Della van Hise, Zeit zu töten · 06/4698
Margaret Wander Bonanno, Geiseln für den Frieden · 06/4724
Majliss Larson, Das Faustpfand der Klingonen · 06/4741
J. M. Dillard, Bewußtseinsschatten · 06/4762
Brad Ferguson, Krise auf Centaurus · 06/4776
Diane Carey, Das Schlachtschiff · 06/4804
J. M. Dillard, Dämonen · 06/4819
Diane Duane, Spocks Welt · 06/4830
Diane Carey, Der Verräter · 06/4848
Gene DeWeese, Zwischen den Fronten · 06/4862
J. M. Dillard, Die verlorenen Jahre · 06/4869
Howard Weinstein, Akkalla · 06/4879
Carmen Carter, McCoys Träume · 06/4898

STAR TREK™

Diane Duane & Peter Norwood, Die Romulaner · 06/4907
John M. Ford, Was kostet dieser Planet? · 06/4922
J. M. Dillard, Blutdurst · 06/4929
Gene Roddenberry, Star Trek (I): Der Film · 06/4942
J. M. Dillard, Star Trek VI: Das unentdeckte Land · 06/4943
David Dvorkin, Die Zeitfalle · 06/4996
Barbara Paul, Das Drei-Minuten-Universum · 06/5005
Judith & Garfield Reeves-Stevens, Das Zentralgehirn · 06/5015
Gene DeWeese, Nexus · 06/5019
D. C. Fontana, Vulkans Ruhm · 06/5043
Judith & Garfield Reeves-Stevens, Die erste Direktive · 06/5051
Michael Jan Friedman, Das Doppelgänger-Komplott · 06/5067
Judy Klass, Der Boacozwischenfall · 06/5086
Julia Ecklar, Kobayashi Maru · 06/5103
Peter Norwood, Angriff auf Dekkanar · 06/5147
Carolyn Clowes, Das Pandora-Prinzip · 06/5167
Diana Duane, Die Befehle des Doktors · 06/5247
V. E. Mitchell, Der unsichtbare Gegner · 06/5248
Dana Kramer-Rolls, Der Prüfstein ihrer Vergangenheit · 06/5273
Michael Jan Friedman, Schatten auf der Sonne · 06/5179
Barbara Hambly, Der Kampf ums nackte Überleben · 06/5334
Brad Ferguson, Eine Flagge voller Sterne · 06/5349
J. M. Dillard, Star Trek VII: Generationen · 06/5360
Gene DeWeese, Die Kolonie der Abtrünnigen · 06/5375
Michael Jan Friedman, Späte Rache · 06/5412
Peter David, Der Riß im Kontinuum · 06/5464
Michael Jan Friedman, Gesichter aus Feuer · 06/5465
Peter David/Michael Jan Friedman/Robert Greenberger, Die Enterbten · 06/5466
L. A. Graf, Die Eisfalle · 06/5467
John Vornholt, Zuflucht · 06/5468
L. A. Graf, Der Saboteur · 06/5469
Melissa Crandall, Die Geisterstation · 06/5470
Mel Gilden, Die Raumschiff-Falle · 06/5471
V. E. Mitchell, Tore auf einer toten Welt · 06/5472
Victor Milan, Aus Okeanos Tiefen · 06/5473
Diane Carey, Das große Raumschiff-Rennen · 06/5474
Margaret Wander Bonanno, Die Sonde · 06/5475
Diane Carey, Kirks Bestimmung · 06/5476
L. A. Graf, Feuersturm · 06/5477
A. C. Crispin, Sarek · 06/5478
Simon Hawke, Die Terroristen von Patria · 06/5479
Barbara Hambly, Kreuzwege · 06/5681
L. A. Graf, Ein Sumpf von Intrigen · 06/5682

STAR TREK™

Howard Weinstein, McCoys Tochter · 06/5683
Judith & Garfield Reeves-Stevens, Die Föderation · 06/5684 (in Vorb.)

STAR TREK: THE NEXT GENERATION
David Gerrold, Mission Farpoint · 06/4589
Gene DeWeese, Die Friedenswächter · 06/4646
Carmen Carter, Die Kinder von Hamlin · 06/4685
Jean Lorrah, Überlebende · 06/4705
Peter David, Planet der Waffen · 06/4733
Diane Carey, Gespensterschiff · 06/4757
Howard Weinstein, Macht Hunger · 06/4771
John Vornholt, Masken · 06/4787
David & Daniel Dvorkin, Die Ehre des Captain · 06/4793
Michael Jan Friedman, Ein Ruf in die Dunkelheit · 06/4814
Peter David, Eine Hölle namens Paradies · 06/4837
Jean Lorrah, Metamorphose · 06/4856
Keith Sharee, Gullivers Flüchtlinge · 06/4889
Carmen Carter u. a., Planet des Untergangs · 06/4899
A. C. Crispin, Die Augen der Betrachter · 06/4914
Howard Weinstein, Im Exil · 06/4937
Michael Jan Friedman, Das verschwundene Juwel · 06/4958
John Vornholt, Kontamination · 06/4986
Mel Gilden, Baldwins Entdeckungen · 06/5024
Peter David, Vendetta · 06/5057
Peter David, Eine Lektion in Liebe · 06/5077
Howard Weinstein, Die Macht der Former · 06/5096
Michael Jan Friedman, Wieder vereint · 06/5142
T. L. Mancour, Spartacus · 06/5158
Bill McCay/Eloise Flood, Ketten der Gewalt · 06/5242
V. E. Mitchell, Die Jarada · 06/5279
John Vornholt, Kriegstrommeln · 06/5312
Laurell K. Hamilton, Nacht über Oriana · 06/5342
David Bischoff, Die Epidemie · 06/5356
Diane Carey, Abstieg · 06/5416
Jeri Taylor, Die Zusammenkunft · 06/5418 (in Vorb.)
Michael Jan Friedman, Relikte · 06/5419
Michael Jan Friedman, Die Verurteilung · 06/5444
Simon Hawke, Die Beute der Romulaner · 06/5413
Rebecca Neason, Der Kronprinz · 06/5414
John Peel, Drachenjäger · 06/5415
Diane Duane, Dunkler Spiegel · 06/5417
Susan Wright, Der Mörder des Sli · 06/5438
W. R. Thomson, Planet der Schuldner · 06/5439
Michael Jan Friedman & Kevin Ryan, Requiem · 06/5442

STAR TREK™

Dafydd ab Hugh, Gleichgewicht der Kräfte · 06/5443
Michael Jan Friedman, Die Verurteilung · 06/5444 (in Vorb.)
Peter David, Q_2 · 06/5445 (in Vorb.)

STAR TREK: DIE ANFÄNGE
Vonda N. McIntyre, Die erste Mission · 06/4619
Margaret Wander Bonanno, Fremde vom Himmel · 06/4669
Diane Carey, Die letzte Grenze · 06/4714

STAR TREK: DEEP SPACE NINE
J. M. Dillard, Botschafter · 06/5115
Peter David, Die Belagerung · 06/5129
K. W. Jeter, Die Station der Cardassianer · 06/5130
Sandy Schofield, Das große Spiel · 06/5187
Lois Tilton, Verrat · 06/5323
Diane Carey, Die Suche · 06/5432
Esther Friesner, Kriegskind · 06/5430
Melissa Scott, Der Pirat · 06/5434
Nathan Archer, Walhalla · 06/5512
Greg Cox/John Gregory Betancourt, Der Teufel im Himmel · 06/5513
Robert Sheckley, Das Spiel der Laertianer · 06/5514
Diane Carey, Der Weg des Kriegers · 06/5515
Diane Carey, Die Katakombe · 06/5516
Dean Wesley Smith & Kristine Kathryn Rusch, Die lange Nacht · 06/5517 (in Vorb.)

STAR TREK: STARFLEET KADETTEN
John Vornholt, Generationen · 06/6501
Peter David, Worfs erstes Abenteuer · 06/6502
Peter David, Mission auf Dantar · 06/6503
Peter David, Überleben · 06/6504
Brad Strickland, Das Sternengespenst · 06/6505
Brad Strickland, In den Wüsten von Bajor · 06/6506
John Peel, Freiheitskämpfer · 06/6507
Mel Gilden & Ted Pedersen, Das Schoßtierchen · 06/6508
John Vornholt, Erobert die Flagge! · 06/6509
V. E. Mitchell, Die Atlantis Station · 06/6510
Michael Jan Friedman, Die verschwundene Besatzung · 06/6511
Michael Jan Friedman, Das Echsenvolk · 06/6512
Diane G. Gallagher, Arcade · 06/6513
John Peel, Ein Trip durch das Wurmloch · 06/6514
Brad & Barbara Strickland, Kadett Jean-Luc Picard · 06/6515

STAR TREK™

Brad & Barbara Strickland, Picards erstes Kommando · 06/6516 (in Vorb.)
Brad & Barbara Strickland, Zigeunerwelt · 06/6517 (in Vorb.)

STAR TREK: VOYAGER
L. A. Graf, Der Beschützer · 06/5401
Peter David, Die Flucht · 06/5402
Nathan Archer, Ragnarök · 06/5403
Susan Wright, Verletzungen · 06/5404
John Betancourt, Der Arbuk-Zwischenfall · 06/5405
Christie Golden, Die ermordete Sonne · 06/5406
Mark A. Garland & Charles G. McGraw, Geisterhafte Visionen · 06/5407
S. N. Lewitt, Cybersong · 06/5408

DAS STAR TREK-UNIVERSUM, 2 Bde.,
überarbeitete und aktualisierte Neuausgabe!
von *Ralph Sander* · 06/5150

DAS STAR TREK-UNIVERSUM, Ergänzungsband
von *Ralph Sander* · 06/5151

William Shatner/Chris Kreski, Star Trek Erinnerungen · 06/5188
William Shatner/Chris Kreski, Star Trek Erinnerungen: Die Filme · 06/5450

Phil Farrand, Cap'n Beckmessers Führer durch STAR TREK – DIE NÄCHSTE GENERATION · 06/5199
Phil Farrand, Cap'n Beckmessers Führer durch STAR TREK – DIE CLASSIC SERIE · 06/5451

Ralph Sander, Star Trek Timer 1997 · 06/1997
Nichelle Nichols, Nicht nur Uhura · 06/5547
Leonard Nimoy, Ich bin Spock · 06/5548
Lawrence M. Krauss, Die Physik von Star Trek · 06/5549
J. M. Dillard, Star Trek: Wo bisher noch niemand gewesen ist · 06/6500
Judith & Garfield Reeves-Stevens, Star Trek – Deep Space Nine: Die Realisierung einer Idee · 06/5550
Judith & Garfield Reeves-Steven, Star Trek Design · 06/5545
Aris Kazidian & Bruce Jacoby, Das Star Trek Kochbuch · 06/5546

Diese Liste ist eine Bibliographie erschienener Titel
KEIN VERZEICHNIS LIEFERBARER BÜCHER!